나를 표현하는
단숨에 글쓰기

나를 표현하는
단숨에 글쓰기

온전한 나로 살게 하고
내가 살려는 의지를 다지는
글쓰기 방법론

김서정 지음

도어즈

이 책을 쓴 이유

'나를 글로 표현하는 게 가능할까?'

가능한 사람도 있고, 가능하지 못한 사람도 있다. 가능한 사람은 글쓰기가 익숙하기 때문이고, 가능하지 못한 사람은 글쓰기와 거리가 먼 삶을 살았기 때문이다.

하지만 이게 전부는 아니다. 글쓰기를 처음 해보는 사람도 자기를 잘 표현하는 사람이 있고, 배울 만큼 배웠고 연애편지, 자기소개서, 보고서 등 이런저런 글을 써본 사람도 자기를 잘 표현하지 못하는 경우가 허다하다.

왜 이런 차이가 나타날까? 자기를 표현하려는 마음의 바탕이 다르기 때문이다. 진솔함을 가지고 있는 그대로 자신을 드러내는 사람은 자신의 몸과 마음에 배인 언어로 자신을 표현하려고 한다. 이른바 꾸밈도 없고 덧붙임도 없다. 피해만 주지 않는다면 누구를 고려하지 않고 온전히 자신의 모습만 드러낼 뿐이다. 자존감이 높은 사람들이다.

반면에 자기를 글로 표현하기 힘든 사람은 무엇보다 글쓰기를 시작하려는 순간 생각이 많다. 충분한 사색이 좋은 글을 만들어낸다는 이치는 올바르지만, 자신을 표현하는 데도 군더더기 같은 사고를 하다 보면 자신은 실종되고 겉껍데기만 남는다. 화장을 진하게 하는 사람일수록 본모습이 가려지듯이 평소의 언어가 아니라 갑자기 문학적이고 철학적인 단어를 끄집어내어 표현하려다 보니 거울에 비친 자신의 모습이 진짜인지 가짜인지 구분이 가지 않는다. 상대를 너무 의식해서 빚어진 현상들이다.

사실 글쓰기는 힘든 일이다. 더군다나 자신을 표현하는 일은 전문 작가도 일반인도 해내기가 쉽지 않다. 아니 특별히 자신을 중심에 놓고 글을 쓰는 경우는 거의 없다. 자본이 우선인 시대에는 목적성이 있는 글만이 요구된다. 자신의 내면을 가장 깊숙이 들여다볼 수 있는 자기소개서 또한 취업이라는 관문 통과를 위해 다양한 기술만 부각될 뿐이다. 자신을 있는 그대로 온전히 표현하는 글이 좋은 자기소개서라고 해도 자판기에 놓인 손가락은 그렇게 흘러가지 않는다. 자신도 모르게 거대한 사회의 규칙에 자신을 강제로 집어넣는다. 세상에 하나밖에 없는 나 자신은 온데간데없고 비슷비슷한 스펙만 나열되어 있다. 취업 실패와 더불어 화들짝 놀라지만 또다시 그런 수순을 밟는다. 나를 표현해 본 적이 없기 때문이다.

'그렇다면 왜 굳이 나를 표현하는 글을 쓰려고 하는가?'

나를 지키기 위해서이다. 강인한 정신도 부족하지 않은 재물도 건강한 몸도 끈끈한 가족도 튼튼한 사회적 네트워크도 나를 지키는 데 중요한 역할을 하지만, 그것들은 영원하지 않고 늘 변화하기 때문에 절대 나를 지키지 못한다. 나를 지킬 수 있는 유일무이한 도구는 오로지 현재의 내 몸과 마음뿐이다.

정신적인 행복감은 순간이다. 잔잔한 물결도 빗방울이 떨어지면 요동을 치듯이 우리의 정신은 평온과 산란을 오고간다. 재물은 있다가도 없어질 수 있다. 크게 번창하던 사업이 갑작스런 연유로 망했다고 하더라도 다시 일어설 마음과 몸이 있다면 좌절은 들어설 틈이 없다. 잠시 몸을 소홀히 다루어 건강을 잃었다고 하더라도 건강을 되찾아야 할 이유를 마음속에 간직하고 있다면 건강은 돌아올 수 있다. 늘 끊이지 않던 친구들이 자신이 어려움에 처하자 등을 돌렸다고 하더라도 더 나은 친구를 맞이할 마음이 준비되어 있다면 사회적 네트워크는 전보다 더 공고해질 수 있다.

절망의 끝에 놓일 때 자신을 추스르는 대안 한두 개는 저마다 가지고 있다. 기도를 하거나 운동을 하거나 멘토를 찾아 용기의 말씀을 듣거나 여행을 하거나 등등 말이다. 선택은 자유이지만 나는 여기서 조심스럽게 '나를 표현하는 단숨에 글쓰기'를 권유하고 싶다. 나를 있는 그대로 글로 표현하다 보면 흐트러진 생각, 주저앉고 싶은 마음, 모호해지면서 끈을 놓고 싶은 자아에 힘을 주어 자존감을 찾을 수 있기 때문이다.

우리의 몸과 마음이 빚어내는 막연한 느낌이나 생각을 문자화해서 서로 공유한 시기는 수백만 년의 인류 역사에서 그리 오래되지 않았다. 게다가 대부분의 사람이 문자를 해독하고 글을 쓸 수 있는 능력을 지니게 된 시기는 더더욱 짧다. 주위의 노인들을 자세히 보면 한글을 전혀 모르는 분들이 더러 계신다. 거기서 좀 더 거슬러 올라가 조선시대만 보아도 자유롭게 글을 읽고 쓰는 사람은 소수의 양반 및 평민에 불과했다.

인류가 발전할 수 있는 가장 큰 원동력은 문자의 탄생이었다. 문자로 생각을 공유하고 문자로 우리의 생각을 진전시켰기 때문에 현재의 문명을 이룩할 수 있었다. 물론 현재 인류의 모습이 과연 바람직하냐에 대한 찬반양론도 있지만, 문자는 오늘날의 물질문명과 정신문명을 만들어내는 데 많은 역할을 했다. 특히 인간의 그 복잡 미묘한 감정과 마음의 세계를 미세한 언어로 표현해내면서 그 어떤 어려움도 이겨낼 수 있는 생각의 발판을 만들었다.

이러한 문자의 힘을 빌려 나를 표현하면서 내면의 힘을 키우고 자존감을 높이고 순간순간 어려울 때마다 글로써 살려는 의지를 다지는 과정이 '나를 표현하는 단숨에 글쓰기'의 핵심이다.

《나는 어떻게 쓰는가?》에서 안수찬 기자는 〈글을 지탱하는 자아〉라는 제목으로 이렇게 썼다.

글은 자아의 노출이다. 그것도 불특정 다수 앞에 발가벗겨지는 일이다. 그래서 사람들은 글쓰기가 두렵다. 글에 담긴 자신을 누군가 폄훼할까 두렵다. 어떤 글도 독자를 한정하거나 특정할 수 없다. 누가 읽을지 알 수 없고 의도할 수도 없으므로 글쓰기는 때로 위험천만한 모험이 된다. 불특정 독자가 나(의 글)를 간단히 오해할 것이다. 두려운 나머지 사람들은 가장 은밀한 일기를 쓸 때조차 미래의 독자를 의식한다. 글은 어떤 경우에도 '개인적'이지 않다.

　동시에 사람들은 글쓰기를 갈망한다. 그것은 불멸에 대한 동경이다. 삶은 찰나의 시공간에 붙잡혀 있지만 글은 그 올가미를 벗어버릴 수 있다. 글은 소통의 경계를 붕괴시킨다. 나를 모르는 사람에게 내가 죽고 난 다음까지 나를 알릴 것이다. 글은 기본적으로 내가 주도하는 미디어이다. 글 쓰는 이가 글 읽는 이를 지배한다. 글을 잘 쓴다는 것은 자아를 거리낌 없이 펼쳐 보일 광대한 영지를 갖는 일이다. 이 영토 안에서 나는 자유롭고, 그 땅에서 나는 세계의 주인이다. 글에 비하자면 말은 덧없다. 기껏해야 가족, 연인, 동료에게 나를 표현할 뿐이다.

말과 글의 차이를 한눈에 보여주는 이 글을 통해 왜 글로 자신을 표현해야 하는지 짐작할 수 있다. 힘들고 괴로울 때 가까운 사람을 만나 이야기를 나누는 시간도 위기 상황을 극복하는 데 도움이 되지만, 내가 나를 글로 표현하는 행위가 더 나은 선택이 될 수 있다. 안수찬 기자의 말대로 '글에 비하자면 말은 덧없기' 때문이다.

이 책을 쓴 이유

왜 단숨에
글쓰기인가?

'나를 표현하는 단숨에 글쓰기를 하다 보면 힘든 삶이 나아질 수 있을까?'

역시 가능한 사람이 있고, 가능하지 못한 사람이 있다. 나를 표현하는 단숨에 글쓰기가 이른바 많은 부와 높은 지위와 그럴듯한 명예를 안겨 주지는 않는다. 나를 글로 표현하는 행위는 순간의 어려움으로 단절되는 삶이 아니라 순간의 어려움을 어려움으로 직시하면서 삶의 연속성을 도모하기 위한 지난한 과정이지 더 많은 소유와는 무관하다.

삶의 가치관을 성공과 부에 초점을 맞추고 사는 사람에게 나를 표현하는 단숨에 글쓰기는 그다지 도움이 되지 못한다. 나를 표현하는 단숨에 글쓰기는 누군가와의 비교로 자신을 평가하지 않고 오로지 나를 존중해 나가는 삶에 무게가 실려 있기 때문이다. 따라서 존재론적으로 충만한 삶을 살겠다면 나를 표현하는 단숨에 글쓰기를 통해 삶이 아름답게 변모될 수 있지만, 특정 목표를 이루기 위해 나를 글로 표현한다면 의식 과잉이 찾아와 삶이 힘겹지 않을까 생각해 본다.

다음은 《법구경》(한명숙 옮김)에 있는 글인데, 범어로 된 법구경을 한역하는 데 따르는 어려움을 토로한 구절이다.

처음에 내가(법구경 서문 지은이) 그 말이 세련되지 못하다고 하자 유기난이 말하였다.

"부처님이 말씀하시기를 '그 뜻에 의하여 번거롭게 꾸미지 말고 그 법을 취하여 장식하지 말라'고 하였다. 경을 전하는 사람은 쉽게 알아볼 수 있게 하되 그 뜻을 잃어버리지 말아야 하니, 이것을 이룬다면 훌륭하게 번역한 것이다."

그 자리에 있던 모든 사람들이 말하였다.

"노자는 말하기를 '꾸민 말은 믿을 것이 못 되고, 믿을 만한 말은 꾸밈이 없다'고 하였다. 공자는 또한 말하기를 '글은 말을 다 표현하지 못하고 말은 뜻을 나타내지 못한다'고 하였다. 이렇게 성인의 뜻을 알고자 함에 깊고 깊어 다함이 없다'라고 하였다.

이 대목은 원문을 어떻게 번역해야 그 의미가 올바로 전달될지에 대한 고민들이 녹아 있지만, 나는 여기서 말과 글의 새로운 의미를 엿보았다. 무슨 말이든 꾸미지 말아야 진실하고, 글이 말을 다 담을 수 없다는 만고의 진리 말이다.

불교에 대해 아는 바가 극히 미미하지만, 부처의 말씀은 말 그대로 글이 아니라 말이었다. 부처는 살아서 글을 쓴 적이 없었고, 제자들에게 말만 남겼다. 제자들은 부처의 말을 깊게 새겨들은 뒤 다음 세대에게 역시 말로 전달해 주었다. 그렇게 3백여 년이 흐를 무렵 제자들은 부처의 말씀을 나뭇잎에 기록으로 남겼고, 그것이 전해지고 전해져 오늘날 경전이 되었다.

이 책을 쓴 이유

성경도 이와 유사한 과정을 거쳤다고 하는데, 아무튼 인류가 여전히 귀감으로 삼고 있는 글의 시작은 말이었고, 그 말은 꾸미지 않은 말이었다. 날것 그대로, 본성 그대로, 있는 그대로, 때로는 적절한 비유가 동반되기는 했지만 되도록 직관적으로 삶의 현상과 그 이면을 보여 주었던 말이 지금도 살아서 우리에게 힘을 주고 있다.

말로 나를 표현하지 않고 글로 나를 표현하는 글쓰기가 효과를 얻으려면 무엇보다 나를 있는 그대로 볼 줄 아는 능력이 중요하다. 하지만 이러한 능력은 누구나 쉽게 가질 수 없다. 그 경지는 여러 방법으로 오랫동안 공부를 하거나 수행을 한 사람들도 오르기 힘들다. 공부를 하면 할수록 수행을 하면 할수록 도통 알 수 없는 내용들만 늘어나는데, 어떻게 현재 나의 본모습을 알 수 있다는 말인가? 그러나 나를 표현하는 단숨에 글쓰기는 이처럼 고매한 수준을 원하지 않는다. 현재 가지고 있는 자신의 인식과 앎의 수준으로 자신을 있는 그대로 보면 된다.

굳이 공부나 수행을 하지 않아도 자신에 대해 쉽게 결론을 내릴 수도 있다. '그래, 골백번 생각해도 나는 어차피 무능한 놈이고 쓸모없는 놈이야. 내가 무얼 할 수 있겠어.' '살아도 그만 죽어도 그만, 이 무의미한 세상 아등바등 살 필요가 없어. 이만큼 살았으면 대충 갈 때 가야지.' 누구나 한두 번쯤 생각해 보았을 법한데, 쉬우면서도 위험천만한 결론이다. 자신을 있는 그대로 보는 겸손한 행위가 아니라 자신은 물론 잘 알지도 못하는 세상을 폄하하고 경멸하는 그릇된 태도이기 때문이다.

고매함과 그릇됨의 경계선에서 나를 있는 그대로 표현하는 글쓰기, 누구나 도전하면 나를 존중할 줄 알게 되는 글쓰기, 그 방법이 단숨에 글쓰기이다. 단숨에 글을 쓰면 무엇보다 나만의 생각으로 나만의 언어로 나의 현재를 제대로 표현할 수 있다. 즉 생각을 부풀릴 필요도 문장을 꾸밀 틈도 없기 때문이다.

　글을 쓰면서 생각이 많아지면 덕지덕지 군더더기가 붙으며 꾸미고 싶어지고, 글은 꼬이기 시작한다. 나는 표현되지 못하고 학교에서든 사회에서든 어디선가 보고 배운 글, 이른바 잘 쓰인 글과 자신의 글을 비교하며 주눅이 든다. 글쓰기를 시도한 애초의 행위, 즉 나를 표현한다는 생각에서 벗어나 인류가 오랫동안 축적해 온 글쓰기 속에서 허우적거린다. 나를 지키기 위해 쓴 글들이 나를 낭패감으로 몰아넣는다. 이러한 상황을 막기 위한 장치가 바로 단숨에 글쓰기이다.

　'나를 표현하는 글쓰기도 가능할까 말까 한데, 단숨에 쓴다는 게 말이 되나?'

　나를 표현하는 단숨에 글쓰기는 내가 글쓰기 공부를 하면서 이론적으로 터득한 방법이 아니고 지금까지의 삶과 경험에서 자연스럽게 덤으로 얻었다. 이 방법으로 나는 자학의 시기를 극복했고, 지금도 나의 존재 가치를 경멸하고 싶을 때마다 이 글쓰기를 통해 나를 지켜 나가고 있다.

청춘을 불사른
글쓰기 나날들

　수학과 과학은 못하는데 국어와 영어는 괜찮게 한다는 이유로 고교 시절 문과를 선택했고, 문학을 가까이 하면서 작가를 꿈꾸었으며, 대학을 졸업한 뒤 본격적인 글쓰기를 시도했다. 목표는 단 하나, 소설가라는 타이틀 획득이었다. 내게 소설가로서의 타고난 재능이 있는지 없는지 여부는 둘째 치고 당시 인생 설계상 글을 쓰는 게 좋을 듯싶었고, 이왕이면 베스트셀러 작가가 되어 안정적인 생존을 확보한다는 다부진 각오도 있었다.

　20대 무렵 여느 작가 지망생처럼 머리카락을 쥐어뜯고 줄담배를 피워대며 밤새워 소설을 쓰던 나는 이따금 일기 형식의 잡문도 썼다. 소설은 경건한 마음으로 구상 단계부터 한 줄 한 줄 또박또박 원고지를 채웠지만, 잡문은 문장의 꼴을 갖든 두서없는 낙서가 되어버리든 생각나는 대로 손이 가는 대로 노트에 쭉쭉 써 내려갔다. 그 생각의 실체들은 대부분 왜 소설이 잘 안 써지는지에 대한 자책과 한탄과 실망의 넋두리들이었다.

　하루빨리 세상의 주목을 받을 만한 소설로 화려하게 등단을 하겠다며 나름 혼신을 다하던 어느 날 프로이트의《정신분석 입문》을 읽었다. 흰 부분은 종이요 검은 부분은 글자였지만, 작가가 되려면 반드시 읽어야 한다는 중압감으로 인내심을 발휘하며 열독을 하던 중 내 눈을 사로잡는 대목이 나타났다. 꿈의 내용을 들은 뒤 꿈을 해석

한다는 꿈 작업이었다. 혼돈스럽기만 한 나의 무의식 세계가 궁금해 곧바로 실행에 옮겼다.

아침에 눈을 뜨자마자 나는 머리맡에 둔 노트에 내가 기억하는 꿈의 내용을 재빠르게 적어 나갔다. 이 작업은 일주일 동안 계속되었는데, 슬슬 문제가 생겼다. 아침에 눈을 뜨는 게 괴로웠다. 눈을 뜨기 직전 나는 내가 꾼 꿈을 잊지 않기 위해 안간힘을 썼고, 그것은 곧 심각한 두통으로 이어졌다. 결국 열흘을 채우지 못하고 그만두었다.

또 다른 이유도 있었다. 아침에 적은 글을 오후쯤 읽어 보면 읽는다는 행위 자체가 지독한 고통이었다. 인과도 없고, 순서도 없고, 연결도 없고, 때로는 공간이 생소해 혼돈만 난무했기 때문이었다. 내 삶이 괴물 같았다. 꿈이라서 그렇다고 하기에는 개운하지 않았고, 그런 꿈을 굳이 해석하는 짓거리가 그다지 내 삶의 목표에 도움이 되지 않으리라 추정했다. 가늠할 수 없는 밑바닥 의식이 만들어낸 꿈의 진의를 들여다볼 시간에 현실의 당면 문제를 직시하는 게 백 번 천 번 낫다고 판단했다.

지식인이라면 통과의례처럼 읽었던 프로이트는 두통만 남기고 내게서 떠났다. 그 자리에 잠시 프로이트와 다른 견해의 정신의학자 융이 들어오기도 했지만, 이 사람 역시 난해하기만 했고, 그의 원형에 대한 이해도와 내 작품의 방향은 맞지 않는 듯 여겨 융도 중도에 포기했다. 나는 오로지 리얼리즘, 그 세계만 파고들었다. 당면 현실의 삶이 나아져야 한다는 당위, 즉 착취로 규정되는 강압의 육체적·정신적 고통과 상대적인 물질의 결핍이 주는 분노를 해소하는 일만이 행복한 생존을 보장한다고 생각했기 때문이었다.

　1980년대는 리얼리즘이 대세였지만, 현실 반영과 모사가 문학이 될 수는 없었다. 문학은 오랜 인류의 유산이자 현재 진행형으로 예술에 속하는 분야이다. 일반적인 글쓰기와는 분명 차원이 다른 유형이다. 평균보다 탁월한 언어 감각을 가지고 인간 세상을 극명하게 묘사하는 글을 쓰는 창작 행위는 문자를 안다고 해서 많이 쓴다고 해서 점점 나아진다고 보기 어렵다. 또한 다양한 인간 군상의 심리 세계를 올곧게 드러내려면 자기만의 고집을 근거로 한 편협한 시각을 버려야겠지만, 그렇다고 많은 지식을 바탕으로 한 드넓은 시각이 좋은 작품으로 연결되지도 않는다. 도무지 헤아릴 수 없는 인간의 정신세계를 남들보다 확연히 톡톡 튀게 다루어야 눈에 띄는 문학 행위는 그래서 정말 아무나 할 수 있는 일이 아니다. 각고의 노력으로 두각을 나타내는 경우도 있지만, 이쪽 분야에 재능을 발휘할 수 있는 유전자를 천부적으로 갖고 태어난 사람이 유리하다.

　나는 소설을 쓰면 쓸수록 두터운 장벽을 절감하기 시작했다. 끊임없이 습작을 했지만, 누구도 흉내 낼 수 없는 백미의 문장도 기막힌 반전과 감동이 기다리는 플롯도 만들어내지 못했다. 그저 광인이 되어 컴퓨터 자판만 두들길 뿐이었다. 그러던 어느 날 기특하게도 그런 내 모습이 내 눈에 정확히 포착되어 나는 궁상맞은 나의 실체를 인정하고 소설 쓰기를 중단했다. 여기에는 또 하나의 이유가 있는데 나는 글쓰기의 기본인 퇴고推敲를 소홀히 하였다. 글에 대해 지적을 받아도 그 말의 의미를 제대로 수용하지 못했다. 요모조모 머리를 굴려 보아도 내 글에 문제가 없어 보였기 때문이었다. 한 마디로 좋은 글을 볼 줄 아는 객관적인 혜안과 능력이 부족했다.

나름대로 청춘을 불사르며 치열하게 글을 써낸 결과가 전혀 없지는 않았다. 전태일문학상 수상, 장편소설과 어린이책 각 1권씩 출간이라는 결실을 주었다. 20대 후반 내 이름 석 자가 박힌 책이 서점에 버젓이 등장했다. 하지만 거기까지였다. 판매도 부진했고, 원고 청탁도 없어 전업 작가는 꿈도 꿀 수 없었다. 생계를 이어갈 직업 없이 글쓰기만 계속하는 행위는 내 삶을 피폐시키고 가족들까지 힘들게 하는 길 같아 고민 끝에 소설 쓰기를 그만두었다. 그러고는 사보 편집 대행회사에 들어가 간단한 글쓰기와 교정을 보며 사회생활을 시작했다.

한두 달 그곳 생활은 견딜 만했다. 내 글을 쓰는 일만큼 고되지 않았고, 무엇보다 한 달이 되면 월급을 받을 수 있어 좋았다. 그런데 시간이 흐를수록 인생을 낭비하고 있다는 생각이 들었다. 특히 사보라는 게 회사의 입장을 대변하는 성격을 띠고 있어 갈등의 한 요소가 되었고, 그럴수록 몸에 맞지 않는 옷을 입고 있는 듯 보여 몇 달 만에 그만두었다. 그러고는 이념과 무관해 보이는 오디오 기기를 다루는 잡지사에 들어갔다. 그곳 생활도 길지 않았다. 고가의 오디오 기기를 품평하고, 고급 예술의 세계를 다룬 글을 만지는 게 귀찮았고 싫었다.

얼마 뒤 우연히 출판사에 들어가 영업을 시작했다. 출판사에 적을 두니 책을 가까이 할 수 있었고, 영업을 하니 이동하는 시간에 책을 볼 수 있었으며, 서점에 가서도 마음 내키는 대로 책을 볼 수 있어 나는 그 직업에 만족했다. 하지만 그것도 그리 오래가지 못했다. 글쓰기 욕구가 본능처럼 다시 꿈틀댔다. 더는 시간을 낭비하고 싶지 않았다. 마지막 청춘을 불사른다는 각오로 스물아홉 살의 나는 집 안에 틀어박혀 일 년 동안 이를 악물고 소설을 썼다. 결과는 실패였다. 투고 작품에 대한 반응이 전무했다.

허망한 마음으로 겨울 지리산에 들어가 일주일을 머문 뒤 앞으로 소설 따위는 쓰지 않겠다고 작심하고 생존을 위한 방편으로 다시 출판사에 들어가 남의 원고를 만지며 세월을 보냈다. 신간 보도자료나 표지 카피 등의 글쓰기를 해야 했지만, 나는 그것을 매달 나오는 월급만을 생각하며 슴벅슴벅 해냈다. 소설 쓰기를 했던 지난날과 절대로 연결시키지 않고 오로지 출판 편집자로서의 직무에만 충실했다. 심간이 편했기 때문이었다.

살려는 의지를 다지는
나만의 글쓰기

세상사 자기 뜻대로 살면 얼마나 좋을까? 내 글을 쓰기보다 훨씬 덜 고통스러운 일을 하며 월급을 받고 그것으로 가정을 꾸리며 평범한 삶을 살다가 이 세상을 하직하는 수순 말이다. 다수가 그렇게 사는 인생을 나는 사십 줄이 넘어 이어 가지 못했다. 출판 기획편집자로서의 능력 부족으로 자의반 타의반 출판 동네를 떠나야 했다.

참담함으로 잠시 동안 절망의 세월을 보내던 나는 삶을 회복시켜야 할 정신적인 원동력을 찾아야 했고, 그때 내 눈에 들어온 대상이 본래 친하지 않았던 산이었다. 새 삶의 희망을 부여잡고자 집에서 가까운 북한산을 죽어라 다니기 시작했다. 줄기차게 발로 산을 밟고 눈으로 산 아래 풍경을 보던 어느 날 운명처럼 내 안에 글쓰기 욕망이 다시 솟아올랐다. 산이 나를 변화시켜 가고 있는 느낌을 글로 표현하고 싶어 미칠 지경이었다. 한 줄이라도 정리해 놓지 않으면 다음 산행은 의미를 상실했다. 끝 모를 나락으로 떨어지는 나를 추어올리는 북한산을 더 꽉 붙들기 위해서라도 글로 흔적을 남기고 싶었다. 오랫동안 무거운 돌에 억눌려 있던 글쓰기는 이렇게 내면에서 자발적으로 터져 나왔다.

그 무렵 나는 반강제적으로 또 다른 글도 써야 했다. 서대문형무소를 시민들에게 안내하는 평화길라잡이 자원활동을 시작했는데, 활동 후기 쓰기는 평화길라잡이의 기본 의무 가운데 하나였다. 그 후기 또한 진심을 다해 썼다. 평화길라잡이 활동을 하기 전까지 이른바 변혁 이론이라고 할 수 있는 마르크스레닌주의나 마오쩌둥의 실천론과 모순론에 근거해 세상을 보았던 내가 이제는 한쪽의 소멸이 아닌 평화와 공존을 이야기해야 했고, 의도된 노력들이 산행처럼 내 정신세계에 커다란 변화를 몰고 왔기 때문이었다.

산행 후기와 활동 후기를 쓰는 동안 프로이트 책을 보고 내가 꾼 꿈을 기록했던 20대의 기억이 떠올랐다. 비록 열흘간의 짧은 경험

이 책을 쓴 이유

이었지만, 순간의 일들을 빠르게 써 나가는 훈련이 그때 무의식 속에 자리 잡았던 것은 아닐까 하면서 말이다. 논리가 있든 없든 보고 느낀 사실을 있는 그대로, 가장 빠르게 떠오르는 단어로, 절대 보태거나 빼지 않고, 적는 순간의 느낌을 차곡차곡 문장으로 만들어 카페에 올렸는데, 그런 내 글에 몇몇 사람이 댓글로 나의 심적인 변화 과정에 공감을 표시하였다. 나만의 착각일 수도 있지만, 내 글과 댓글이 교감하는 듯 보였다. 그때마다 내가 쓴 글들을 다시 찬찬히 읽어 보았다. 거기서 한 가지를 알게 되었다. 20대 무렵처럼 한 줄의 명문장을 만들기 위해 밤새 고통스러워했던 흔적은 없었지만, 마음 깊은 곳에 담겨 있던 생각과 느낌들이 여과 없이 일상의 언어로 고스란히 드러나 있었다는 사실을 말이다. 그게 사람들의 마음을 움직였던 것 같았다.

하지만 더 놀라운 기적은 내가 그 글을 다시 읽고 있으면 엉킨 실타래가 풀리듯 생각이 정돈되면서 인생을 좀 더 열심히 살아야겠다는 각오가 다져지는 현상이 일어났던 것이다. 내가 쓴 글이 잘 쓴 글이고 못 쓴 글이고는 관심의 대상이 되지 못했다. 오로지 그 글에 내가 어떻게 녹아들어가 있는지, 내가 어떻게 사물을 성찰했는지, 내 앎의 깊이가 얼마나 더 진전되었는지, 내가 살아갈 이유를 어떻게 찾고 있는지 등등 내면의 목소리에만 관심을 쏟게 되었다. 한 편의 후기를 쓸 때마다 내면이 부쩍부쩍 성장하는 듯했는데, 일종의 영적 체험 같았다.

소설 쓰기와는 형식으로나 내용으로나 확실히 다른 나만의 후기를 쓰면서 글쓰기의 진면목을 알게 되었다. 소설 쓰기는 나라는 몸과 생각과 마음을 활용해 소설과 명예와 부를 얻으려고 했던 외부 지향적 행위였지만, 후기 쓰기는 나라는 몸과 생각과 마음을 활용해 더 나은 몸과 생각과 마음을 얻으려고 했던 내부 지향적 행위였다. 물론 소설 쓰기가 누군가에게는 외부 지향적인 행위가 절대 아니고 내면 탐구의 도구이자 목적이면서 자아실현의 길이기도 하지만, 나 같은 경우 소설을 쓰면 쓸수록 삶이 황폐해진 현상을 보면 아무래도 '제사보다 젯밥에 정신이 간다'는 속담이 어울리는 속물근성의 소유 자였음이 분명했다. 즉 소설을 잘 쓰고 못 쓰고의 문제가 아니라 글과 글쓰기를 대하는 태도가 처음부터 욕망으로 인해 잘못되었음을 뒤늦게 알아챘다.

글쓰기 관점이 달라지고 나니 그 뒤로 글쓰기 부담이 사라지고 글쓰기가 내 삶에서 중요 요소로 자리 잡았다. 게다가 내 글이 독자들에게 읽히고 읽히지 않고의 문제도 관심사에서 비켜 났다. 글쓰기 전략 전술도 당연히 필요 없었다. 글쓰기를 통해 내면의 힘을 키우고, 삶의 의지를 다지고, 사물의 이치를 깊이 깨닫고, 삶의 이유를 찾으면서 성큼성큼 커 나가면 그만이었다. 자아가 있고 없고의 심오한 세계를 사유하면서도 우선은 자기의 실체를 알아 가고, 자기의 위치를 인식하고, 자기를 인정하고 존중하는 글쓰기를 통해 주위를 더 잘 이해하고 사랑하는 삶이 가능하게 되었다.

40대 중반이 되어 문자의 본질을 어렴풋이나마 깨달은 나는 글쓰기의 고통이 전혀 없지는 않았지만, 기존 방식과 엄연히 구분되는 글쓰기를 했고, 그 결과 세 권의 교양 에세이와 두 권의 어린이책을 세상에 내놓을 수 있었다. 20대에 추구했던 소설은 아니지만, 나만의 글쓰기를 하다가 덤으로 얻은 책 출간을 통해 내가 누구인지를 더 정확히 알게 되었고, 그런 내가 무엇을 해야 할지, 무엇을 더 알아야 할지, 무엇을 더 일구어야 할지 등등에 대해 구체적으로 고민하게 되었다. 글쓰기를 통해 내가 살아가야 할 이유를 끊임없이 내게 갖다 붙이고 있었다.

이쯤에서 내 삶에 새로운 변화를 가져다준 나만의 글쓰기가 무엇인지 궁금해 할 듯싶다. 본문 강의 사이사이 사례라는 타이틀로 게재한 글들이 있다. 내가 전에 썼던 글과 이 책을 쓰면서 쓴 글들이다. 긴 글은 세 시간쯤 걸리기도 했지만, 쓰는 동안 다음 문장을 위해 오랫동안 고민하지 않고 단숨에 쭉쭉 쓴 글들이다. 이른바 '나를 표현하는 단숨에 글쓰기', 즉 나만의 글쓰기인 셈이다. 이 글쓰기에는 간단한 원칙이 있다. 어떤 경험 전후의 마음 상태를 써야 한다는 것이다.

예를 들어 산행을 한 경우, 산에 오르기 전 일상에서 겪은 마음 상태 가운데 가장 힘들었던 점을 쓰고, 그 마음 상태가 산행을 하면서 어떻게 변화되어 가고, 산행이 끝나고 후기를 쓰는 시점에서 어떻게 결론이 났고, 그 결론을 바탕으로 이제 어떻게 살아갈지를 다짐하는 식이다.

이 글쓰기 방식이 나만의 고유 방식이라고 주장하지는 않는다. 대부분의 후기는 이런 식으로 흘러간다. 감정은 고정되어 있지 않고 상황과 경험에 따라 변화무쌍하기 때문이다. 그래서 후기는 굴곡진 인생을 돌이켜 보고 미래를 내다보기에 가장 적합한 양식이다. 하지만 여기서 중요한 사실이 있다. 이 글은 나를 위해 쓰는 글이지 누구에게 보여 주고 평가받는 글이 아니다. 짧은 하루의 경험이 내면에서 어떻게 소용돌이치며 내 몸과 마음을 바꾸었는지, 오로지 내면의 울림으로만 써 나가는 글이다. 경험에 대한 내면의 성찰만이 사람을 성장시킬 수 있다고 믿기 때문이다.

이 책은 '나를 표현하는 단숨에 글쓰기'를 어떻게 하면 누구나 잘할 수 있을까에 대한 조언을 담고 있을 뿐이다. 그 조언은 철저히 나의 직관과 경험의 산물이다. 혹 누군가 살려는 의지를 다지는 글을 쓰고 싶다면 내가 밟아 온 과정을 나눔으로써 멀리 돌아갈 수 있는 길을 줄여 주고 싶어 쓴 책이다. 이 책에서 내가 살려는 의지를 다지는 글쓰기 방법론을 다양하게 소개하겠지만, 이는 어디까지나 방편일 뿐이다. 내 삶의 주인이 나이듯이 내가 살아가야 할 이유도 스스로 터득해야 한다.

어찌 보면 '나를 표현하는 단숨에 글쓰기'는 목적이 아니라 수단일 수도 있다. 글쓰기 실력 배양이 아니라 세상과 나를 열렬히 공부해 살려는 의지를 다지고 싶어 행하는 부차적인 절규 말이다. 아니 이를 위해 글쓰기는 목적일 수도 있다. 글쓰기가 공부 열의와 살려는 의지를 더욱 강하게 해주기 때문이다. 따라서 이 책은 세상과 나를 대하는 나만의 인식 틀에 대한 이야기가 기둥이다. 글쓰기 방법론은 그 안에서 자연스레 펼쳐진다. 그래야만 '나를 표현하는 단숨에 글쓰기가 실효를 거둘 수 있다.

물질의 풍요 속에서 정신의 빈곤에 시달리며 삶을 힘겨워하는 모든 이에게 '나를 표현하는 단숨에 글쓰기' 방법론은 살려는 의지를 다지는 데 분명 큰 도움이 될 것이다. 이 책을 통해 글을 잘 쓰느냐 못 쓰느냐를 넘어 자기만의 글쓰기로 자신을 온전히 바라보고 존중하는 사람, 힘들고 지칠 때마다 자기만의 글쓰기로 살려는 의지를 다지는 사람이 되었으면 한다.

2015년 2월
김서정

| 차 례 |

이 책을 쓴 이유 4

| 1강 | 나는 거대한 세상에서 구체적으로 존재한다
　　글쓰기의 중심은 글이 아니라 나 29
　　나를 더 넓게 사유하는 힘 42
　　사례① 57

| 2강 | 나는 현재의 앎에 확신을 갖고 산다
　　사상은 누구나 가질 수 있다 69
　　나만의 인식 세계도 썩 괜찮다 79
　　사례 ② 91

| 3강 | 글은 마음과 몸으로 쓴다
　　마음에 대한 나만의 정의를 내려라 105
　　마음에서 몸, 사물, 공간으로 116
　　사례③ 128

| 4강 | 원초적 감정 표현이 살려는 의지이다
    만들어진 감정을 자각하는 힘 139
    행복한 감정이 최고의 목표는 아니다 151
    사례 ④ 165

| 5강 | 왜 글쓰기로 살려는 의지를 다져야 하는가?
    말로 풀고 싶어도 말을 풀 데가 없다 177
    지금까지 배운 글쓰기 관점을 살짝 비틀자 189
    연습 ① 202

| 6강 | 내가 살려는 의지를 다지는 글쓰기의 세계
    나를, 표현하는, 단숨에, 글쓰기란 무엇인가? 205
    글쓰기로 감정 조절이 가능할까? 223
    연습 ② 231

| 7강 | 글쓰기여, 내게로 오라
    내 글에 자신감을 갖는 법 235
    좁은 나에서 더 넓은 나로 247
    연습 ③ 259

| 8강 | 글쓰기의 지평을 확대하며
    이제 나도 글쓰기 영역을 넓힐 수 있다 263
    진심으로 쓰는 나의 진언眞言 277
    연습 ④ 289

나는 거대한 세상에서
구체적으로 존재한다

글쓰기의 중심은
글이 아니라 나

세상의 모든 글은 누군가의 몸과 생각 그리고 마음이 만들어낸 결정체이다. 누군가는 생물 종種 가운데 가장 풍부한 본능을 가지고 있는 인간 개개인이며, 무無에서 유有로 생산된 글은 나 자신은 물론 누군가와 상호 소통하며 미래를 열어 간다. 이처럼 넓은 의미에서의 글쓰기는 살아남기 위해 지각해야만 하는 유기체가 일상에서 추구하는 높은 단계의 생존 방식이라고 할 수 있다.

지구상에서 글은 유일하게 인간 종種만이 쓴다. 목적과 의미는 다르게 보이지만 모두가 악착같이 살기 위해 쓴다. 살려는 의지가 없다면 글쓰기도 없다. 보고서를 정교하게 작성해야만 해고를 당하지 않고, 보도자료를 튀게 내야만 조직의 이익을 확보할 수 있고, 협정문을 교활하게 써야만 국가에 손해를 끼치지 않고, 짜깁기하더라도 과제를 제출해야만 낙제가 없고, 줄거리만 채우더라도 독후감을 써내야만 선생님한테 혼나지 않고, 문구를 베끼더라도 연애편지를 보내야만 미적지근한 사랑에 불을 댕길 수 있고, 친구가 없을 때 울적하거나 상처받은 마음을 달래려면 어딘가에 뭔가를 적어야만 감정에 변화가 일어나 살려는 의지를 다질 수 있다.

글의 성격에 따라 글의 지향점은 남이 될 수도 있고, 내가 될 수도 있다. 하지만 모든 글쓰기는 내가 쓴다고 보면 된다. 상대와 내가 있지만 내 안에서 모든 게 빚어지기 때문이다.

모든 글쓰기는 한 개인의 눈으로 보고, 귀로 듣고, 코로 맡고, 혀에 닿고, 피부가 느낀 외부 사물들과 내부 생각들이 소통하고 교류하며 새로운 변화의 지식과 감정이 쌓이고 쌓인 어느 순간 뇌의 변연계가 "이제 글로 한번 써봐"라고 자극을 주면서 시작된다. 컴퓨터를 켜든 스마트폰을 열든 노트나 메모지를 펼치든 손가락을 움직여 생각을 풀어낸다. 한 개인의 몸 안에 가득한 사유들이 뒤죽박죽이 되든 정리정돈이 되든 손가락과 눈의 힘을 빌려 명사, 동사, 형용사, 부사 등의 단어는 차곡차곡 문장으로 만들어진다. 몸과 생각 그리고 마음이 없다면 글은 살아 꿈틀거리는 생명을 얻지 못한다.

젊어서부터 오랫동안 글을 써왔는데도 나는 글쓰기의 주체인 한 개인이 나라는 생각, 즉 내가 글을 쓴다는 당연한 이치를 깊게 자각하지 않고 글을 썼다. 이는 한 세상의 구성 요소인 나에 대한 탐구를 집요하게 하지 못한 상태에서 글을 잘 쓰기 위해 글의 속성만 파고들었다는 것이다. 어떻게 써야 남보다 톡톡 튀는 두드러진 글이 되는가? 어떻게 써야 수많은 독자에게 감동을 주는 글이 되는가? 이런 물음에 갇혔던 나는 글을 잘 쓰기 위해 남의 글을 읽었고, 글을 잘 쓰기 위해 글을 쓰고 또 썼다. 글을 쓰는 내가 세상에 어떻게 나와 어떤 형태로 존재하고 있는지, 세상의 시작과 끝이 있다면 어디쯤에 서 있는지, 어떤 앎의 세계를 가지고 있는지, 왜 글을 쓰며 고통스러워하는지 등등에 관한 물음에 대해서는 극히 소홀했다.

좌절을 겪으며 글쓰기를 중단하고 세월을 건너뛰어 단숨에 글쓰기를 해보면서 나는 글쓰기의 다른 면모를 알게 되었다. 주목받는 글의 완성에 목적을 두는 글쓰기를 하지 않고, 글을 수단 삼아 내 상태를 점검하다 보니 글쓰기가 내 존재감을 키워 주고, 내 인식의 지평을 확대시키고, 내가 사는 의미를 심오하게 해주었다. 글을 중심에 놓고 썼던 글은 나를 괴로움으로 몰고 갔는데, 나를 중심에 놓고 썼던 글은 나를 좀 더 나은 상황으로 치유했다.

이를 나는 뒤늦게 코미나스 박사가 쓴 《치유의 글쓰기》라는 책을 보면서 이론적으로 알게 되었다. 단숨에 글쓰기를 하면서 나는 분명 달라지고 있었는데, 그것이 어떻게 왜 달라졌는지 그 과학적인 이유를 말이다.

코미나스 박사가 말하는 글쓰기 효과 가운데 몇 개만 옮겨 보겠다.

1. 마음의 상처에 관한 글쓰기는 면역 기능을 향상시키는 방향으로 작용한다. 질병으로 인해 의사를 찾는 시간이 줄어들었으며

학교와 일터에서 능률이 향상되었다.

2. 내면의 비밀이나 고통에 따른 만성적 스트레스에 시달리는 환자는 글쓰기를 통해 어느 정도 긍정적인 변화와 치유를 경험하게 된다.

3. 글쓰기는 사회적인 관계를 고양시킨다. 타인에게 미칠 결과에 대해 걱정하지 않고 비밀스런 사건을 털어놓는 일이 타인과의 관계에서도 도움이 되기 때문이다.

4. 글쓰기는 하나의 감정 상태에서 다른 감정 상태로 매우 신속하게 이동하도록 해준다. 예를 들어, 불안하거나 고통스러워하는 사람들이 글쓰기 이후에 편안하게 된다.

5. 부정적인 생활 중에도 미래 지향적인 점을 발견하고 과거의 상처에 집착하지 않게 됨으로써 개인적인 성장에 도움이 된다.

　

나는 글쓰기가 그 어떤 자기계발서를 읽는 것보다 이토록 의학적인 효험이 있는 줄 몰랐는데, 누가 알려 주지 않아도 내 스스로 경험하고 나니 글쓰기의 진가가 궁금해졌다. 만일 내가 글쓰기를 통해 나의 있는 그대로를 통찰하지 않고, 좌절한 사람들의 상투적인 버릇인 과음으로 세월을 보냈다면 어찌 되었을까? 만일 내가 글쓰기를 통해 나의 위치를 파악하려고 노력하지 않고, 세상에 대한 원망만 한없이 키웠다면 어찌 되었을까? 만일 내가 글쓰기를 통해 나의 자존감을 높이지 않고, 불신 속에 헐뜯기만 지속했다면 어찌 되었을까? 결과야 그렇게 처참한 삶을 살아 봐야 체득할 수 있지만, 그래도 대략 헤아려 보면 십중팔구 단 한 번뿐인 소중한 인생에 시궁창 냄새만 풍겼을 것이다.

글쓰기는 분명 대단한 효력을 지니고 있는 인간 진화의 자랑스러운 결과물이지만, 모든 사람이 그 혜택을 누리기는 어렵다. 말로 고통과 상처를 고백하고 교감하면서 정신적 환기를 하는 상황과 글을 써서 좀 더 나은 삶의 위치를 만드는 상황은 뇌 활동 자체가 다르기 때문이다. 말은 정상인이라면 본능으로 터득하고 해낼 수 있지만, 글쓰기는 일단 글을 배워야 하고 적당한 연습과 훈련 기간이 필요하다. 말로 치유를 받는 경우는 수동의 태도도 가능하지만, 글로 스스로를 다독이는 경우는 능동의 태도로 해야만 이루어질 수 있다.

말하기와 글쓰기를 관장하는 뇌 영역이 서로 다르다고 주장하는 과학자도 있지만, 이런 전문 분야에 대해 내가 왈가왈부할 수는 없다. 다만 내 경험상 말할 때보다 글을 쓸 때 뇌가 더 복합적으로 돌아가는 듯한 느낌을 지우기 어렵고, 글을 쓸 때 뇌의 시냅스들이 말할 때보다 더 부지런을 떨지 않나 생각해 볼 따름이다. 또 주변을 보더라도 말하기보다 글쓰기를 당혹스럽게 여기는 사람이 부지기수이다.

글쓰기가 만만한 도전이 아닌 점만은 사실이지만, 그렇다고 영원히 오르지 못할 시시포스의 언덕도 아니다. 우리는 신화의 세계를 사는 반인반수가 아니라 현실의 세계를 사는 사람들이기 때문이다. 누구나 노력하면 자신이 살아가는 이유를 끊임없이 찾을 수 있는 글쓰기가 가능하다. 그것이 치유 효과라면 효과이고, 그것이 삶에 대해 계속 의미를 부여하는 생존 투쟁이라면 투쟁이다. 글쓰기 세계에서 도저히 오르지 못할 시시포스 정상 같은 고통스러운 공간은 존재하지 않는다고 여기면 된다.

이 책은 글을 잘 쓰도록 도와주는 안내서가 아니다. 전문 작가가 되기 위한 글쓰기 기술을 알려 주는 책은 더더구나 아니다. 자기만의 글쓰기 방식을 찾고, 그 글쓰기를 통해 '내가 어떻게 하면 덜 아파하며 열심히 그리고 행복하게 살 수 있는지'를 조언해 주는 책이다. 그 방법은 전적으로 내 경험에 근거를 두고 있다. 이론적 뒷받침은 미약할 수 있지만, 나는 그게 그렇게 중요하다고 여기지도 않는다. 이 책에서 제시하는 글쓰기는 삶의 경험을 얼기설기 혹은 촘촘하게 엮으면서 자신의 삶을 다시 경험 속으로 내던지는 경험 중심의 글쓰기이기 때문이다.

모든 기억은 일상 혹은 특별한 경험의 축조물이고, 경험의 주체는 나 자신이다. 따라서 본격적으로 글쓰기를 하기 전에 우리는 크고 작은 혹은 기쁘고 슬픈 경험들을 단 한순간도 쉬지 않고 해나가는 '나'에 대한 공부를 먼저 할 필요가 있다. 내가 누구인지에 대한 공부를 자기만의 방식으로 실행에 옮겨야만 내가 살아가는 이유를 찾는 글쓰기의 목적이 이루어지기 때문이다. 다시 말하지만 '나를 표현하는 단숨에 글쓰기'에서 중심은 '글'이 아니라 글을 쓰는 '나'이다. 글을 쓰는 내가 삶의 중심을 잡고 있어야 그 어떤 모진 풍파가 몰아쳐 와도 삶이 쉽게 흔들리지 않는다.

구체적이고
정직하게 표현하라

내가 누구인지를 알기 위해서 무엇부터 해야 할까? 인간에 대해 가장 심층적으로 서술하고 있는 철학 공부, 우리 몸을 낱낱이 해부하고 있는 의학 공부, 우주 역사를 근원적으로 파고드는 천문학 공부, 사물의 근본 이치를 본질적으로 밝혀내는 물리학 공부, 생물체의 의식과 행동을 숱한 실험을 통해 연구하고 범주화하는 심리학 공부. 이런 단어들을 보자마자 머리를 절레절레 흔들며 책 읽기를 중단하고 싶을지도 모른다. 통섭의 시대라고 하지만 이렇게까지 폭넓게 공부를 해야만 내가 누구인지를 알 수 있다는 말인가? 그냥 나는 어느 나라에 속해 있고, 누구의 자식이고, 누구의 부모이고, 누구의 남편이자 아내이고, 누구의 형제이고, 어느 학교를 다녔고, 어떤 직업을 가졌고, 혹은 구직 중이고, 어떤 취미가 있고, 어떤 가치관을 갖고 있고 등등만 알면 되는 것 아닌가?

고대 철학자 소크라테스는 아테네의 제자들에게 늘 이렇게 말했다고 한다. "내가 알고 있는 것은 단 한 가지이다. 그것은 내가 아무것도 모른다는 사실이다." 이른바 무지無知의 지知는 이후 사람들이 앎의 세계를 추구하는 자세에서 중요한 지렛대 역할을 한다. 새로운 사실을 알아내도 그것이 틀렸을 수도 있다는 믿음을 가지고 있었기에 앎의 탐색은 중단되지 않았다. 거대한 우주 속에 우리가 알 수 있는 것은 극히 미미하기 때문이다. 아니 거대한 우주라는 말도 틀린 표현일 수 있다. 우주가 한 개인지, 수십 개인지, 아니면 팽창한다는 우주가 우리의 상상을 초월한 형태로 존재하는지 정확히 모르는 게 우리의 현실 아닌가?

사람은 본성적으로 앎의 욕구가 있다. 모르면 불편할 뿐더러 생존에도 불리하기 때문에 기존의 앎이 잘못되었다고 입증돼 더 멋진 설명이 등장해도 멈추지 않고 앎을 지속적으로 추구한다. 하지만 앎의 욕구가 모든 사람에게 내재되어 있는 것 같지는 않다. 누구는 눈앞의 현실만을 바라보며 하루하루 주어진 삶의 테두리에 충실하고, 누구는 현실을 살면서도 우주와 세상의 근본이 궁금해 궁극을 탐구하는 삶을 살기 때문이다.

대다수 사람들은 세상에 강한 의문을 품고 있는 일종의 선각자들이 알아낸 지식에 많이 의존하고 있다. 그들이 탐구해낸 내용 가운데 일부를 취사선택해 자신의 앎으로 받아들이고, 그것을 기준으로 세상을 인식하며 살아가고 있다. 그렇다면 선각자들은 세상과 자기 자신을 누구보다 잘 알고, 그들에 의존하는 사람들은 세상과 자기 자신에 대해 무지하다는 말인가? 하지만 이런 비교 자체가 성립될 수 없다. 선각자들이 파헤친 내용도 언젠가 거짓으로 드러나고, 그들이 밝혀낸 내용을 몰라도 이 한 세상 살아가는 데 아무런 지장이 없다. 굶어 죽지 않을 음식과 얼어 죽지 않을 공간만 있으면 목숨은 이어지는 것 아닌가.

여기서 나는 감히 말하고 싶다. 글쓰기로 내면의 힘을 키우고 삶의 의지를 다지고 싶으면 반드시 내가 누구인지를 끊임없이 탐색하는 공부를 멈추지 말아야 한다. 글쓰기 기술 습득보다 세상과 나를 알아 가는 공부가 우선되어야만 글쓰기 효과가 두드러진다. 그렇다면 이 책에서 그런 공부를 한다는 말인가? 얼토당토않은 이야기이다. 그 누군가가 방대한 자료와 정보, 그리고 밀도 있는 사색으로 토해낸 진리에 의존하고 있는 내가 세상의 근본 이치를 운운한다면 그것은 가증스러운 사기에 불과하다.

바쁜 일상 속에서 나를 알아 가는 공부 방법이 있다. 두껍고 난해한 서적을 뒤적거리지 않아도, 짬을 내어 인문학 강의를 듣지 않아도, 글쓰기에 도움이 되는 빠른 길이 있다. 그 출발은 내가 현재 무엇을 하고 있는지, 내 몸 상태는 어떠한지, 어떤 일에 대해 집중적으로 고민하고 있는지, 어떤 마음 상태인지, 누구로부터 상처를 받았고 누구에게 상처를 주었는지, 내게 가장 절실히 필요한 사안이 무엇인지 등등에 대해 고백도 좋고 글쓰기도 좋고, 구체적이고 정직하게 말하거나 표현해 보는 것이다. 물론 이 방법과 아울러 선각자들의 책 읽기와 인문학 강의 듣기, 그리고 자신만의 사색을 게을리 하지 않는다면 내면의 힘이 부쩍 커지면서 나를 잘 알아 간다는 느낌을 가질 수 있지만, 생계 때문에 힘들다면 내가 취한 방법을 선택해 보기를 권한다.

언젠가 법륜 스님의 '즉문즉설' 현장에 간 적이 있었다. 강당을 메운 참석자들 가운데 몇몇이 자신의 고민을 공개적으로 털어놓으면 법륜 스님이 즉각 상담을 해주는 방식이다. 이날의 고민들은 주로 타인과의 관계에 대한 문제였다. 돈을 적게 벌어서, 출세를 못 해서 등등 세칭 속물적인 고민보다는 누군가 때문에 마음에 생긴 생채기가 점점 깊어지고 있는데 그것을 어쩌지 못해 도움을 받고 싶다는 호소에 가까운 절규들이었다.

자리에서 일어선 상담자들이 마이크에 대고 조심스레 고민을 꺼낼 때마다 법륜 스님은 찌푸린 얼굴로 목소리를 높였다. "무슨 이야기인지 하나도 못 알아듣겠어요. 뜬구름 잡기 식으로 막연하게 이야기하지 말고 좀 더 알아듣게 또박또박 말해 주세요." 대략 이런 식의 주문을 했는데, 그렇다고 곧바로 자신의 고민을 육하원칙에 입각해 조목조목 말하는 사람은 드물었다. 법륜 스님은 참석자들이 당황해하는 모습에 익숙한 듯 개의치 않고 고민을 알아내기 위해 집요하게 캐묻고 또 캐물었고, 그제야 상담자들은 응어리를 토해내듯이 고민의 실체를 구체적으로 쏟아냈다.

즉문즉설이 모두 끝나고 법륜 스님이 마무리 멘트를 하는데, 나는 그 말에서 몸이 움찔거리는 깊은 울림을 받았다. 요점은 자신의 고민을 공개석상에서 말하겠다고 마음먹은 그 순간부터 1차 치유가 시작되었고, 그 고민의 내용을 낱낱이 되새기며 대화를 주고받은 과정이 2차 치유를 가져왔다는 것인데, 내 경험을 일목요연하게 정리받는 듯한 느낌이 들었기 때문이었다.

40대부터 진행된 나만의 글쓰기를 통해 나는 내 처지에 따른 고민을 조금씩 사람들에게 구체적으로 드러내기 시작했고, 그것을 몇 번 반복해서 읽다 보니 내게 벌어졌던 일들에 다른 의미가 부여된다는 사실을 깨달았다. 아프고 상처받았던 기억들, 나를 절망스러운 무능력자로 인지하게 만든 상황들, 살려는 의지를 무참히 짓이기는 무기력을 은밀하게 배태시켰던 사건들이 그렇게 원망스럽지만은 않고 살다 보면 일어날 수도 있다는 쪽으로 방향 선회가 이루어졌다. 그 과정에서 과거를 돌이켜 보았던 붙박이 시선은 때로는 환하게 때로는 어둡게 끊임없이 변주되면서 과거의 나를 규정된 속박에서 끄집어내 현재의 나를 밀고 나가는 에너지가 되었다.

'지난날은 지난날이고 지금은 어떻게든 살아야 하지 않겠나?'

즉문즉설을 경험하기 전까지 나는 왜 이런 현상이 나타났는지 한 번도 생각해 본 적이 없었다. 이론적으로 파고든다는 게 무의미해 보였다. 그저 내가 변해 가고 있었고, 무능력하고 무기력한 부분이 있더라도 때로는 꾸역꾸역 때로는 생기 있게 삶을 이어 가겠다는 끈을 놓지 않고 있는 현실이 중요했기 때문이었다.

내 고민을 말하지 않고도 나름 치유가 되었다는 기쁨은 물론 지난날의 한 획을 정확히 들여다보게 해준 그날의 경험은 이후 나만의 글쓰기를 지속하는 데 큰 버팀목이 되었다. 나의 이야기를 구체적이고 정직하게 담아 풀어 가는 나의 글쓰기가 아픈 나를 살렸다는 것을 입증하는 계기가 되었기 때문이었다. 세상의 근원을 제대로 설명하지 못해도, 내가 어느 위치에 서 있는지 시공간적으로 사고하지 못해도, 내 모습이 사람들 틈바구니에서 어떻게 비쳐지고 있는지 몰라도, 나를 구체적으로 고민하고 정직하게 표현하는 글쓰기가 나 자신을 알아 가는 가장 좋은 방법이라는 확신도 갖게 되었다.

내가 누구인지 아는 공부의 첫걸음인 자신을 구체적이고 정직하게 직시하는 태도를 내재화하려면 상식이지만 많은 노력이 필요하다. 못나다고 여기는 결점, 드러내고 싶지 않은 거짓, 밝히기 꺼려하는 상처를 남한테 그것도 공개적으로 알려 준다는 행위 자체가 그리 녹록한 일은 아니다. 툭 까놓고 고백하면 할수록 자신에게 수치를 느끼면서 스스로 모멸감에 빠져들고, 곧이어 흡인력이 강한 수렁으로 들어가 헤어나지 못할 것 같기 때문이다. 구체성이 드러나면 드러날수록 머릿속이 혼란스러워지고, 고민의 해결점을 찾기 전에 감당하기 어려운 감정 상태에 다다르는 것이 두렵고, 그 고민을 만든 주범이 전적으로 자신일지도 모른다는 혹독한 사실을 인정하기 싫기 때문이다.

나를 표현하는 단숨에 글쓰기는 나를 살리는 글쓰기이다. 이 거대한 세상에서 과녁의 초점은 어디까지나 나다. 그래서 나를 아는 공부가 중요한데, 그것이 명석한 머리로 해박한 지식을 입에 담으며 세상을 멋지게 설명해내면서 그 안에 존재하는 나의 면면을 해부하면 좋지만, 사람마다 물려받은 유전자가 다르고 삶의 환경이 천태만상인데 모두가 그럴 수는 없다. 누구는 근원 탐구 등의 골치 아픈 생각에 진절머리를 내고, 누구는 물질적인 생존만을 최우선으로 삼으며 소유에 만족을 두고 살아간다. 어떤 모습이든 삶의 주체는 나이고, 그런 나를 좌절이 올 때마다 오뚝이처럼 만들 수 있는 길이 나를 구체적이고 정직하게 들여다보고 표현하는 것이다. 그러다 보면 언젠가 내가 누구인지에 대해 더 깊은 호기심을 갖게 되고, 그것은 근원을 탐구하는 참 공부로 이어진다.

내가 누구인지를 올바로 알아야만 나를 살리는 글쓰기를 할 수가 있다. 하지만 내가 누구인지를 그 누가 완벽하게 알고 있다는 말인가? 중요한 것은 현재의 나를 구성하고 있는 나를 알려고 애쓰고 그런 나를 쓰러지게 하지 않고 나를 끌고 가는 힘을 길러내는 노력을 게을리 하지 않아야 한다. 그 길의 동반자로 글쓰기가 선택되었고, 특히 나를 표현하는 단숨에 글쓰기는 방법론적으로 분명 당신에게 힘이 되어 줄 것이다.

나를 더 넓게
사유하는 힘

진화심리학자인 전중환 교수가 쓴 《오래된 연장통》이란 책을 보면 이런 구절이 나온다.

인간의 마음은 우리는 왜 태어났는가, 삶의 의미는 무엇인가, 신은 어떤 존재인가 같은 심오하고 추상적인 문제들을 잘 해결하게끔 설계되지 않았다. 우리의 마음은 어떤 배우자를 고를 것인가, 비바람을 어떻게 피할 것인가, 포식동물을 어떻게 피할 것인가 등 수백 만 년 전 인류의 진화적 조상들에게 주어졌던 다수의 구체적인 현실적인 문제들을 잘 해결하게끔 설계되었다.

단숨에 글쓰기를 하면서 나는 나에 대한 구체성을 확대해 인간의 보편적인 본성에 대한 궁금증을 생리적으로 갖기 시작했고, 그에 관한 책을 틈나는 대로 읽어 보았지만 고개를 주억거릴 만한 내용을 발견하지 못했다. 누구는 왜 철학적인 사유에 집착하는지, 누구는 왜 마음공부에 목숨을 거는지, 누구는 왜 재물 획득에 혈안이 되어 있는지, 누구는 왜 시키지 않아도 정의로운 행동을 하는지, 누구는 왜 파렴치한으로 사는지, 누구는 왜 스스로 생을 마감하는지, 누구는 왜 엄연히 살인을 하고도 정당한 논지를 펴는지에 대해 무릎을 칠 만한 보편타당한 이론들 말이다.

그렇게 호기심을 키우던 중 신문을 통해 진화심리학을 알게 되었고, 그에 관한 책들을 주섬주섬 챙겨 읽다가 위의 글을 보았고, 그쯤에서 근원 탐구에 대한 고민을 일단락 지었다. 근원적인 고민보다 현실의 구체적인 고민을 더 잘하도록 설계되어 있다는 인간인 내가, 열정과 투혼으로 삶의 본모습을 탐구해 가는 뛰어난 능력의 소유자보다 못한 내가, 치밀함보다 설렁설렁 사물을 대하는 내가 감당 못할 고민의 늪에서 허우적거리는 모습이 더는 온당하지 않은 것 같았다. 하지만 진화심리학이 눈에 들어오기까지의 여정은 소중했다. 내 삶의 테두리에서 절대 기웃거릴 수 없는 학문이 내게 솔깃했던 이유는 내가 누구인지 더 잘 알아 가려는 노력의 결과물이었기 때문이었다.

소설가가 되겠다는 열망으로 글을 썼던 지난날의 글들도 그 핵심은 인간 탐구였다. 문학의 존재 이유, 문학의 본질은 인간 아닌가?

인간은 왜 고뇌하고, 인간은 왜 불의에 저항하고, 인간은 왜 사랑을 갈구하고, 인간은 왜 상처받고, 인간은 왜 저 하늘의 별을 궁구하고, 인간은 왜 나약해지고 등등을 묘사하기 위해 밤을 지새웠을 텐데 왜 나는 글쓰기를 중단하면서 인간 탐구까지 중단했을까? 인간을 언어로 표현해내는 문학이 어렵다면 다른 방법을 찾아서라도 인간 탐구를 이어 가는 것이 고등학교 때부터 가졌던 내 인생관과도 맞는데 말이다. 돌이켜 보면 글쓰기를 중단하자마자 문학 언어로 표현해내지 못하는 인간 탐구는 무의미해 보였고, 글쓰기에 대한 미련을 버리면서 안락한 생존만을 쫓았기 때문이었을 것이다.

대학 전공을 선택하던 무렵 내가 철학과에 진학하고 싶다고 하니 주변 사람들이 대뜸 이렇게 말했다. "야, 철학이 밥 먹여 주냐?" 그때는 이런 면박에 주눅이 들어 단 한 마디도 반박을 못 했지만, 지금은 시간에 구애 받지 않고 나름 논리적으로 대꾸할 수 있다. "철학은 밥을 먹여 줘. 밥을 먹는 내가 누구인지 알게 해주는 학문이기 때문이지. 내가 누구인지도 모른 채 우적우적 밥을 먹는 미망에서 벗어나게 해준다니까. 밥을 먹는 내가 누구인지 알고 있으니 밥맛이 얼마나 꿀맛이겠어? 그걸 네가 알아?"

대부분은 나의 말에 수긍하지 않고 얼굴 가득 비웃음을 띠며 곧바로 반격해 온다. "철학과 출신도 아니고 더군다나 철학과 교수도 아닌 네가 뭘 안다고 그렇게 말해?" 미약하지만 어느 정도 사고의 중심이 서 있는 나는 미동도 없이 강철 같은 표정으로 이렇게 말한다. "나는 내 시선으로 세상을 보고 내 앎의 틀에서 세상을 이해하기 때문에 많이 배우고 적게 배우고는 하등 중요하지 않아. 나는 내 생각을 존중해."

어떻게 내가 이처럼 건방지면서도 뻔뻔해 보일 수도 있는 말을 과감히 내뱉을 수 있을까? 문학 언어로 인간을 탐구하지 않고, 나만의 언어로 나부터 탐구했기 때문에 가능하다. 핍진한 묘사에 문장의 생명이 달려 있는 문학에 매달리던 시절의 인간 탐구는 사실 내게는 본질적이지 못했고, 인간은 멋진 표현을 하기 위한 대상에 머물렀다. 하지만 나를 구체적이면서 정직하게 표현하는 데 초점을 두고 글쓰기를 하는 동안 나는 인간과 세상에 대해 근원적으로 궁금증을 갖기 시작했다. 여기에는 우연한 사건이 연관되어 있다.

단숨에 글쓰기를 하면서 나는 외부 사물에 대한 관찰을 먼저 하고, 그 느낌을 내 안에서 성찰해 글을 쓰던 젊은 날의 글쓰기 방식과 달리 내 마음 상태를 먼저 구체적이면서도 정직하게 드러내고, 그것을 외부 사물에 투영하고 거기서 빚어지는 느낌을 내 안에서 정리하는 글쓰기 방식을 습관화하기 위해 무던히 노력했다. 형식이 내용을 지배한다는 말이 때로는 옳고 때로는 그르기도 하지만, 이 과정을 거치면서 내 안에서는 내가 누구인지를 더 잘 알아야겠다는 의욕이 증폭되어 가고 있었다. 이는 글을 지속적으로 써야 한다는 명분이 되었고, 그것은 나에 대한 지대한 관심으로 이어지면서 나의 일거수일투족, 나의 감정 하나하나를 기억에 담으려는 무의식적 사고로 이어졌다.

그러던 어느 날 나는 한 사건을 계기로 내가 누구인지를 알아 가는 과정에 새로운 항목들을 추가하기로 했다. 나란 존재를 넘어 인간이라는 종, 지구의 역사, 우주의 시원, 생명의 탄생과 소멸, 마음과 몸의 고통, 관계의 본질 등등에 대한 근원적인 탐구를 껴안기로 했다. 이런 사안에 늘 관심을 두고 있었고, 이따금 도전장을 내밀곤 했지만 그것조차 문학 언어로 세상을 잘 표현하기 위한 겉멋에 불과했다. 하지만 탐구의 관점이 바뀌고 보니 그것들이 다르게 보였다. 나를 더욱더 잘 알기 위해서는 무리가 따르더라도 반드시 내가 해내야 할 참 공부였다. 모자란 능력은 부차적인 문제에 불과했다.

참 공부에 순도 높은 불꽃을 일으킨 사건은 이렇게 시작되었다. 2010년 늦가을 무렵, 나는 그날도 오랫동안 습관적으로 해온 나 홀로 산행에 나섰다. 주말에 비해 산에 사람이 다소나마 적은 평일, 그것도 발길이 뜸한 길만 골라 북한산을 다니는 게 정말 좋았는데, 그날따라 나는 하산 길에 한 무리의 사람들을 만났다. 도란도란, 깔깔깔, 하하하 등 내 고적한 산행을 방해하는 그들에게서 얼른 벗어나고자 여느 때와 달리 급하게 산을 내려가기 시작했고, 살짝 밟은 낙엽에 미끄러지면서 몸이 공중으로 붕 떴다가 땅에 떨어졌다. 화끈거리는 얼굴로 주위를 살피고 먼지를 털며 일어서고는 발걸음을 떼는데, 몇 걸음 걷다가 주저앉고 말았다. 극심한 근육통이라 생각하고 다리를 주무른 다음 일어섰으나 계속해서 다리가 말을 듣지 않았다.

늦가을 늦은 시간이라 어둠은 빠른 속도로 산에 깃들었고, 가을 산의 밤은 한겨울과 다름없었다. 두서없는 걱정이 온몸에 휘감겨 왔다. 순간 고개를 돌려 내가 내려온 길을 뚫어져라 보았다. 내 산행 속도를 확 바꾸어 놓은 등산객들은 다른 길로 갔는지 온데간데없다. 왁자한 그들의 목소리가 울컥 그리웠다. 정신을 가다듬고 바지 주머니에 손을 넣어 휴대전화를 꺼내 보았다. 방전되었는지 어두운 창이었다. 전원을 억세게 눌러도 아무런 움직임이 없었다. 적막감 속에 스멀스멀 공포가 엄습해 왔다. 몸을 일으켜 세운 뒤 스틱을 부서져라 꽉 쥐고 걸음을 떼었지만 털썩 주저앉아야 했다.

그때부터 나는 소리를 질렀다. "사람 살려요. 사람 살려요. 사람이 다쳤어요." 죽음의 그림자를 떨치고자 꺼이꺼이 소리를 높여 갔지만 다른 사람의 목소리는 감감무소식이고 툭툭 낙엽 떨어지는 소리만 무섭게 들려왔다. 나는 온 힘을 다해 산을 뚫겠다는 각오로 구해달라는 소리를 연신 질렀다. 갑자기 바람이 일면서 후드득후드득 낙엽 떨어지는 소리만 거세게 들려올 뿐 온기 어린 응답은 함흥차사였다.

소리 지르기를 중단한 나는 주위를 둘러보며 생존 본능을 일깨웠다. 낙엽이 수북이 쌓인 곳, 바위에 둘러싸여 바람을 피할 수 있는 움푹진 곳, 아는 바가 없지만 혹 동물이 잘 다니지 않는 곳 등을 세심히 살펴보았다. 낙엽을 잔뜩 덮고 바람만 잘 피해도 저체온증을 이겨낼 수 있고, 한 번도 북한산에서 짐승을 만나 본 적은 없지만 혹 밤이 되면 모르니 만반의 준비를 갖추어 하룻밤만 견뎌내면 살 수 있다는 희망을 버리지 않았다. 시시각각 죽음이 나를 옥죄어 왔지만 이대로 황망하게 목숨을 잃으면 어린 아들을 비롯해 가족들에게 씻을 수 없는 슬픔을 안겨 줄 것 같아 또 주위를 둘러보며 몸을 일으켜 세웠다.

마음만 살려는 의지를 품었을 뿐 몸은 좀처럼 옴죽거리지 않았다. 결국 유일한 방안인 소리 지르기를 계속하는 수밖에 없었다.

"사람 살려. 살려 주세요. 사람이 다리를 다쳤어요. 움직일 수가 없어요. 사람 살려요."

내 절규는 공허한 메아리가 되어 돌아왔다. 이대로 사람이 나타나지 않으면, 기온이 급강하하면, 이 세상과 마지막 밤이 될지도 몰랐다. 종잡을 수 없는 생각들이 요동을 치는가 싶더니 갑작스레 생각이 멈추며 오로지 딱 한 가지, '나는 과연 누구인가?'라는 물음이 치밀어 올랐다. 단숨에 글쓰기로 나에 대해 구체적이고 정직한 표현을 시도하면서 나를 알아 가고 있던 나는 과연 어떤 사람인지 당장 어찌 될지 모르는 상황에서 나를 정리해 보고 싶었다.

막상 시작해 보니 나에 대해 그토록 탐구했다고 하지만, 머릿속은 텅 비었다. 내 입술은 나에 대해서 단 한 마디도 하지 못했다. 아니 더러 생각이 나기는 했다. 내 이름, 내 키, 내 몸무게, 아들 이름, 아내 이름, 인수봉도 아니고 법정法定 탐방로에서 오도 가도 못한 약간 쪽팔리면서도 처참한 신세 정도였다. 내가 누구인지를 잘 알아서 살려는 의지를 끊임없이 추동해내려고 안간힘을 썼던 내가, 혹 죽을지도 모르는 상황에서 나의 삶을 짧게라도 회고하지 못하는 처지가 경멸스러웠다. 나를 알아 가면서 자존감을 높이려고 애썼던 내 자신이 허망해 보였다.

지금까지 무얼 했다는 말인가? 내가 나를 이토록 몰랐다는 말인가? 짧은 인생 후회하지 않을 만큼 살려고 뒤늦게 바동거렸는데, 결과는 아무것도 없다는 말인가? 오기가 발동했다. 지금까지 나를 알아 왔던 방식에서 벗어나 진짜 내가 누구인지를 더 심도 있게 알아가는 공부를 본격적으로 해봐야겠다는 생각이 불쑥 솟구쳤다. 이 세상에 온 이유도, 살아가는 이유도, 죽어야 하는 이유도, 죽은 뒤의 세계도 가늠조차 못 하고 죽어야 한다는 게 억울해 나는 온몸의 기를 모아 소리치고 또 소리쳤다.

얼마나 지났는지 가늠하기 어렵지만 짧다면 짧고 길다면 긴, 내 인생 최대의 분수령을 넘자 기적 같은 일이 벌어졌다. 그 시각 일주일에 딱 한 번 바로 그 요일에 그 길로만 오른다는 60대 부부를 만났다. 그분들의 사연인즉, 개인택시를 하는 남편은 허리가 안 좋은 아내를 위해 발길이 뜸한 그 길을 쉬엄쉬엄 올랐다 다시 그 길로 내려간다고 했다. 해가 짧아져 중턱에서 내려갈까 하다가 익숙한 길이고 운동량을 늘릴 요량으로 좀 더 오르는데 사람 소리가 들려 달려왔다고 했다.

'아, 살았구나!'

개인택시 기사는 내 다리를 만져 보더니 원인은 모르지만 걷기 힘들 것 같다며 119에 전화를 걸어 주었다. 그러고는 구조대원들이 올 때까지 이런저런 말을 걸며 기다려 주었다가 오던 길로 내려갔다. 구조대원들은 나를 들것에 눕혔고, 나는 산행 7년 만에 내 다리가 아닌 남의 힘으로 하산을 시작했고, 구급차가 대기하고 있는 산행 들머리에서 짙은 어둠을 맞이했다. 곧장 응급실로 옮겨진 나는 검사 결과 왼쪽 종아리뼈가 부러져 있었고, 병상에 누워 받은 숨을 내쉬고 있는 아들과 아내를 보아야 했다.

야생 학습에
도전하라

　온생명이라는 독창적인 사상을 펼치고 있는 물리학자 장회익 교수는 《공부 도둑》에서 '야생 학습'이라는 말을 자주 한다. 삼의 씨가 산에 뿌려지면 산삼이고, 밭에 뿌려지면 인삼인데, 효능 면에서는 인삼보다 산삼이 월등하다. 마찬가지로 공부도 주입식으로 억지로 하지 말고 의문을 스스로 해결하는 방식으로 공부를 해야 한다. 그래야만 자기만의 진짜 공부가 이루어지고, 그 공부로 얻는 것만이 사물을 진짜로 이해하는 공부이다. 어설피 이해하는 척하는 공부와는 차원이 다를 수밖에 없는 이 공부가 야생 학습이다.

　나는 오랫동안 출판사에서 일을 했기 때문에 여느 사람들보다 책을 많이 접했다고 생각했다. 나는 한때 글을 열심히 썼기 때문에 이 세상과 인간에 대해 평균 이상의 안목이 있다고 생각했다. 나는 단숨에 글쓰기라는 형식으로 나를 탐구하기 때문에 누구보다 내면을 들여다보는 삶을 살고 있다고 생각했다. 하지만 산에서 겪은 백치 상태는 내게 획기적인 생각의 진전을 요구했다. 아니 나를 통렬히 반성시켰다. 나는 내가 누구인지 진정 알려고 했다기보다 건성건성 설렁설렁 흉내만 내고 있었다. 진심으로 내가 누구인지 내 안에서 의문을 품지 않았다.

인간은 하늘에서 툭 던져진 존재도 아니고, 어느 시기에 진화를 거쳐 오늘의 인간이 되었고, 지역과 환경 그리고 그 안의 사람들이 만든 거대한 세상 속에서 현재의 내가 분명 숨을 쉬고 있을 텐데, 어느 순간 나는 그러한 생각들을 떨치려고 했다. 현재의 내게 충실해 오늘 죽지 않고 내일 살아갈 힘만 얻자, 이 세상의 근원 따위는 알려고 해도 어차피 내 능력 밖이니 모르쇠로 일관하자 등이 나락에서 다시 일어서기 위한 내 삶의 새로운 기준이 되었기 때문이었다. 복잡하고 골치 아픈 근원 탐구와 역사 인식은 멀리 던져버려야만 내 삶이 편안해질 것 같아 이처럼 안온한 틀을 만들었다.

나는 내 선택에 손톱만큼의 이의도 달지 않았고, 그것만이 현재의 나를 구원해 줄 유일한 끈으로 여겼지만, 그 방법은 잘못되었다. 본성적으로 어긋나지 않지만 내게 그것은 살려는 선택이 아니라 평안하려는 타협이었다. 나를 해치는 위험 상황을 지그시 억눌러 회피하려는 비겁이었다. 언젠가 한순간에 무너질 소지가 많은 연약한 탈출구였다. 고립 상황에서 나를 단 한 줄로도 솎아내지 못했던 산에서의 나가 증거였다.

고등학교 시절, 철학과 지망을 꿈꾸었던 이유는 극히 간단했다. 밥을 먹고, 숨을 쉬고, 말을 하고, 공부를 하고, 하루하루 살아야 하는 내가 누구인지 진짜 궁금했기 때문이었다. 길을 걷다가도 문득 내가 왜 여기 있지, 여기 있는 나는 도대체 뭐지, 나에 대해 궁금증을 갖는 의식은 뭐지 등등에 대해 시도 때도 없이 관심을 가지고 있었다. 그러다가 대학에 들어가 잠시 학생운동을 하면서 나는 나를 잘 알려면 무엇보다 인류 역사를 올바로 알아야 하고, 그것도 지식이 아니라 실천의 입장에서 역사를 알고 행동하는 사람이 되어야 했다. 사회에 나와서도 그런 생각을 품고 있었지만, 시간이 흐르면서 내 생존에 버거움을 느꼈고, 생존에 몰입해도 잘 안 되는 상황이 벌어지자 그 두꺼운 외투는 과감히 벗어버렸다.

　서점에 가보면 인생 지침서와 자기 계발서가 즐비하다. 나는 성공과 행복을 위해 뭔가를 끊임없이 주문하는 부담 백배인 그러한 책들을 외면해 왔다. 한 개인의 성공은 누군가의 불행을 불러일으키는 불공정한 목표 아닌가? 경쟁에서 이겨 남보다 풍부한 물질과 높은 권력을 얻어야만 성공과 행복을 보장받을 수 있다면, 그 아래에서 신음하는 사람들은 성공과 행복한 삶 자체를 논할 수 없다는 말인가?

　하지만 어느 순간 나는 내 생존을 위해 의식적으로 그런 서적들을 탐독했다. 하는 일마다 실패해 이 사회에서 기본적인 생존마저 위협을 느끼는 주된 원인은 바로 내가 못났고, 게으르고, 삶의 방침이 잘못되었기 때문이라고 여겼다. 사회 구조적인 모순을 떠나 나 자신이 심각한 문제를 안고 있다고 판단했다. 이를 위해 기존의 가치관을 버리고 새롭게 시작하는 길만이 내 생존을 보장해 줄 것 같았다. 그렇다고 이 부분에 몰입하지도 않았다. 꽉 끌어안고 싶지 않은 순간의 선택이었기 때문이었다.

응급실에서 임시로 깁스를 하고 나온 나는 며칠 뒤 허벅지까지 깁스를 했고, 그로부터 두 달 동안 병원 출입 말고는 집에서 두문불출했다. 하늘이 내려 준 절호의 기간에 나는 내가 나를 진짜로 알 수 있는 공부를 시작했다. 시류에 영합하지 않고, 내가 참으로 알고 싶은 내용이 무엇인지, 그것을 왜 알아야 하는지, 나는 진짜 나에 대해 세상에 대해 우주에 대해 의문을 가지고 있는지, 그렇다면 어느 부분이 가장 알고 싶은지 등등에 대해 집중적으로 생각하고 또 생각을 거듭하며 책을 읽어 나갔다.

먼저 나는 당시 갓 시작한 불교 공부에 본격적인 시동을 걸었다. 정말로 어느 날 문득 종교를 가지고 싶었고, 고민 끝에 나는 조계사에서 진행하는 신도교육을 받기로 마음먹었다. 이전에 이따금 불교 책을 뒤적거렸지만, 그것은 머리로만 더듬거릴 뿐 몸에 아무런 느낌이 오지 않아 직접 현장에 나가 듣고 보고 느끼기로 했다. 그 와중에 다리를 다쳐 부처님이 자비가 없는 분일지도 모른다는 터무니없는 상상을 잠시 했지만, 내가 그처럼 어리석은 사람은 아니었다. 다리 부러진 상황과 절에 들락날락거리는 행위는 무관했다.

평소 어렵게만 느껴 온 불교 책부터 탐독하려고 했던 가장 큰 이유는 곰곰이 생각하면 할수록 부처님처럼 자신과 세상을 알고자 평생 일관했던 사람은 없는 것 같았기 때문이었다. 누군가 또 있겠지만, 알아보는 수고 대신 일단 새롭게 접하기 시작한 부처부터 파고들기로 했다. 나는 도서관에 갈 수 있는 아내의 도움을 받아 빠른 속도로 불교 책을 읽어 나갔다. 부처님이 말하고자 하는 바, 불교를 해석하는 현재의 저자들이 전하고자 하는 바, 그것을 정확히 인지하지 못해도 나는 우주 속에서, 역사 속에서, 삶의 고통 속에서 나를 알아가고자 눈뿐만이 아니라 혼신을 다해 읽고 생각했다.

겉멋을 위한 지식 축적도 아니고, 생계를 위한 연구도 아니고, 시험을 치르기 위한 공부도 아니고, 내가 누구인지, 진짜 무엇이 알고 싶은지, 오로지 그 부분에 초점을 두고 매달리다 보니 기이하게도 또 다른 분야가 궁금해졌다. 문과 출신인 내 머리로는 도무지 이해 불가이고, 때문에 그러한 책을 읽는 시간은 무의미해 보여 제대로 시도조차 하지 않은 과학 책들이 내 손길을 원했다.

여기에 결정적인 계기를 준 책이 있었다. 천문학과 이시우 교수가 쓴 《붓다의 세계와 불교 우주관》이었다. 이 책을 통해 과거의 불교가 현대의 과학으로 입증되었고, 불교를 더 잘 이해하려면 과학적인 지식이 덧붙여져야만 속도가 날 것 같았다. 특별한 이유는 없었지만, 기독교와는 거리가 먼 듯한 과학자들이 머리에 떠올랐고, 그렇게 나는 찰스 다윈, 리처드 도킨스, 스티븐 호킹 등의 책들을 읽어 나갔고, 관심사가 꼬리를 물고 이어지면서 진화심리학까지 가게 되었다. 현재 진화심리학에서 잠시 멈추기는 했지만, 곧바로 다른 관심사로 옮겨 갈 것이다. 내가 누구인지 내가 어떻게 알 수 있다는 말인가? 다만 멈추지 않고 의문을 품으며 노력할 뿐이다.

새로운 분야의 책을 통해 나를 온전히 보고 나를 온전히 느끼고 나를 온전히 사랑하기 위해 나만 들여다보았던 시야를 벗어나 더 넓은 시각으로 나를 보려고 나름 정진했던 두 달의 시간이 흘렀다. 나보다 더 뛰어나고 나보다 더 열정적으로 세상을 보고 느끼려고 내달렸던 선각자들의 책을 눈이 아니라 온몸으로 읽으려고 했던 두 달의 시간은 나도 모르게 내 사유의 힘을 부쩍 키워 주었다. 지금의 나는 현재의 시공간에만 머무는 한없이 작은 존재가 아니라, 때로는 우주의 한 점으로 때로는 하늘에 떠 있는 구름으로 때로는 수조 개의 원자로 느껴졌다. 즉 나는 키 175센티미터에 몸무게 66킬로그램이라는 크기로 우주의 한 공간을 차지하고 있지만, 그게 나의 전부가 아닐 수도 있다는 생각을 갖게 해주었다.

이처럼 짧은 시간에 득도의 경지에 오를 수 있다는 말인가? 물론 거짓이다. 나는 여전히 삶을 불안해하고, 현재의 내 모습에 안절부절못하며, 안락한 생존에 목말라 하고 있다. 하지만 가끔은 내 불안을 이기기 위해, 약해져 가는 의지를 다지기 위해 나를 우주로 던져버리는 생각을 할 줄도 안다. 장회익 교수가 말한 야생 학습을 특별한 계기를 통해 비슷하게 흉내를 내다 보니, 생각의 지평이 나도 모르게 넓어져 그런지도 모른다.

이제 1강을 마무리할 시점이다. 다시 말하지만 이 책의 목적은 글을 잘 쓰기 위한 기술 습득에 있지 않고, 글쓰기로 살려는 의지를 굳건히 다지는 데 있다. 그러기 위해서는 글이 중심이 아니라 내가 중심이 되어야 하고, 글을 쓰는 내가 중심을 잡기 위해서는 자신을 구체적이고 정직하게 표현하는 훈련을 해야 한다. 이때 거창해 보일지도 모르지만, 자신의 위치를 우주와 거대한 세상, 그리고 현재의 모습과 연관시켜 탐구해 보면 자신을 더욱더 명료하게 알 수 있다.

처음부터 구체적이고 정직하게 글을 쓰기는 어렵다. 하지만 조금이라도 노력해 보면 그리 난감한 일만은 아니다. 예를 들면 이런 거다. 그냥 살기 싫어 죽고 싶다가 아니라, 당장 내일 연명할 끼니도 없고, 당장 도움을 요청할 곳도 없고, 내 곁에 아무도 없는 게 너무 서글프고 외로워 죽고 싶다는 식으로 글을 써본다. 상황에 따라 삶을 포기하고 싶은 이유가 다르겠지만, 그 이유를 하나씩 하나씩 꼬리를 물고 진심으로 파고들어 가면 죽어야 할 이유보다 살아야 할 이유와 그 방도가 나올 수 있다.

이런 글쓰기에 익숙해지면 생각의 지평을 확대해 우주와 생명의 근원, 그리고 현재의 우리를 만들고 있는 거대한 세상에 대해 궁금증을 갖고 그 세계를 파고들기 바란다. 박사 논문 급의 수준도 아니고, 수도승의 용맹정진도 아니고, 자신이 알고 싶은 만큼 최선을 다해 그에 관한 책을 읽으며 생각을 정리한 뒤 글쓰기에 반영하면 살려는 의지를 더 강하게 다질 수 있다. 여기서 예시는 들지 않겠다. 사람마다 가치관도 다르고 종교도 다르기 때문이다. 중요한 것은 생각의 지평을 늘려 나가는 노력을 게을리 하지 말아야 한다는 점이다. 이것만으로도 살려는 의지는 절대 꺾이지 않는다.

사례 1

● 개요

한양도성을 시민들에게 안내하는 도성길라잡이가 되기 위해 첫 시연을 하고 나서 쓴 후기이다. 처음부터 이런 식의 글을 쓰지는 않았다. 몇 년 동안 단숨에 글쓰기를 하면서 터득했다. 나를 알아 가는 과정을 점점 더 확대시키면서 우주와 세상을 보는 사상을 글 안에 녹여 보았다. 쓰고 난 뒤 여러 번 반복해서 읽어 보면 내 자신이 이 세상에 반드시 필요한 존재라는 생각에 다다른다. 살려는 의지가 다져지는 순간이다.

40대 중반으로 치달을 무렵 문득 종교가 갖고 싶었습니다. 무종교로 사는 것은 사실 대단한 의지가 있어야 한다는 것을 나름 느꼈기 때문이었습니다. 그래서 첫발로 성당에 가보았습니다. 세 번째 교육 받던 날 그만두었습니다. 신약성서를 필사해 오라고 하는데, 그게 좀 마음에 안 들었고, 그곳 분위기도 마치 내게 맞지 않은 옷을 입은 것 같았기 때문이었습니다.

그렇게 한두 해를 보내던 중 우연히 템플스테이를 갔다 왔습니다. 맞춤복처럼 편하지는 않았지만, 그런대로 내 몸에 걸칠 만한 옷 같았습니다. 그래서 그해 가을 무렵 조계사 신도교육을 받았습니다. 1주일에 한 번 석 달을 다니고, 수계를 받고, 신도증을 받았습니다. 그게 불교라는 종교를 갖게 되는 것인지 어떤 것인지는 모르지만, 누군가 혹

종교를 물으면 그냥 불교라고 했습니다. 하지만 절에 잘 가지 않습니다. 다만 나름 불경을 보았습니다. 금강경은 누가 시키지도 않았는데 필사까지 했습니다. 나도 신기했습니다.

그 와중에 천문학 교수인 이시우 님이 쓴 《붓다의 세계와 불교 우주관》이라는 책을 읽고는 무릎을 탁 쳤습니다. 거기에는 반복적으로 '생주이멸生住異滅'과 '성주괴공性住壞空'이란 말이 나옵니다. 한 마디로 세상은 공空이라는 것이지요. 과학자의 글이라 약간 믿음도 갔습니다. 뭔가 강한 빛이 내 몸을 훑고 지나가는 것 같았습니다. 오랫동안 궁금했던 세상의 진리가 풀리는 느낌을 받았기 때문이었습니다. 그렇게 묘한 여운에 사로잡혀 있던 중 스티븐 호킹이 쓴 《위대한 설계》를 읽었습니다. 거기서 나는 "인간은 분자의 우연한 결합"이라는 문구에 사로잡히고 말았습니다. 내가 지금까지 몰랐던 세계가 펼쳐지는 것 같았습니다. 데미안이 말한, 알을 깨고 나오는 그 기분이 뭔지 나이 들어 조금 이해되는 순간이었습니다.

한 꺼풀 열어젖힌 세상을 느꼈지만, 역시 변한 거 없는 녹록하지 않은 현실을 낑낑대며 살던 중 몇 년 동안 해온 평화길라잡이 활동이 무척 권태롭게 느껴졌습니다. 똑같은 공간, 크게 진척이 없는 안내 내용, 그래서 반복적으로 뱉어대는 멘트, 변화가 없는 나의 비평화적인 모습, 그냥 모든 걸 중단하고 싶었습니다. 세상에서 제일 비싼 금이 '지금'이기에 현재를 열심히 살아야 한다고 하지만, 어차피 공空이고 찰나인 세상, 뭔가를 열심히 하고 싶지 않았습니다.

심드렁해지고 게을러지고 세상의 모든 게 마뜩찮아 만사를 귀찮아하던 중 나도 모르게 슬며시 '도성길라잡이'가 머릿속으로 박혀 왔습니다. 내 가까이에 그런 게 있었고, 그때 나도 모르게 시공간에서 사는 삶이 무척 궁금해졌습니다. 그것은 나름 평화길라잡이를 업그레이드하기 위해 별로 좋아하지 않는 만화책(《김태권의 십자군 이야기》)을 보다가 십자군 전 이야기인 로마인의 삶이 궁금했고, 그래서 시오노 나나미가 쓴 《로마인 이야기》를 읽으면서부터입니다. 15권짜리를 무협지 읽듯이 순식간에 읽어치운 나는 홀린 듯이 역사 공부를 하고 싶었습니다. 절대적 진리라고 할 수 있는(물론 제 관점입니다) '생주이멸', '성주괴공'이 있지만, 그래도 짧은 이승의 삶의 종류와 형태와 형식과 그 존재를 역사 속에서 알고 싶었던 것입니다.

(현재 과학 수준으로) 137억 년 전에 우주가 생겼고, 45억 년 전에 태양계가 생겼고, 곧이어 지구가 생겼고, 생물이 생겼고, 현생 인류가 4만 년 전에 생겼고, 그 이후로 인류는 역사를 만들며 살았습니다. 우리가 굳이 분류한 구석기, 신석기, 청동기, 철기 등등의 시대, 아니면 원시시대, 고대노예제, 봉건제, 자본주의, 사회주의 등등의 구분 등 인류는 외피를 달리하며 살아왔지만, 그 외피 속에 무리를 이루며 사는 인간의 모습은 늘 비슷비슷했을 겁니다. 현실에 무게를 두는 자는 강한 생존본능과 소유욕구와 권력에 사로잡혀 자신은 잘살면서 많은 타인에게 피해를 주었을 것이고, 공감 능력이 뛰어난 역사를 사는 자는 모든 이의 행복 추구를 위해 인류에게 정말 필요한 자유, 평등, 인권, 행복 등의 추구를 공평하게 하는 제도를 발전시켰을 것입니다.

대략 이런 생각이 들었지만, 그것을 진짜 역사 속에 밀착시켜 공부를 하고 사고를 하려는 내 모습은 실제로 별로 없었습니다. 최루탄이 난무한 80년대에 잠시 그 세계에 있었지만, 그때는 저뿐만이 아니라 많은 사람이 그렇게 살았지요. 현실과 공, 그 사이를 오가며 나도 넉넉한 현실을 살고과 안간힘을 쓰지만 그게 뜻대로 되지 않는 현실, 나는

일단 그것은 그것이고, 나를 좀 더 탈바꿈시키기 위해 도성길라잡이에
발을 턱 디밀었습니다. 그러면서도 나는 나를 괴롭힌 문제를 해결하려
고 최대한 노력을 해보았습니다. 바로 오래된 유적과 유물을 내 안에
잘 껴안는 것이었습니다. 소수의 사람이 더 강한 권력을 갖고 더 많은
욕심을 채우기 위해 공간의 변화를 도모해 세운 건축물, 그것을 잘 껴
안아야 한다는 것입니다.

　우리 입에 쉽게 오르내리는 민주주의란 말의 역사는 오래되었지만,
정말 모든 인간이 행복할 수 있는 참된 민주주의의 실현은 아직도 갈
길이 먼 것이 현실입니다. 저는 그러한 과정의 실현을 가능하게 하는
공간이 우리 현실에 많이 나타나기를 바라는 사람 중에 한 명입니다.
그런데 제가 역사를 공부한다고 덤볐을 때 제가 가지고 있던 생각이
구현되는 유적과 유물은 찾기 어렵다는 것을 알았습니다. 물론 있기는
있습니다. 하지만 그것들은 어찌 보면 소수의 권력자들이 인간 평등을
위한 본질적인 개혁을 은근슬쩍 무마하기 위해 약간의 속임수를 써서
시행한 것일 수도 있다는 생각을 지우기는 어렵습니다. 역시 물론 그
렇지 않은 것도 많이 있습니다. 아무튼 정리되지 않은 생각은 이쯤에
서 접겠습니다. 나도 잘 모르고, 그래서 그러한 공부를 하고 싶고, 그런
과정의 생각을 풀어 보고 싶어 적어 보았습니다.

　한두 마디로 정리되기 어려운 게 우리 앞에 끊임없이 펼쳐지는 삶
이겠지요. 아무튼 저는 도성길라잡이가 되고자 실내교육을 받았고, 숭
례문 모니터링을 했고, 시연을 해야 했습니다. 모니터링을 마치자마자
저는 매뉴얼을 쓰기 시작했습니다. (때마침 그때 일거리가 없었습니
다.ㅋ) 기존 매뉴얼과 자료실 자료를 열심히 읽고, 모니터링한 내용을
다시 상기하고, 인터넷을 뒤지고 해서 매뉴얼을 완성했습니다. 나름 이

정도면 되겠지 했습니다. 50분 동안 얼마나 많은 이야기를 압축해서 할 수 있을까? 특히나 문 하나라는 극히 한정된 공간이니, 크고 깊게 고민하지 않아도 되지 않을까 하며, 약간 불성실한 태도를 보였습니다.

그래서 시연 날짜를 15일로 잡았습니다. 처음에는 14일 오전에 하려고 했습니다. 오후에 목멱 답사, 저녁에 4기샘 번개. 하루에 모든 일을 하고 싶었기 때문이었습니다. 다 제 욕심이었던 것이지요. 이럴 때 정말 제가 웃깁니다. 다른 사람의 욕심은 탓하면서 제 욕심은 채우려고 하니까요. 자기의 욕심을 채우려면 누군가는 뭐든지 손해를 보기 때문이지요. 정말, 사람은 진짜 사람 되기 힘든 구조인가 봅니다. 흑!

15일 시연을 앞두고 철저한 준비를 했어야 하는데, 내 나이와 시들어 가는 뇌를 핑계 삼아 15일 오전에 매뉴얼을 탐독하기로 하고 14일 오후에 목멱 답사에 참여했습니다. 공간 개념과 그 공간에 세워진 건축물에 역사를 투영해 보는 게 극히 미숙한 저에게 목멱 답사는 정말 유익한 시간이었습니다. (목멱 답사에 수고해 주신 선배샘들에게 다시 한 번 감사드립니다.) 유익한 답사에는 유쾌한 뒤풀이가 있어야 하는 법, 더군다나 오랫동안 만나지 못한 4기샘들도 볼 수 있다니 갑자기 마음이 들뜨기 시작했습니다. 그래서 먹지도 못하는 족발, 그 족발집에 가는 것을 개의치 않고 족발집에 내 엉덩이를 붙이고 말았습니다. 춥다고 소주 몇 잔, 배고프다고 막걸리 몇 잔, 드디어 생각 따로 손 따로 노는 음주의 시간이 나를 감싸기 시작했습니다. 비슷한 생각을 하고 좋은 마음씨를 가진 분들과의 어울림은 늘 사람을 기쁘게 하는가 봅니다. 그렇게 1차에서 2차까지 갔던 거 같습니다.

드디어 15일 아침이 밝았습니다. 아침을 먹고 컴퓨터를 켰습니다. 제가 쓴 매뉴얼을 읽기 시작했습니다. 눈앞이 캄캄했습니다. 한 달 전에 쓴 거라 기억도 가물가물, 의욕만 앞섰을 뿐 내용도 형편없었고, 순간 절망스러웠습니다. 그래도 후배를 위해 일요일 시간을 내주실 선배 샘을 생각하자 물릴 수가 없었습니다. 더더군다나 서대문형무소만 따라오던 아들이 숭례문에 간다고 하니 선뜻 동행하기로 했습니다. 서대문형무소는 더 이상 안 간다고 했거든요. 숙취가 덜 풀린 상태에서 매뉴얼을 반복해서 읽고 11시쯤 길을 나섰습니다.

집 앞에서 706번 버스를 타고 12시 10분 숭례문에 도착했습니다. 아들과 함께 5층에 올라가서 둘러보았습니다. 그때 경비 아저씨가 누구냐고 제게 물어 도성길라잡이라고 했습니다. 이름이 뭐냐고 해서 이름을 알려 주었습니다. 경비 아저씨는 기록을 해야 한다고 했습니다. 아저씨가 가고 저는 다시 5층을 좀 더 본 다음 정문으로 갔습니다. 그때 아저씨가 다시 왔습니다. 왜 명단에 이름이 없느냐는 것이었습니다. 저는 교육생이라고 했습니다. 그 순간 깨달았습니다. 아, 나는 진짜 교육생이구나. 아직 정식 도성길라잡이가 아니구나. 내 몸이 지각 변동을 하며 긴장을 해야 했습니다. 시연에 통과하지 못할 수도 있기 때문이었습니다.

시간에 맞추어 황금 같은 일요일을 반납하고 후배의 시연을 봐주러 선배샘이 도착하셨습니다. 뒤이어 도성샘들이 한두 분 들어왔습니다. 저는 긴장을 했습니다. 설마, 내 시연을 보러. 역시 아니었습니다. 낙산 모임이 있다고 했습니다. 휴, 다행이었습니다. 14일 뒤풀이에서 제가 시연한다고 동네방네 떠들었던 기억이 가물가물해서 누군가 나타날까 봐 혼이 났지만, 다행히 선배샘과 아들만을 앞에 세우고 시연을 할 수 있었습니다.

드디어 도성의 첫발인 숭례문 시연이 시작되었습니다. 역시 앞이 캄캄했습니다. 어디서 말문을 열어야 할지 감이 잡히지 않았습니다. 서대문형무소 경험이 있다고 하지만 숭례문은 새로운 공간이다 보니 그런 것은 하나도 중요하지 않았습니다. (여기서 반성합니다. 안내해 본 경험을 너무 앞세웠습니다. 막히면 애드립? 새로운 공간에 대한 더 많은 공부와 고민을 할 것을 새롭게 다짐합니다.) 특히 판넬을 여러 번 보았음에도 불구하고 어디에 어떻게 문과 글자가 있는지 눈에 들어오지 않았습니다. 머릿속은 그런 것보다 이 말 끝내고 다음에 어떤 말을 해야지, 오직 그 생각뿐이었습니다. 기억을 못 해 말문이 막히는 게 가장 두려웠기 때문이었습니다.

배가 산으로 가는지 들로 가는지 모르게 정문 앞 판넬을 마치고 5층으로 가려는데 선배샘이 1층 문을 열었습니다. 그래서 거기서 해보았습니다. (12시 10분에 왔을 때 1층 문이 막혀 있어서 되게 좋아했는데, 사실 순간 당황했습니다.) 역시 시연을 하면서 제가 오랫동안 내 스스로 난감해했던 것이 드러나기 시작했습니다. 건축물에 대한 자세한 언급을 하기 어려운 제 단점이 드러났다는 것입니다. (세워지고 마멸되고 없어지고 또 세워지고 마멸되고 없어지고 그런 반복의 순환에 있는 건축물을 현재의 그 모습에서 직시하고 살펴보고 껴안고 사랑하는 연습을 앞으로 피나게 해야 할 것 같습니다.)

5층에서도 역시 문제가 드러났습니다. 설명을 관람객들이 잘 이해하도록 판넬에 있는 사진을 적극 활용해야 하는데도 어디에 뭐가 있는지 설명 도중 짚어내기가 너무 힘들었습니다. 그러다가 막히면 애드립으로 순간을 넘기려고 했고요. 그렇게 5층을 하고, 1층 문으로 다시 나왔습니다. 나는 약간 기분이 좋았습니다. 두 지점만 설명하면 시연이 끝나기 때문이었습니다. 하지만 나는 또다시 긴장을 해야 했습니다. 선배샘이 1층 입구에 있는 판넬을 보며 발굴 조사 과정에서 드러난 숭례문의 여러 모습을 여기서 간단히 재차 언급하는 게 좋다고 했습니다. 그리고 옆에 널려진 성곽 쌓기에 쓰일 돌에 대해 설명해 주었습니다. 현장 상황은 변하기에 새로운 게 있으면 많은 시간이 걸리지 않으니 설명하는 게 좋다고 했습니다. (아, 저는 또 깊이 반성해야 했습니다. 이게 진정한 애드립이구나!!!)

움츠러들기만 하는 저 자신을 자책하면서 대장간을 지나 정문에서 마무리를 했습니다. 그때 문득 선배샘이 제 아들에게 물었습니다. 아빠 안내가 어땠느냐고요. 아들 왈, "교과서에 없는 거 배워서 좋았고요, 근데요, 아빠는 참 쓸데없는 말을 많이 해요." 참으로 부끄러웠습니다. 그러고는 곧바로 선배샘의 정문 안내를 들었습니다. 그 일행이 이동하자마자 제 시연에 대한 모니터링이 시작되었습니다. 지적을 받을 때마다 이른바 모골이 송연해졌습니다. 참으로 갈 길이 멀다는 생각이 들었습니다. 그렇게 주눅 든 마음으로 고픈 배를 채우기 위해 선배샘과 아들, 저는 남대문 시장 갈치집으로 갔습니다. 함께 밥을 나누며 이런저런 이야기를 했습니다. 아들은 옆에서 묵묵히 먹기만 했습니다. (나중에 알고 보니 그 갈치가 그렇게 맛있어서 먹기만 했다는군요. 전철에서 이동 중 엄마한테 전화하더군요. 갈치조림 해달라고.)

저도 평화길라잡이 하면서 후배샘 모니터링을 하기도 했는데, 그게 사실 쉽지 않습니다. 당연히 그 공간에 대한 이야기를 후배샘보다 많이 알고 있고, 그래서 속으로 '준비를 많이 안 해왔네' 하며 화가 나기도 하지만 겉으로 당연히 표현할 수 없습니다. 만일 후배샘이 진짜 새로운 시각에서 새로운 안내를 하면 공부가 되지만, 그렇지 못할 경우에는 듣는 게 괴로울 때도 있는 게 사실입니다. 그래서 후배의 모니터를 들어 주고 지적해 주는 게 얼마나 고마운지 압니다.

책을 보는 것과 탁자에서 말하는 것과 현장에서 말하는 것, 그것도 단순한 말이 아니라 정확한 전달을 요하는 안내자의 말이 다르다는 것을 이론으로는 알지만, 그게 얼마나 어려운지는 안내할 때마다 매번 절감합니다. 그 안내의 질적 도약을 위해 귀중한 시간을 내주시고 정확하고 알찬 조언을 해주신 선배샘에게 다시 한 번 감사드립니다. (이렇게 길게 후기를 쓰는 이유는 제 정리의 차원도 있지만, 개찰구로 들어가던 걸음을 멈추고 갑자기 저를 보며 선배샘이 이렇게 말했기 때문입니다. "후기 꼭 쓰셔야 해요." 그때 제 입에서 저도 모르게 이런 말이 튀어나왔습니다. "제가 후기 전문 작가입니다.ㅋㅋㅋ")

새해가 되어 다시 절에 가고픈 생각이 들기는 하지만, 아직은 모르겠습니다. 종교인으로 사는 게 저한테 맞는지 맞지 않는지 말입니다. 하지만 나중에 어떻게 될지 모르겠지만 현재는 도성길라잡이로 그리고 도성 공부를 통해 한결 탄탄해진(?) 평화길라잡이로 사는 게 현재의 제 모습일 것입니다. 그 길을 가는 데 정말로 좋은 분들이 많고, 그분들은 또 다른 도반이기 때문입니다. 미흡하고 부족한 제게 늘 힘이 되시는 도성길라잡이 샘들 늘 고맙고 사랑합니다.

나는 현재의 앎에
확신을 갖고 산다

사상은
누구나 가질 수 있다

다석 류영모란 분이 있다. 그는 우리말과 우리글로 철학을 한 최초의 사상가이자 종교가로 알려져 있다. 《다석 마지막 강의》라는 책은 그가 여든한 살 때인 1971년에 한 강의를 직제자인 박영호가 풀이한 것이다. 이 책에 나오는 한 구절을 들여다보겠다.

하느님께서 이 세상을 마련할 때 어떻게 할 것을 다 예정해 놓은 것이 뚜렷이 보인다. 지구가 생긴 지 약 45억 년이 되었다는데, 불덩어리가 식어서 바다가 생긴 것은 지금으로부터 38억 년 전의 일이다. 30억 년 전 박테리아가 생겨서 진화를 거듭하여 척추동물이 생겨났다. 3억 6천 년 전에 폐로 공기를 호흡하는 육지의 짐승이 생겨났다.

물 호흡에서 공기 호흡으로 진화한 것은 비약적 전환이 아닐 수 없다. 5백 만 년 전까지는 사람과 유인원은 공동 조상인 프로콘술 시대였다. 결정적 분리는 250만 년 전에 직립 유인원이 나타나면서부터 생명의 혁명이 일어났다. 털가죽을 덮어 쓰고 있던 것이 털이 없어진 것이다. 털이 없는 가죽이 혁革이다. 털 있는 원숭이도 갓 태어났을 때는 털이 없다. 털 없는 상태에서 그대로 어른으로 자라난 털 없는 원숭이가 사람인 것이다. 털 없는 원숭이, 곧 사람은 털만 없어졌지 짐승 성질(탐진치)은 그대로 가지고 있다. 짐승과 다름없이 탐욕을 부리고 싸움질을 하고 음행을 저지른다.

이 글을 읽고 난 뒤 나는 '아, 저런 식으로 말해야 인간 탐구의 본질에 도달하는구나. 나도 과연 저렇게 말할 수 있을까'라는 생각을 여러 번 해보았다. 처음에는 불가능하게 여겼다. 동서양 사상에 통달하고 끊임없이 자기만의 사색과 명상, 그리고 글쓰기를 통해 구축한 저 높은 사상의 경지를 내가 어떻게 오를 수 있을까? 생각 자체가 객기였고, 도전 자체가 무모해 보였다. 하지만 나는 내가 제대로 몰라도, 잘못 알고 있어도, 잘난 척한다고 조롱을 받아도, 인간에 대한 나만의 정의를 내리기로 했다. 언제 어느 순간 생각이 휙 바뀔지 모르지만, 바뀌기 전까지 인간과 세상에 대한 내 정의에 확신을 갖기로 했다.

평생 학문에 정진한 대학자들도 인간과 세상에 대한 정의를 단언하지 않으려는데, 왜 나 같은 무지몽매한 자가 감히 사상가를 모방

하려는가? 이유는 간단했다. 이를 글쓰기에 활용하면 살려는 의지가 더욱더 강해진다는 사실을 깨달았기 때문이었다. 나를 표현하는 단숨에 글쓰기는 애초부터 살려는 의지를 다지기 위한 글쓰기이고, 그 무엇으로도 깨트릴 수 없는 견고한 의지를 만들 수만 있다면 어떤 내용도 허용하기로 했다. 상상 그 이상의 노력과 고통 속에 탄생한 사상가를 무시하는 오만불손한 태도라고 지탄받아도 나는 이 방법이 적절하다고 판단한다.

우리가 익히 말하는 사상은 무엇이고, 저마다의 사상을 피력하는 사상가는 누구인가? 사상은 평범한 사람들은 감히 범접하기 어려운 세계인가? 현대의 기준으로 볼 때, 적어도 박사 학위 이상은 가지고 있고, 논문도 수십 편 발표하고, 대중 저서도 여러 권 지었고, 사회적 발언과 실천도 엄청 많고, 이에 따라 사회적 영향력도 어느 정도 있어야 사상을 가지고 있는 사상가인가?

이에 앞서 사상이 뭔지 잠깐 살펴보자. 궁금증이 일면 누구나 제일 먼저 찾는 인터넷에 나온 내용을 보겠다.

사상thought, 思想
요약: 감정이나 의지에 대하여 사고적思考的 현상現象을 이르는 말.
광의로는 정신활동 모두를 가리키나 보다 엄밀하게는 종합적 인식 대상認識對象을 이해하는 오성悟性 및 이성理性의 작용 또는 이와 같이 이해된 한도에서의 대상도 의미한다.
여기에는 고차적高次的인 것으로부터 다음의 4단계로 구별할 수 있다.

① 명확한 체계적 질서를 가진 이론이나 학설,

② 세계에 관한 여러 가지 견해, 인생에 관한 여러 가지 사고방식
을 나타내는 세계관·인생관을 포괄한 것,

③ 일상의 생활 장면에서 사물에 대처할 때의 사물에 대한 견해와
사고방식,

④ 이성적理性的 반성 이전의 생활 감정, 생활 무드, 의식 하에 있는
지향志向까지 포함하여 생각할 수 있다.

(두산백과)

사상가는 이런 사상의 본질을 잘 알고 이를 적극적으로 주장하는
사람을 일컫는데, 사상가를 키워드로 검색해 보면 정말 수많은 사람
들이 나온다. 과거에 머물렀던 사람은 물론이고 현대에도 매년 각종
매체에서 올해의 사상가를 발표한다. 그들의 저서 혹은 행동과 발언
을 들여다보면 세상과 인간 그리고 제도 등에 대한 자신만의 틀을
가지고 새로운 생각들을 멋지게 펴내고 있다. 수긍이 가기도 하고
반감이 들기도 하지만, 자기주장이 강한 만큼 그 누구보다 삶을 사
랑하고 살려는 의지가 강건해 보인다. 나는 바로 이 부분에 초점을
맞추고 나만의 사상을 갖기로 했다.

사상은 설득당하는 세력을 가지고 있어야 한다. 사회를 움직이는
영향력을 발휘하려면 한 사람만의 힘으로는 역부족이다. 대부분의
사상가들은 추종자를 두었고, 존경의 대상이 되었다. 물론 다른 사

상을 가지고 있는 사람들로부터 질타와 멸시의 대상이 되기도 했지만, 일정 정도 판도를 뒤흔들 세력을 바탕으로 이 세상의 발전에 기여했다.

내가 가지려고 하는 사상은 어찌 보면 사상이라고 말하기가 부끄럽다. 복잡다단한 세상을 꿰뚫는 날카로움도 없고, 세상을 뒤집어볼 만한 참신함도 없으며, 한 사회의 흐름을 역류시키거나 뒤바꿀 창의성도 없다. 그저 내가 보고 듣고 느낀 세상과 인간에 대해 내 식대로 정의를 내렸을 뿐이다. 누구나 조금만 노력하면 얻을 수 있는 초라한 생각일지도 모른다. 하지만 나는 그것을 사상이라 언급한다. 강한 힘을 안겨 주기 때문이다.

동서양 역사를 대략 훑어보면 그 많은 사상가들의 사상은 하나같이 다르다. 왜 그럴까? 우리를 둘러싼 세상은 그만큼 알기 어렵고, 안다고 하더라도 세월이 흐르면 누군가의 지난한 탐구로 그 앎은 오류로 판명되고, 새롭게 자리 잡은 앎은 또 누군가의 각고의 노력으로 오류가 되어버리고, 그렇게 앎은 뒤바뀌며 인류 역사가 이어져 왔다. 게다가 삶의 기준이 되는 가치관 역시 세월이 흐르면서 그 틀이 변모되었고, 한때 세상을 휘어잡으며 수많은 사람의 목숨을 좌지우지했던 사상도 서고 한구석에서 먼지를 뒤집어쓰고 있다. 이는 무엇을 말하는가? 내 능력이 부족해도 내 앎에 부끄러워하지 말고 내 앎에 당당함을 가지고 살아야 한다. 우리 모두는 아무것도 모르는 상태에서 앎을 이야기하고 있기 때문이다.

하지만 대부분의 사람들은 자기만의 사상을 이룰 엄두를 내지 않는다. 위대한 사상가들의 책을 읽거나 아니면 그들의 사상을 인용해 자신의 생각을 조심스레 드러내는 정도에 그친다. 그것도 어렵다고 생각하는 사람들은 아무런 인용도 없이 오로지 자신이 일구어 온 생각과 직관에 의존해 아주 소박하게 자신의 의견을 내놓는다.

왜 그럴까? 이유는 간단하다. 사상가들의 사유 체계는 의외로 복잡하고 난해하며, 그것을 표현해내는 방식도 복합적이고 중층적이어서 쉽게 접근하기 어렵다고 판단해서다. 이른바 사상가들이 남긴 고전이라 일컫는 책들을 읽어내려면 보통의 인내로는 어렵고, 완독한다고 하더라도 사상가의 사상을 해독해내는 사람들도 극히 드물다고 생각하기 때문이다. 아울러 사상가들의 심오한 사상을 몰라도 먹고 사는 데 큰 지장이 없다는 점도 중요하게 작용한다.

나를 표현하는 단숨에 글쓰기를 하려면 나를 잘 알아야 하고, 그러기 위해서는 우주와 인류 역사 등 거대 담론에 대한 관심도 가져야 한다고 했다. 그 안에서 나는 구체적으로 존재하기 때문인데, 구체성에 더 힘을 주려면 멋쩍더라도 나만의 사상을 갖는 연습을 해야 한다. 이는 글쓰기 실전 연습보다 선행되거나 글쓰기를 하면서 꾸준히 병행되어야 할 필수품이다. 살려는 의지를 다지는 글쓰기에서는 산소 같은 존재이다. 자기만의 사상이 없으면 자기만의 글을 쓰기 어렵다. 사상이란 말이 극구 부담스럽다면 주관이든 고집이든 줏대든 아집이든 편견이든 상관없다. 이름만 다를 뿐 모두 기본 바탕은 사상이다. 사상의 의미를 훼손했다고 하더라도 나는 할 말이 없다. 내가 보기에 자기만의 판단 근거는 중요하고, 이는 크든 작든 사상이라고 명명할 수 있다고 생각하기 때문이다.

부지런한 사유가
사상을 만든다

　그렇다면 어떻게 해야 자기만의 사상을 만들 수 있을까? 나, 우주,
인간, 거대한 세상, 마음 등등에 대해서 끊임없이 의문을 품어야 한
다. 하지만 사람들은 주저한다. 힘든 여정이기 때문이다. 게다가 인
터넷 지식백과 정도의 지식, 즉 개론서 수준의 앎만으로 자기 사상
운운 자체가 성립될 수 없다고 지레 선언해버린다. 이때 확신이 등
장해야 한다. 내가 살려면, 그 누가 뭐라고 해도 흔들리지 않고 내 삶
을 이어 가려면, 옳든 그르든, 비웃음을 사든 말든, 내 생각에 내 사
상에 확신을 가지려고 애써야 한다. 도저히 낯 뜨거워서 양심상 그
렇게까지 못하겠다고 뒤로 물러서면 나로서도 어쩔 수 없지만, 나를
표현하는 단숨에 글쓰기를 통해 새로운 삶을 찾겠다면 과감히 나만
의 사상이 있다고 선포해도 좋다.
　여기서 명심할 점이 있다. 예수나 부처 혹은 몇몇 사상가를 빼고
는 대부분 평생 고정된 사상을 가지고 있지 않았다는 사실이다. 잘
못과 오류를 인정하면서 진리 탐구에만 매진했을 뿐이다. 그 진리가
진짜인지 가짜인지 집요하게 물음을 던지면서 하루하루 일상을 살
아갔다. 우리가 사상을 가지려면 이 점을 분명히 기억해야 한다. 내

가 생각하는 사상, 실천의 근거로 삼으려는 사상이 고정되어 있지
않고 변한다는 점을 직시하면 삶에서 좌절이나 절망, 의지의 박약함
이 들어설 틈이 없다. 만일 틈이 생기기 시작하면 그때는 글쓰기로
힘을 얻으면 된다.《뼛속까지 내려가서 써라》로 잘 알려진 나탈리
골드버그는 그 책의 후속작인《글 쓰며 사는 삶》에서 "글쓰기는 하
나의 틈이다. 우리는 그 틈을 통해 더 큰 세상과 야성의 마음으로 나
아간다"고 했다. 이 틈을 메우려면 글쓰기 공부 이전에 자기만의 사
상을 먼저 갖는 노력이 반드시 우선되어야 한다.

  현재 글을 쓰고 있는 시점에서 내 사상은 무엇이라고 말할 수 있
을까? 감히 범접할 수 없지만, 나도 류영모처럼 결론을 내리고 있다.
흉내에 불과하지만 그래도 확신 속에서 나도 류영모처럼 인간의 진
화를 믿고, 인간이 인간답게 되기 위해서는 탐진치貪瞋癡라는 장애
를 줄여야 한다고 주장한다. 탐내는 욕심, 노여움, 어리석음이 인간
을 망치는 주범이라고 여기고, 이를 없애기 위해 부단히 노력해야
한다고 말한다. 명저도 없고, 베스트셀러도 없고, 추종자도 없고, 영
향력도 없는 내가 어떻게 이런 말을 할 수 있을까? 겸손부터 배워야
하지 않을까? 하지만 나는 류영모처럼 말한다. 현재의 내 앎에 확신
을 가져야 한다는 확신을 가지고 있기 때문이다.

  류영모와 비슷한 우주관과 인간관을 갖기까지 류영모에만 의존하
지는 않았다. 빌 브라이슨, 스티븐 호킹, 리처드 도킨스, 찰스 다윈,
부처, 예수, 공자 등등의 말을 두루두루 참조했다. 아니 매일 접하는
신문이나 인터넷 혹은 에스엔에스, 누군가와의 대화, 어떤 책을 읽

다가 우연히 눈에 띄는 문구, 내 안에서 끊임없이 솟아오르는 사색의 결과물 등이 서로 알 듯 모를 듯 영향을 주고받으며 나의 틀을 만들었다. 다시 말하지만 손가락질을 받더라도 나는 그것을 나의 사상이라 부르고 있다.

사상은 늘 변할 수 있듯이 언젠가는 류영모와 다른 사상을 가질 수도 있다. 사실 지금 이 순간도 류영모의 사상을 부정하고 싶은 욕구가 저 마음 깊은 곳에서 불쑥 치밀어 오르기도 한다. 부조리 철학에 입각해, 이 세상은 목적도 의미도 없이 그냥 존재하다가 가는 것일 뿐, 무슨 의미를 찾기 위해 뭘 해야 한다는 것처럼 무의미한 짓은 없다는 생각에 빠지기도 하고, 우주의 역사나 인간의 역사도 언젠가 한 위대한 천재의 출현에 의해 바뀔 수도 있다는 생각에 빠지기도 하며, 어느 순간 지구가 흔적 없이 사라져 인간이 일구어 온 역사는 그야말로 헛수고에 불과하다는 생각에 빠지기도 한다. 그렇다고 나만의 사상이 없다고 말할 수 없다. 모든 사상가가 대부분 이런 생각에 빠져 있지 않을까? 우주를 담았다고 하는 인간의 뇌는 그만큼 복잡하기 때문에 말이다.

글쓰기를 할 때 쉽기도 하고 어렵기도 한 사상을 가져야 하는 까닭은 무엇인가? 일반 글쓰기 과정처럼 어떤 사물이나 어떤 과거나 어떤 생각을 잘 표현하면 되지, 왜 굳이 머리 아프게 사상을 먼저 가지라는 말인가? 글은 머리로 생각으로 손으로 그리고 무의식의 세계에서 순간적으로 돌출하는 내용으로 채워지기 때문이다. 글은 생각이 많으면 많을수록 그 생각이 깊으면 깊을수록 더 좋은 글이 나오기 때문이다. 글을 쓰면서 생각의 깊이를 더해 가고, 깊어진 생각이 더 좋은 글을 만들어낸다. 이 관계는 서로 맞물려 상승의 효과를 내지만, 글쓰기를 하려는 사람은 우선 사상에 대해 심도 있게 고민해야만 이 효과를 제대로 얻을 수 있다.

당부하지만 나만의 사상에 대해 큰 부담을 갖지 말기를 바란다. 현재 나는 우주 창조가 맞다, 현재 나는 우주의 역사가 137억 년이라는 게 맞다, 현재 나는 인간은 선한 존재다, 현재 나는 인간은 악한 존재다, 현재 나는 인간은 선하지도 않고 악하지도 않고 진화 과정에 있다, 현재 나는 인간의 존재는 유한하다, 현재 나는 인간의 존재는 영원하다, 현재 나는 보수가 옳다, 현재 나는 진보가 옳다, 현재 나는 모든 음식을 골고루 먹어야 한다, 현재 나는 채식을 해야 한다, 현재 나는 병원을 멀리 해야 한다, 현재 나는 자연의학을 가까이 해야 한다, 현재 나는 흡연을 해야 한다, 현재 나는 금연을 해야 한다 등의 자기 기준을 매일매일 만들면 된다. 변화도 두려워하지 말고, 사상이라는 말에 중압감을 느낄 필요도 없고, 나를 표현하는 단숨에 글쓰기에 나만의 사상을 녹여내면 그만큼 살려는 의지는 강해진다.

모든 위대한 이론은 질문에서 시작되었다고 한다. 질문하는 나, 의문을 품는 나, 나만의 사상을 가지려고 부단히 움직이는 나, 그런 나를 강하게 세우는 글쓰기를 하다 보면 언젠가 세상을 새롭게 변화시킬 나만의 위대한 이론이 탄생할지도 모른다. 혹 망상이라고 하더라도 꿈을 꾸는 한 우리 삶은 멈추지 않는다.

나만의 인식 세계도
썩 괜찮다

　사상이 일정 기간 내가 확신하는 나만의 판단 근거라고 했는데, 그것이 졸렬하고 유치하다는 평판을 들으면 기분이 어떨까? 개나 소나 다 사상 들먹거린다고 인간 이하 취급을 받으면서까지 사상을 고집할 필요가 있을까? 시건방지게 세상과 인간을 언급하지 말고 겸손하게 나만의 생각을 조용히 드러내는 선에서 마무리 지으면 안 될까? 왜 군이 모자란 능력으로 사상을 내세우며 스스로 모멸감을 자초한다는 말인가? 모멸감은 처참함으로 이어져 혹 자멸의 길로 나를 이끌지도 모르는데 말이다.

　사람이 자신감을 가지고 강하게 사느냐, 아니면 의지박약의 태도로 약하게 사느냐는 전적으로 자기가 인식한 부분에 대해서 확신을 갖느냐 불신을 갖느냐에 달려 있다. 애써 노력하여 얻은 삶의 근거에 믿음을 두지 못하고 뿌리가 얕은 갈대처럼 흔들리면 그의 삶은 매순간 절망과 초조만 있을 뿐이다. 초라하고 미욱하게 보이는 앎이라 할지라도 그 앎으로 사상을 일구고, 어떤 결정을 내리거나 삶의 의지를 다질 때에는 그 사상을 절대적으로 받들어야 한다. 그 사상에 근거해 삶을 숙고했는데도 삶이 나아지지 않는다면 사상의 근거를 다시 세우면 된다.

공부나 연구를 하는 직업도 아니고 전업 작가도 아니고 인문학에 뜻을 두지도 않았는데 왜 자꾸만 먹고살기 바쁜 사람들한테 사상을 정립하라고 또 주문하는가? 과거의 위대한 사상가나 현재 큰 가르침을 주는 사람들의 말에 귀 기울여 가며 그때그때 자신에게 맞는 삶의 방편을 받아들이면서 사는 게 오히려 평범한 사람들에게 적합하지 않은가? 그것도 삶의 중요한 한 방법이지만, 그보다 자기만의 사상을 만들어 믿고 따르면 더 나은 삶을 살 수 있다. 그렇기 때문에 몹시 부족한 나이지만 자꾸 강조를 하는 것이다.

사상을 정립하는 궁극의 목적은 무엇인가? 현재의 나를 직시하고 보태거나 빼지 않고 있는 그대로 받아들이기 위해서다. 나는 현재 어느 시간에 있는지, 나는 현재 어느 공간에 있는지, 나는 현재 어느 위치에 있는지, 나는 현재 물질적으로 정신적으로 어떤 상태에 있는지, 현재 내 앞에 있는 사물들은 어떤 과정을 거쳐서 왔는지, 현재 나와 대화를 나누는 사람은 어떤 존재인지, 그런 모든 것을 행하고 있는 나는 어떤 모습으로 어떤 생각을 하고 있는지를 정확히 깨닫기 위한 기초 작업인 셈이다. 이렇게 나만의 사상을 똑바로 세워 가며 현재의 나를 자각하는 연습을 꾸준히 해내면 어떤 난관이 닥쳐도 삶은 그렇게 무겁거나 고통스럽거나 쓸쓸하지 않게 된다. 나를 자각하고 있으면 내 존재감을 스스로 끌어안을 수 있기 때문이다.

나를 표현하는 단숨에 글쓰기는 먼저 구체적이고 정직하게 자신을 표현해야 하고, 그것을 잘 해내기 위해서는 우주와 거대한 세상 그리고 인간에 대해서 탐구해야 한다고 했다. 이를 더 잘하기 위해서는 나만의 사상을 정립해야 하고, 궁극의 목적은 현재의 나를 직시하고 받아들이기 위해서라고 했다. 이는 항상 깨어 있는 삶, 바로 자각의 삶으로 귀결된다.

이쯤에서 반문이 올지도 모른다. 글쓰기 강의냐, 철학 강의냐, 종교 강의냐? 근데 당신은 철학자도 아니고 종교 지도자도 아닌데 왜 이런 쪽으로 서두를 꺼내고 있느냐? 글쓰기 강의는 언제 본격적으로 시작하느냐? 이 시점에서 말하지만, 멋지고 세련되고 주위로부터 부러움을 살 만한 글을 쓰고 싶다면 이 책을 여기서 덮어도 된다. 이 책은 썩 괜찮은 글을 쓰는 법을 배우는 내용보다는 썩 괜찮은 사람이 되는 법을 배우는 내용이 더 우선이기 때문이다.

여기서 썩 괜찮은 사람은 모범적이고 성실하고 성공과 부가 따르는 사람을 일컫지 않고, 음울하면서도 절망적인 과거를 재해석하는 능력을 갖고, 현재의 움직임을 정확히 읽어내며 눈앞에서 계속 벌어지는 일들에 충실히 대응하는 사람을 말한다. 힘든 삶을 포기하지 않고, 살려는 의지를 강하게 다지며 어떻게 해서든 삶 자체를 열심히 이어 가려는 사람을 지칭한다. 그렇다면 우리는 썩 괜찮은 사람이란 상태에 놓이는 게 좋을까, 아니면 삶은 엉망진창인데 멋진 글만 만들어내는 상태에 놓이는 게 좋을까? 삶도 훌륭하고 글도 잘 쓰면 그처럼 최상의 조화는 없겠지만, 그게 말처럼 쉽게 도달할 만한 경지는 아니다. 흔한 말로 '피 눈물 나는 노력'이 뒷받침되어야 한다.

알고 보면 멋진 삶과 뛰어난 글을 함께 성취하는 사람은 극히 드물다. 아니 그것보다 삶과 글이 일치하는 사람은 더더욱 찾아보기 힘들다. 삶도 글도 무한의 세계에서 펼쳐지기 때문에 자각의 삶이 아니고서는 모순을 겪을 수밖에 없다. 사람을 사랑해야 한다고 강의를 한 뒤 길을 걷다 앙금이 가라앉지 않은 사람을 만나면 외면하는 경우가 있다. 한때는 진보를 부르짖다 이내 세계관을 바꾸어 보수만이 살길이라며 삶의 태도를 극명하게 바꾸는 경우도 있다. 삶은 연속이고 그 안에서 찰나에 글이 만들어지기 때문에 글은 삶의 반영이지만, 꼭 그렇지만은 않다. 무의식의 세계에서 글이 튀어나오기 때문에 거짓도 곧장 진실로 둔갑되어 글이 되곤 한다. 그래서 삶과 글을 연관 지어 설명하기가 쉽지는 않다.

나를 표현하는 단숨에 글쓰기에서 추구하는 인간상은 간단하다. 포기하지 않고 열심히 사는 사람이다. 그 방법의 하나로 글쓰기를 선택했다. 다시 말하지만 그것은 글쓰기를 시작하기 전에 글쓰기의 주체인 나에 대해 집중적으로 공부하고 파고들라는 주문이다. 이 주문의 의도를 잘 이해하고 받아들여 피 눈물 나게 노력하면 어떤 어려운 상황도 글로 표현하여 정리해낼 수 있는 능력이 생긴다. 시공간적, 물질적, 정신적 특성에 대해 늘 탐색하고 고민해 왔기 때문에 나의 방법에 관심을 두면 글 자체에 자기 색깔이 드러나게 되어 있다. 남들과 확연히 구분되는 나만의 문체를 나도 모르게 갖는 기적 같은 현실이 기다리고 있다. 뛰어난 문체인가 아니면 평범하거나 수준 이하인 문체인가 하는 점은 중요하지 않다. 누구도 따라올 수 없는 나만의 문체이고, 그것이 세상에 하나밖에 없는 나의 삶을 지탱해 주는 버팀목 역할을 하기 때문이다.

개성이 넘치는 독특한 문체로 수많은 대중들과 감동적인 교감을 한다면 이는 베스트셀러 작가의 탄생이다. 하지만 내가 말하는 나만의 문체는 내가 살아가는 의지를 굳건히 다지기 위한 내 중심 잡기의 일환이다. 세상을 지배하는 보편타당한 담론이라고 하더라도 내가 보기에 영 아니다 싶으면 과감히 그 틀에서 벗어나 나만의 생각을 가질 수 있는 나만의 세계이다. 내가 알고 있는 앎, 내가 인식하는 세계, 그것을 확신 삼아 삶에 우선을 두고 글을 쓰다 보면 그 누가 폄하해도 자각의 삶은 이어지고, 덤으로 혹 주목받는 글이 나올지도 모른다.

내 앎에
자신감을 가져라

　고대 철학을 수렴하고 현대 철학의 뿌리가 되었다는 독일 철학자 칸트를 떠올리면 우리는 지레 겁을 먹는다. 그가 쓴 책을 직접 읽은 적도 거의 없고, 어디선가 인용된 그의 말을 제대로 이해했다고 단언하기도 힘들기 때문이다. 철학에 애정이 있어서 오래전 칸트의 책을 접한 적은 있지만, 그야말로 흰 것은 종이요 까만 것은 글자였을 뿐이다. 도무지 이해 불가의 언어를 계속 읽는 행위는 고된 노동과 다름없었지만, 일종의 지적 허영심 차원에서 마지막 장을 덮기는 했다.

　나를 알아 가는 과정에서 철학 서적, 심리학 서적, 과학 서적 등을 읽어 보는데, 이 칸트가 등장하지 않을 때가 없었다. 특히 장회익 교수의 책에 등장하는 칸트는 경이로울 정도였다. 이 세상을 알아 간다는 인식 행위가 절대 만만하지 않다는 것을 느꼈기 때문이다. 그렇다고 내가 다시 칸트를 찾아 읽는 노력은 너무 지나쳐 보였다. 세월이 흘렀다고 하더라도 역시 이해가 어려울 뿐더러 시간이 지나면 금세 망각의 대상이 되지 않을까?

　그러던 어느 날 우연히 아래의 글을 읽게 되었다. 독일 카셀 대학 김덕영 교수가 〈한겨레신문〉에 쓴 '김덕영의 사상의 고향을 찾아서'라는 연재물인데, 나는 이 글을 읽고는 어렴풋하게나마 칸트의 존재 의의를 가늠할 수 있었다. 다소 길지만 인용해 보겠다.

칸트의 기념편액에는 《실천이성비판》의 마지막 구절이 양각되어 있는 것으로 유명하다. "그것에 대해서 자주 그리고 계속 숙고할수록, 점점 더 새롭고 큰 경탄과 외경으로 마음을 채우는 두 가지 것이 있다. 그것은 내 위의 별이 빛나는 하늘과 내 안의 도덕법칙이다."

칸트 철학에서 도덕은 아주 중요한 의미를 지닌다. 예컨대 그는 인식을 책임지는 '순수이성'에 대해 윤리를 책임지는 '실천이성'이 우위를 지닌다고 말한다. 또한 칸트에게 종교는 궁극적으로 윤리다. 그러므로 신앙 공동체인 교회는 곧 윤리적 공동체가 된다.

그런데 이 도덕법칙은 별이 빛나는 하늘로부터 주어진 것이 아니라 이성적인 존재인 내가 나에게 스스로 부과한 법칙이다. 그래서 별이 빛나는 하늘처럼 아름다운 것이다. 바로 이 자율성과 주체성이 칸트 윤리학의 요체이다. 인식론도 마찬가지이다. 칸트에게 사물을 인식한다 함은 그 이전의 인식론이 가정하는 바와 같이 우리가 사물과 그 원리를 따르는 것이 아니라 우리의 의식이 사물을 정리하고 질서를 부여함으로써 새로운 세계를 창출해내는 자율적이고 주체적인 정신적 행위를 뜻한다.

평소 같으면 역시 어려워하며 눈으로 쭉 훑어 나갔을 구절에서 나는 하나하나 단어를 곱씹으며 내 정신을 쏟았다. 나만의 앎과 인식 세계로 나만의 사상을 정립하겠다는 내 사유 과정과 그 과정에 대한 내 나름의 정리가 터무니없이 무모한 행위는 아닌 것 같았기 때문이었다. 이 세상이란 무엇으로 되어 있든 어떻게 굴러가든 그것을 정리하고 질서를 부여하는 주체적인 의식 행위가 대체적으로 옳다는 것을 확인한 순간, 아니 보잘것없는 나의 사유가 그 많은 사람이 인용하는 칸트 사상의 핵심이라는 것을 안 순간, 왠지 가슴이 벅차올랐다.

'아, 이래서 야생 학습의 논리에 따른 공부가 필요하고, 꾸준히 생각을 모아 가다 보면 언젠가 그 어렵다는 사상가의 사상도 이해가 가능하겠구나!'

많은 사람들이 잘 모르면서도 대체로 인정하는 칸트의 사상을 내 안에 절대화시켜 그것을 쭉 밀고 나가면 내 속도 편하고 누군가에게 말할 때도 근거가 있어 좋겠지만, 그것은 야생 학습의 자세가 아니다. 칸트의 말대로 끊임없이 내가 주체가 되어 세상을 인식해 나가는 자세가 진정 공부하는 자세이기 때문이다. 칸트는 칸트고 나는 나 아닌가?

또 그러던 어느 날 나는 상대성이론을 발표해 세상에 대한 인식 틀을 심화시킨 아인슈타인의 다음과 같은 말을 접하고는 내 생각에 점점 더 확신을 갖게 되었다.

저 너머에 엄청나게 큰 이 세계가 존재했다. 이 세계는 우리 인간 존재와 독립해서 존재하며, 커다랗고 영원한 수수께끼처럼 우리 앞에 서 있다. 그러나 적어도 그 수수께끼 가운데 일부는 우리가 조사할 수 있는 것이다.

저 세상은 수수께끼 같고, 우리는 그 가운데 일부만을 조사할 수밖에 없다는 말은, 우리가 이 세상에서 알고 가는 것은 극히 일부라는 말과 동일하다. 객관적으로 나보다 훨씬 뛰어난 최고의 과학자도 저렇게 말하는데, 이 세상의 사물에 내가 의식을 불어넣어 중심을 잡고 산다는 것은 우물 안 개구리 격일 수도 있다. 내 인식 세계와 아인슈타인의 인식 세계와 칸트의 인식 세계는 분명 다르기 때문이다. 하늘만큼 땅만큼, 아니 상상 이상의 차이가 존재한다.

지금까지 강조했지만, 자신이 그 누구보다 못하다고 해서 잔뜩 주눅이 들어 자신만의 사상을 포기해서는 안 된다고 했다. 그 누군가가 위대한 과학자, 세기의 사상가, 수많은 추종자를 거느린 종교라 하더라도 그들의 말을 곰곰이 들여다보면, 그들도 이 세상의 모든 것을 확실히 알고 가지 못한다. 아니 서로 다른 주장을 펼치며 갑론을박을 벌인다. 과학철학자 장하석 교수가 《장하석의 과학, 철학을 만나다》에서 "과학에 절대적 지식이란 없고 지식을 가장 잘 획득할 수 있는 절대적 방법도 없다. 각각 개인과 소집단의 다양한 관점과 필요에 따라 질문 자체도 달라지고, 그렇기 때문에 다른 대답이 나올 수밖에 없다"라고 한 말은 두고두고 새겨 볼 만하다.

나는 평생 독일어로 된 칸트의 책을 표지조차 구경하지 못하고 죽을 수도 있다. 나는 평생 아인슈타인의 상대성이론 근처에도 가지 못하고 죽을 수도 있다. 그렇다면 우주와 세상에 대한 내 인식의 세계는 거론할 가치조차 없다는 말인가? 그렇지 않다. 그 누구의 인식세계도 존중받아야 하고 소중한 가치가 있다. 그 누구의 인식 세계는 그 누구를 존재하게 하는 기둥이기 때문이다.

고대에는 지구가 우주의 중심이었다. 코페르니쿠스가 인식 체계를 바꾸기 전에 태어난 위대한 인물들은 지금 삼척동자도 다 아는 단순한 사실을 평생 모르고 살았다. 그들은 그 인식의 틀 안에서 우주를 논하고 세상을 논하고 인간을 논했다. 그러다가 그 우주를 아인슈타인이 재발견했다. 그것이 상대성이론이다. 나는 그것을 설명할 수가 없다. 이해가 어렵기 때문이다.

최근 양자물리학 책을 보니 아인슈타인의 인식 세계가 틀렸다고 한다. 기존까지 우리는 이 우주가 아인슈타인이 정의한 대로 질서정연한 우주라고 알고 있었는데, 양자물리학이 나오면서 이 우주는 원칙도 없고 무질서하고 뒤죽박죽으로 돌아가는 것으로 인식되었다. 뉴욕 시립대학 대니얼 그린버거 교수는 "아인슈타인은 양자역학이 옳다면 세상이 미쳐 돌아가는 것이라고 말했다. 아인슈타인은 옳았다. 세상은 미쳐 돌아가고 있다"라는 말을 남겼다. 이 말에서 나는 솔직히 희열을 느꼈다. 내가 유일하게 인식하는 인식은 모든 사람의 인식 체계는 100퍼센트 완벽하지 못하다는 사실인데, 그것을 확인해 주었기 때문이다.

2강을 마무리할 시점이다. 글을 잘 쓰려면 글쓰기의 주체인 나를 잘 알아야 하고, 그러기 위해서는 자기만의 사상을 만들어야 한다. 그 방법은 여러 가지가 있지만, 근본은 야생 학습이고 가장 유효한 수단은 독서와 사색이다. 여느 글쓰기 강좌에서 항상 내리는 결론이라고 피식 웃을지도 모르겠다. 하지만 평범함 속에 위대함이 있다고, 독서의 중요성은 귀가 따갑게 들어도 또 들어야 한다. 독서는 단순한 책 읽기가 아니라 나를 알아 가고, 내 생각의 힘을 키우며, 서로 다른 사람들의 인식 체계를 확인하는 과정이기 때문이다. 즉 글을 잘 쓰기 위해 다른 사람의 글을 읽는 독서도 독서이지만, 내 말은 자각의 힘을 기르는 독서에 초점을 두어야 한다는 뜻이다. 그래야만 글쓰기의 대상인 이 세상과 나를 제대로 볼 줄 아는 혜안을 얻을 수 있다.

《글쓰기의 최소 원칙》이란 책을 보면 김수이 문학평론가가 도정일 문학평론가에게 "문장쓰기가 글쓰기 훈련의 기본이라고 할 때, 문장을 잘 쓰게 하는 좋은 교육 방법이 있지 않을까요?"라며 그의 비법을 묻는다. 도정일은 여러 비법을 이야기하는데, 그걸 이해한 김수이의 말을 옮겨 보겠다.

그러니까 수사적 훈련이라는 것은 문장을 아름답게 꾸미거나, 어떤 독특한 표현을 만들거나 하는 장식적·기교적 차원의 훈련이 아니라는 말씀이군요. 세계를 자신의 눈으로 바라보는 것을 연습하는 것이고, 이것이 바로 글쓰기의 기본적인 능력과 연결되는 것이라고 봅니다. 무질서하고 파편적으로 보이는 이 세계와 사건들, 사물들, 사람들, 자기 경험들, 이런 것들을 서로 대조와 비교의 방법으로 끌어다 연결시킬 줄 아는 능력, 또 비슷해 보이는 것들을 나누고 세분화할 줄 아는 능력이 수사적 훈련을 통해 다듬어지는 것이군요. 지금 말씀하신, 묘사문, 서술문, 분석문, 요약문 등의 예시는 단순히 글의 종류의 문제가 아니라, 세계의 현상과 대상들을 어떤 관점으로 파악하고 그것을 문장으로 써낼 것인가, 이런 문제로 이해됩니다.

세계의 현상과 대상을 이해하는 첫걸음, 그것은 관점임을 강조하는 이 말에서 나는 다시 한 번 사상 정립에 이르는 내 사유 과정이 일정 부분 그르지 않다는 것을 확인했다. 거듭 말하지만, 이걸 정리하지 않고 글쓰기 기법만 훈련하면 글쓰기는 언젠가 피로감만 안겨주는 고된 노동이 된다.

● 개요

서대문형무소를 안내하는 평화길라잡이 활동을 6개월 정도 하지 않은 뒤 다시 서대문형무소로 가서 안내한 과정을 적은 글이다. 나름 내가 세상과 인간을 보는 인식의 세계, 즉 사상을 생각나는 대로 글에 녹여 보았다. 이런 식의 글쓰기는 나에게 강한 힘을 준다. 잘난 척하는 것 아니냐, 잘 모르면서 떠드는 것 아니냐, 차라리 논문을 쓰는 게 낫지 않느냐 등의 조소가 들려올 수도 있지만, 내 삶은 내가 살아야 한다. 삶의 원동력인 살려는 의지를 다지기 위해서는 세상에 대한 적극적인 발언은 중요하고, 이를 위해 노력할 필요가 있다.

이 세상에 완벽한 존재가 있을까? 그 완벽의 기준이 무엇인지 사람마다 천차만별이겠지만 그래도 대략 감은 잡을 수 있을 것이다.

행동이 반듯하고, 쉽게 화를 내지 않고, 선하면서도 순하고, 남의 흉을 몰래 보지 않고, 폭언과 폭력을 사용하지 않고, 일용할 양식을 버는 데 있어서 아무런 문제가 없고, 현실보다는 역사에 무게를 두는 삶을 지향할 줄 알고, 타인의 아픔을 함께할 줄 알고, 공감 능력이 뛰어나 항상 남의 상처를 보듬을 줄 알고, 이기적이지 않고 이타적이고, 게으르지 않고, 상대방의 파멸보다는 공존의 지혜를 가지고 있고, 비판보다는 긍정의 마음을 품을 줄 알고, 식탐을 피우지 않고 적당량의 식사를 할 줄 알고, 약물에 의존하지 않고, 술을 마시되 적당히 마실 줄 알고, 담배를 피우되 남에게 연기가 가지 않게 하고, 건강을 위해 적당히 운동을 할 줄 알고, 나의 스트레스를 풀기 위해 남에게 스트레스를 주지 않을 줄 알고, 항상 겸손할 줄 알고, 남의 것을 탐하지 않을 줄 알고, 인간관계를 해치지 않기 위해 상식에 근거를 둔 윤리와 도덕을 몸에 지닐 줄 알고…… . 뭐 열거하자면 끝이 없을 것이다.

이처럼 산다는 게 올바른 삶인 줄 알지만 이것이 얼마나 어렵겠는가? 날씨가 변화무쌍하듯이, 우주의 별들도 끊임없이 뭉쳤다 사라졌다 나타났다 흩어졌다 하듯이, 소우주라고 하는 인간도 호수처럼 잔잔하지 않고, 태산처럼 강건하지 않고, 늘 이런저런 모습을 보이며 기뻐하고 고뇌하며 살지 않는가? 그게 온전한 인간의 모습인데도 우리 주변에서 아니 내 안에서는 늘 완벽한 사람으로 살라는 소리들이 멈추지 않고 들려온다. 그래서 그런 완벽한 사람이 되지 못할 때마다 우리는 참회하고 용서를 빌고 괴로워하고 그러다가 다시 마음을 내어 또 하루를 이어 간다.

사실 우리 주변에는 항상 올바른 말씀들이 넘쳐난다. 교회 안에서, 사찰 안에서, 성당 안에서, 그 외 매주 모여 집회를 갖는 여러 종교 모임에서, 종교가 없지만 착하게 사는 사상가들의 책 속에서, 차고 넘칠 정도의 비슷비슷한 말들이 온 세상을 뒤덮고도 남는다. 그래도 우리는 여전히 그 완벽의 세계에 들어가지 못하고, 그 완벽의 언저리에서 탐욕을 부리고, 상처를 입히고, 폭언과 폭력을 행사하고, 폭음을 하고, 행동을 흐트러뜨리며 살아간다. 우리가 발을 딛고 사는 세상에서 영원한 평화와 행복은 요원하게만 보인다. 그것이 현실인 것을 우리는 부인할 수 없다.

이렇게 어마어마한 일들이 매일매일 벌어지는 일상에서 나는 최근 실로 어이없는 꿈을 꾸며 살았다. 삶에서 가장 중요한 일용할 양식을 버는 데 있어서 무능력한 면모를 여실히 보여 주면서도 그것을 잘 해결할 생각은 하지 않고, 내 안의 또 다른 생각과 사고 체계를 한 단계 높인다면서 나름 엉뚱한 곳에서 안간힘을 쓰고 있었다는 것이다. 그것은 다름 아닌 내가 지금까지 지니고 있던 믿음을 신념화하는 것이고, 그것을 체계화해 발전시켜 본다는 것이었다. 이것은 어찌 보면 종교적인 사고를 가지고 종교적인 행동을 하는 것일 수 있으나, 나는 종교적인 것과는 무관하다. 다시 말해 기독교도 불교도 이슬람교도 아니고, 그저 내가 지금까지 배운 것, 생각한 것 등을 내가 굳게 믿어 보고 그것을 방법상으로는 종교인처럼 남들에게 말을 해보고 싶었다는 것이다.

이따금 나는 유선방송에서 종교 지도자들이 하는 말을 유심히 경청하곤 한다. 목사님의 말씀도, 스님의 법문도, 신부님의 강론도 모두 들어본다. 그런데 나는 그 말을 일상에서 돌아와 생각할 때마다 심한 모순감을 느끼곤 한다. 그분들이 하신 말씀이 일상에서 어그러지고 접목이 안 되고 실천이 안 되는 것이 굉장히 많을 텐데, 그분들은 그 괴리감을 어떻게 이겨내는지 궁금증이 늘어만 갔기 때문이다. 완벽한 존재가 되기를 부르짖으면서도, 분명 그분들도 일상에서 완벽하지 못한 순간을 가끔 맞이할 텐데, 그것을 어떻게 극복하고, 또 일주일이 되면 완벽한 존재를 부르짖는지 깊은 의문이 들었기 때문이다. 아마 일주일 동안 완벽한 존재로 살았다면 아무런 문제가 되지 않을 테지만, 그래도 의문은 사라지지 않았다.

내 꿈이 어이없다는 것은 내 꿈에 문제가 많기 때문이다. 나는 그 꿈을 잠시 꾸었지만 그 꿈이 얼마나 벅찬 것인지를 알기에 언젠가 꿀 것이지만, 잠시 보류해두고 싶다. 아니 그 꿈을 위해 애는 써보겠지만, 그것이 안 된다고 해서 나는 실망하지 않을 것이다. 실망이 커지기 시작하면 내 삶은 어느 순간 확 무너질지도 모르기 때문이다.

내 꿈의 실체는 이런 것이다. 만물은 하나이고, 그래서 차이와 차별은 없고, 이는 곧 폭언과 폭력이 없고, 이는 곧 살인과 전쟁이 없고, 이는 곧 영원한 평화가 우리 사는 세상에서 이루어져야 한다는 것이다. 어떠한 경우에도 신체적 접촉에 의한 폭력이 없어야 하고, 더 큰 폭력인 전쟁 따위도 어떤 논리로도 성립되지 못하는 사회가 우리 사는 곳에서 이루어져야 한다는 것이다.

인간의 본능을 들먹이며 신체적 가해와 전쟁을 일면 합리화하는 사람들은 그 사람이 어떤 위대한 학식을 가지고 있더라도 근본적으로 잘못되었다는 것을 우리 모두가 알아차려야 한다는 것이다. 사랑과 자비를 말하면서도 어떤 상황에서 폭력을 행사하는 것을 우리는 쉽게 목격할 수 있다. 이런 모순을 우리는 그러려니 하고 넘어가는 것이 아니라 올바로 직시할 줄 알아야 한다. 국가와 민족의 틀을 넘어 전 지구가, 아니 우주가 하나라는 생각 속에서 사는 법을 익혀야 한다. 최소한의 생존을 위해 다른 생물을 섭취하는 것을 빼고는 모두가 공존하며 평화롭게 사는 법을 배우고 실천해야 한다.

이런 생각을 나는 내 나름대로 정리해서 서대문형무소라는 공간에서 말하고 싶었다. 그런데 그게 잘되지 않았다. 대략 체계를 세워 적정 공간에서 말하면 되지만, 그 말을 하려는 내가 미처 준비가 덜 되어 있다는 것을 알고 있었기 때문이다. 이런 말을 하는 나는 덜 문제가 될 수도 있었지만, 내 안의 내가 그런 나를 힘들어하고 있었다는 것이다.

내 안에 모순이 가득 들어차 있었다는 것이다. 완벽한 존재의 조건에서 나는 그 조건에 부합되는 게 많지 않다는 것을 절감했고, 그럴 때마다 모순적인 내 삶이 버겁기만 했다는 것이다. 그렇다고 오랫동안 해온 평화길라잡이를 바로 그만둘 수도 없어 나는 어찌할까 고민하다가 도성길라잡이가 되기로 했다.

내 안의 나를 성찰하면 할수록 모순감과 괴리감과 좌절만을 느껴 나는 나를 방목하는 심정으로 서대문이라는 공간을 벗어나 도성이라는 공간으로 들어갔다. 도성을 도는 동안 시간과 공간에 대한 생각이 넓어졌다. 역사를 내 나름대로 다시 보는 관점도 잡아 나가기 시작했다. 폭력과 살인과 전쟁이 넘쳐나는 역사를 이제는 새롭게 쓰는 법을 내 나름 익혀 나갔다는 것이다. 이전에는 분명 그런 역사가 있었지만, 이제는 우리 스스로 그런 역사를 쓰지 않을 줄 알아야 한다는 것이다. 모든 인간이 존엄성을 가져야 한다는 것이다. 그런 존엄성을 계속해서 높이는 쪽으로 인간의 역사를 몰아가야 한다는 것이다. 이는 살육의 역사는 이제 반성의 역사로 놓여야 한다는 것이다. 그 역사를 되풀이하지 않기 위해 우리는 조상들의 역사를 배운다는 것이다.

이런 생각이 들 무렵 나는 다시 서대문형무소로 돌아갈 마음을 다지고 있었다. 그런데 발걸음이 쉽게 떨어지지 않았다. 역시 문제는 내 안의 나, 아니 내가 문제였기 때문이었다. 완벽한 존재의 조건을 많이 늘려 가야 하는데, 갈수록 그렇지 못하는 게 한심했기 때문이었다. 그래서 나는 나름 더 넓은 시야를 확보하기 위해 외사산을 돌기로 했다. 안산과 백련산과 봉산을 돌고, 아차산과 용마산과 망우산을 돌고, 외사산에서 조금 벗어난 남한산성을 돌고, 대모산과 구룡산과 우면산을 돌고, 삼성산과 호압산을 돌았다. 때로는 맑은 날, 때로는 안개가 낀 날, 때로는 흐린 날, 나는 외사산을 돌며 많은 생각을 하게 되었다. 일용할 양식을 구하기 위해 일을 하고, 신체의 건강을 위해 산책을 하고, 마음의 양식을 얻기 위해 휴식을 취하는 사람들의 삶 속에서 도대체 비평화적인 사고는 어떻게 싹이 트는 것일까? 그게 인간의 본능?

서대문형무소로 돌아갈 마음의 준비를 위해 나는 평화 6기샘의 시연 모니터를 열심히(?) 다녔다. 새로운 분들의 새로운 이야기 속에서 자극을 얻기 위해서였다. 역시 나를 다시 일으켜 세우기에 충분했다. 새로 첨가된 이야기 속에서 뿜어져 나오는 6기샘들의 열의에 나는 깊은 반성을 하게 되었다. 아울러 관람객만 보다가 몇 주에 걸쳐 안내자와 판넬 그리고 구조물을 열심히 들여다보니 그 공간이 새롭게 보였고, 내 생각도 수정되기 시작했다.

그 와중에 나는 도성 5기샘들과 함께하는 시간을 갖게 되었다. 나는 나름 준비를 해보았다. 인간의 역사를 다시 써본다는 야심찬 생각을 했다는 것이다. 이 긴 역사는 분명 비평화의 역사이지만, 이제 우리는 평화의 역사를 써야 한다는 것이다. 대략 그런 큰 틀 속에서 안내를 짜보았다. 하지만 나는 그런 꿈을 펼칠 만한 큰 그릇이 못 되었다. 그런 논리를 잘 전달할 만한 학식이 내게는 없었다. 결국 평화의 마음을 전달하겠다는 야심찬 계획은 현장에서 슬그머니 사라지고, 오로지 생각나는 것은 몇 번 해본 매뉴얼밖에 없었다. 결국 나는 좌절했고, 그 실망을 견딜 수가 없어, 마음이 안 좋을 때 딱 하기 좋은 술만 마셔댔다. 그 술이 나를 또 다른 실망과 좌절의 구렁텅이로 빠트리는 줄 뻔히 알면서도 말이다.

며칠 뒤 나는 아직 가보지 못한 불암산에서 태릉 쪽으로 길을 나설까 하다가 오랫동안 전철을 타는 게 문득 귀찮아 오래전부터 가보고 싶었던 고양누리길을 가보기로 했다. 집을 나서 동네 뒷산인 성라산을 탄 다음 서정마을 쪽으로 갔다. 나는 이곳을 지날 때마다 내 이름과 똑같아 기분이 좋았는데, 한자를 보니 나와는 완전히 달랐다. 그렇다고 기분이 나빠지지는 않았다. 청계천과 거의 똑같이 만들어 놓은 창릉천을 지나 행주산성으로 갔다. 행주산성 입구에서 원조국수로(3,500원인데 보통도 배 터져요. 나는 앞사람이 "양 많이요" 해서 나도 따라했다가 정말 배 터져 죽는 줄 알았어요. 양 많이 하면 더 줘요.) 점심을 먹은 다음 행주산성에 올랐다. 행주산성은 외사산 가운데 하나인 덕양산이다.

덕양산에 서면 내사산 가운데 타락산만 빼고 다 보인다. 타락산은 내사산의 비밀 병기인 것 같다.ㅋㅋㅋ 고양시 화정에 이사 오고 나서 서너 번 온 곳이지만, 이날은 참 남달랐다. 백악산, 인왕산의 성곽길이 내 눈에 들어왔기 때문이다. 게다가 그 주변의 산들도 한 번씩 올랐으니, 왠지 내가 고산자 김정호라도 된 기분이었다. 그냥 기분만.ㅎㅎㅎ

행주산성을 내려오면서 나는 한강을 보았다. 시퍼런 강물이 쑥물이 들었나? 몹시 추워 보였다. 그래도 나는 건너기로 했다. 본래 그렇게 하기로 아침에 마음을 먹었기 때문이었다. 나는 장어집이 즐비한 식당가를 지나 한강변을 잠시 거닌 다음 행주대교에 들어섰다. 경계를 서는 군인들이 날 보았다. 나는 일부러 스틱을 탁탁거렸다. 자살하는 사람이 스틱 가지고 갈 리 없지 않은가? 군인들은 나에게서 시선을 거두었다. 나는 찬바람이 쌩쌩 부는 행주대교를 천천히 건너가기 시작했다. 중간쯤에 다다랐을까, 소방서 구조대 배가 지나가는 것이 보였다. 설마, 나 때문에? 그것은 아닌 것 같았다. 그 배는 다리 아래로 들어가더니 이내 사라졌다.

나는 가던 길을 멈추고 한강을 내려다보았다. 물결이 크게 일렁이고 있었다. 색깔도 짙어 깊이를 알 수가 없었다. 문득 상상을 해보았다. 내 몸이 저기 떨어져 물속으로 차갑게 가라앉는 모습을 말이다. 순간 닭살이 돋는 것 같았다. 오한이 오는 것 같았다. 그런데 시간이 조금씩 흐를수록 내 삶에서 죽음의 경계가 느껴졌고, 그것은 찰나라는 생각이 들었다. 숨이 멈추면 내 몸은 구조대가 찾지 못할 때까지 부패될 것이고, 내가 나라고 했던 내 형태는 일그러지고 쪼개져 나라는 몸은 본래로 돌아가 아무것도 아닌 것이 되고 말 것이다. 몸이 으스러지고 나누어지면서 생각도 마음도 허공으로 흩어질 것이다. 그런 생각이 드니 마음이 차분해졌다. 그렇다고 뛰어들고 싶은 생각은 없었다. 순간 삶과 죽음의 경계는 숨 한 번 돌릴 사이이고, 내 몸이 저 물과 하나가 된다는 것은 곧 만물은 하나라는 것이 맞다는 생각이 들었을 뿐이다.

하지만 나는 그곳에 오랫동안 있지 못했다. 추웠기 때문이었다. 행주대교를 건너는 차들의 소음도 만만치 않았다. 그래서 나는 부지런히 걸어 개화산 전망대로 갔다. 그곳에 가니 책에서 본 그림들이 있었다. 겸재의 그림들이었다. 겸재의 그림과 현재의 서울 모습이 잘 비교되어 있었다. 세월은 역시 무상한 것인가 보다. 겸재는 산과 물과 나무와 낮은 집이 전부인 서울을 보면서 인생을 성찰했을 것이고, 나는 지금 빌딩과 도로와 하늘을 나는 비행기를 보면서 인생을 성찰하는 것이다. 그 겸재는 비행기 타는 기분을 몰랐겠지만, 그게 유한한 삶에서 무엇이 그리 중요하다는 말인가? 나는 묵묵히 세월이 쌓인 역사를 떠올려보며, 이제 우리는 반드시 평화의 역사를 쓰는 게 중요하지 않을까, 조심스레 다짐을 해보기도 했다.

그렇게 새롭게 마음을 내어 6개월만의 복귀를 위해 서대문형무소 안내를 준비해 보았다. 비폭력 평화사상, 차이를 인정하는 공존의 지혜, 국가권력의 폭력성을 말하며 국가를 넘어선 세계시민적 사고 등등을 머릿속에 담아 보았다. 아니 나는 여전히 부족한 사람이지만 그래도 자신감을 갖고 그것을 믿음으로 삼아 종교인처럼 사상가처럼 말해 보는 다짐을 하고 또 하곤 했다. 가장 중요한 것은 우리 모두의 마음이기 때문이다. 누군가는 탐욕의 마음을 내어 주위 사람들을 꼬드겨 폭력과 전쟁을 일으키는 것이고, 누군가는 공감의 마음을 내어 개인의 안위가 아니라 모두의 행복을 위해 비폭력 저항을 하는 것이고, 누군가는 아무런 마음을 내지 못하고 그냥 살기 위해 평범한 삶을 사는 것이고, 그렇다면 나는?????

역시 생각대로 내 마음이 잘 정리되지 않았다. 혼돈스러웠다. 그래서 일용할 양식을 구할 방도에 몰두하며 평범하게 살고 싶은 생각이 계속 들었다. 그래도 약속한 것은 해야 되지 않을까? 그래서 나는 책상 앞에 있지 않고 생각을 정리하기 위해 길을 나섰다. 도성 5기샘들의 낙산 답사 현장을 함께 다니며 이런저런 생각을 정리해 보고 싶었다. 즐거움과 평화의 마음 그리고 열의가 넘치는 현장이었다. 그 열의가 나를 술 마시게 했다. 이 말은 당연히 거짓말이다. 그냥 마시다 보니 마셨던 것 같다. 한 마디로 정신줄이 나간 것 같다. 사실 요즘은 술을 마시다 어느 순간 중단해야지 하고, 중단하곤 하는데, 나도 모르게 중단 전에 마신 술이 확 끼쳐 오곤 하는 것 같다. 몸이 힘들어지는 순간이다. 특히 이날은 수많은 LP판을 보아서 그런지, 분위기에 많이 취한 것 같다. 역시 나는 완벽한 존재에서 점점 멀어지는 것 같다.

어쨌든 다음 날 나는 서대문형무소 안내를 해야 했다. 그것도 6개월 만에 말이다. 내 생각을 정리하기 위해 나섰던 길, 그 잃었던 정신을 다시 되찾아야 했다. 숙취에서 벗어나고자 여러 노력을 했고, 바짝 긴장을 한 다음 나는 서대문형무소로 들어갔다. 안내실에서 눈을 감고 잠시 명상도 해보았다. 내게 최면을 걸었다. 준비한 것을 잘해 보자. 하지만 안내 시작부터 나는 어려움에 봉착했다. 부산스러운(?) 초딩 2학년들. 말이 많은 초딩 5학년. 그래도 슬슬 해보았다. 반응이 신통치 않았다. 이렇게 되면 내가 준비한 것이 나오지 못하는데. 게다가 6기샘들이 세 분이나 듣고 있었다. 결국 준비한 것은 많이 하지 못하고, 6개월 전에 했던 매뉴얼만 머릿속에 맴맴 돌고 그 중심으로 안내를 마쳤다.

안내를 마치고 칼국수를 먹으면서 나는 내 안내 틀을 말할 수 있었다. 그러면서 그렇게 하지 못한 것이 전날의 과음 때문인지, 아니면 본래 내가 그런 사람이라 그런지 구분이 되지 않았다. 평화샘들과 이런저런 이야기를 나누며 나는 많은 반성을 하였고, 평화샘들과 헤어진 후 도성샘들과 이런저런 이야기를 나누던 중 나는 문득 내 정체성에 의문을 품었다. 평화에 가서 도성을 이야기하고, 도성에 가서 평화를 이야기하고. 어쩌다가 내가 이런 사람이 되었지? 도대체 내가 누구지? 둘 다 잘하면 완벽한 존재가 되나???

인간은 완벽하지 못해 완벽한 존재로 가기 위해 끊임없이 말을 쏟아낸다. 인간은 불안한 실존이기 때문이 완전을 위해 무언가를 끊임없이 믿는다. 그래도 늘 완벽하지 못하고 불안하다. 늘 위태롭다. 그런데도 어디선가 누군가는 완벽한 삶을 설파하고 불안하지 않은 실존이 있다며 설교한다. 정말 그들은 위기의 순간, 모순의 순간을 어떻게 극복할까? 어떻게 극복하기에 그 어려운 이야기를 신념을 가지고 할까?

나는 그 과정이 정말 궁금하다. 그것을 내가 알면 내 고뇌도 사라질 수 있을 것이다. 모순의 순간이 오면 어떤 식으로든 반성과 참회를 하고, 나도 비폭력 평화사상, 모두가 하나라는 사상, 이제 평화의 역사를 써야 한다는 사상을 당당히 말할 수 있을 것이다. 하지만 나는 그럴 만한 그릇이 되지 못한다. 그런데도 그런 말을 앞으로 계속해야 한다. 이는 나뿐만이 아닐 것이다. 도성과 평화에서 활동하는 모든 샘들의 고민일 것이다.

평화도 아닌 것이 도성도 아닌 것이 도대체 종잡을 수 없는 인간. 그래도 나는 이것만은 안다. 현재 내 삶에 이 두 개의 공간, 그리고 그 안에 있는 사람들은 내가 완벽한 존재로 나가는 데 있어서 반드시 필요한 사람들이라는 것을 말이다. 평생 완벽한 사람이 못 되는 것이 당연하겠지만, 적어도 나쁜 길로는 인도하지 않을 것이다.

3강

글은
마음과 몸으로 쓴다

마음에 대한
나만의 정의를 내려라

오래전 소설 쓰기에 한창 매달릴 때였다. 동틀 때까지 머리를 쥐어짜며 글을 쓰고는 잠을 청한 뒤 해가 중천에 오르면 일어나자마자 전날 쓴 원고를 들여다본다. 군데군데 인상을 쓰며 쳐다보고는 하지만, 전체적으로 대략 마음에 들어 그날 밤에도 계속 글을 쓸 의지를 다진다. 이 정도면 평균 이상의 글이니까 작가가 되어 먹고살 수도 있다는 야심에 찬 희망을 버리지 않고서 말이다.

글쓰기의 고통은 글을 쓰는 순간에는 극심하게 찾아오지 않았고, 투고 뒤 아무런 소식을 받지 못하는 상황에서 내 마음과 몸을 괴롭혔다. 한 번, 두 번은 괜찮았는데 그 뒤로도 전화벨이 울리지 않는 나날을 보낼 때면 살아가야 할 이유를 찾지 못해 벼랑에 선 심정으로 낙담하며 살았다. 갈수록 온몸의 기가 소진되어 맥을 못 출 무렵 내가 살고자 심사위원들의 글을 일부러 찾아 읽었다. 날선 마음으로 그들의 글을 대하고 보니 수긍도 긍정도 없이 곧바로 힐난만 내 안에서 폭발했다. 이처럼 형편없는 글을 쓰는 사람들이 어떻게 심사위원을 할 수 있다는 말인가? 분노는 멈추지 않았고, 급기야 모더니즘과 리얼리즘을 막론하고 문단 전체를 저주하며 나를 옹호했다. 오로지 내가 살고자 남을 탓했다.

세월이 흘러 그때의 일을 가끔 회상하면 얼굴이 화끈거린다. 나는 허명에 눈이 멀어 평균 이하의 내 글에 만족했고, 심사위원들은 부족함이 한두 가지가 아닌 내 글을 정확히 보고는 과감히 버렸다. 심사위원들의 판단은 옳았고, 나의 분노는 옳지 못했다. 하지만 당시에는 내가 상황 파악을 올바로 해내기 힘들었다. 마음공부가 덜 되었기 때문이었다. 아니 마음이 무엇인지 숙고하지도 않았다. 신파조이지만 심금을 울리는 글이 소설의 뼈대인데, 나는 심금心琴의 심이 마음임을 깊이 인식하지 못했다. 내 글쓰기의 중심은 메시지 전달이고 궁극은 허명으로 생존 확보였기 때문에 마음은 뒷전이었다.

그 무렵 미흡하나마 마음에 관심이 있었다면, 그 모든 사태를 남 탓만 하는 어리석은 행동은 하지 않았을 것이다. 지난 일이지만, 마음을 중심에 두고 글을 썼다면 좋은 결과가 있었을지도 모른다. 이렇게 뻔뻔하게 말하고도 나는 남의 시선에 크게 신경을 쓰지 않는다. 어차피 돌아오지 않을 과거의 일이고, 결과라는 단어에 대한 내 마음도 예전과 많이 달라졌기 때문이다.

나를 표현하는 단숨에 글쓰기를 하면서 나는 마음공부를 내 안에 들여놓았다. 글에 중점을 두지 않고 내면을 주로 응시하기 때문인지 마음이란 단어에 쏠림이 일어났고, 마음과 관련된 책을 읽으면서 나를 성찰하다 보니 문학청년 시절 갈겨댔던 글이 객관적으로 형편없음을 알았다. 소설의 기본기 부족은 당연지사였지만, 무엇보다 복잡 미묘한 마음의 세계를 지나치게 기계적으로 들여다봤다. 상황과 조건이 나아지면 힘든 마음이 안정을 찾을 듯이 보았다. 마음이 궁금하지 않았으니 그런 현상이 빚어졌다.

그럼 지금은 마음이 뭔지 안다는 것일까? 당연히 안다고 할 수 없지만 그래도 마음에 대한 정의는 내리고 있다. 사상 정립처럼 마음 정의도 나를 표현하는 단숨에 글쓰기에서 절대적으로 중요하기 때문이다. 나를 표현하는 단숨에 글쓰기는 약해지는 마음을 올곧게 잡아 나가는 과정 아닌가? 그 누구의 도움에도 의지하지 않고 오로지 나만의 내면으로 내 삶을 살아내야 하는 마음의 근육을 키우는 목적이자 수단 아닌가?

갈대 / 신경림

언제부턴가 갈대는 속으로
조용히 울고 있었다.

그런 어느 밤이었을 것이다. 갈대는

그의 온몸이 흔들리고 있는 것을 알았다.

바람도 달빛도 아닌 것,
갈대는 저를 흔드는 것이 제 조용한 울음인 것을
까맣게 몰랐다.

— 산다는 것은 속으로 이렇게
조용히 울고 있는 것이란 것을
그는 몰랐다.

이 시처럼 세상의 모든 문제는 내 마음에 있지 않을까? 마음먹기에 따라 낙선을 인정할 수도 있고 분노할 수도 있고, 마음먹기에 따라 사람을 살릴 수도 있고 죽일 수도 있고, 마음먹기에 따라 내가 살수도 있고 죽을 수도 있고, 마음먹기에 따라 마음이 편안할 수도 있고 불안할 수도 있는 이 마음의 실체는 과연 무엇일까? 수많은 사상가들은 물론이고 현대에 들어와서는 의사나 과학자 들도 가세해 마음을 연구하는데, 아직도 명확한 결론은 없다.

하지만 나는 물리학자 장회익 교수가 쓴《물질, 생명, 인간: 그 통합적 이해의 가능성》에 나오는 다음 구절을 보면서 내 나름 마음에 대한 정의를 주기적으로 내리며 살기로 마음먹었다. 몸의 주인도 마음의 주인도 "어차피 나예요"이기 때문이다.

우리의 몸은 틀림없이 물질인데, 여기에 마음이 생겼다라고 해요. 과연 몸과 마음은 어떤 관계일까요? 가장 상식적으로 쉽게 푸는 방법은 몸과 마음을 구분해서 설명하는 것입니다. 사람은 몸 덩어리인데, 몸만 있으면 안 되니까 태어날 때 영혼이 몸 안에 들어왔다가 죽으면 몸 밖으로 빠져나간다고 해요. 몸과 마음, 둘이 만나서 함께 있다가 헤어진다는 '이원론'적 인식인데, 언뜻 보면 그럴 듯하지만 이제는 설자리가 없어요. 왜냐하면 이러한 이원론은 마음이 몸에 어떤 방법으로 의사를 전달해주는지, 어떻게 몸을 움직이게 하는지 그 상호작용에 대해서는 설명할 길이 없거든요.

실제로 우리의 몸 안에 있는 중추신경계의 활동을 깊이 들여다보면 그것들만 가지고 몸의 모든 움직임은 다 설명할 수 있어요. 여기에 마음이 따로 들어갈 자리는 없어요. 결국 몸과 마음은 하나예요. 몸인 동시에 마음이지요. 이게 무슨 말일까요? 안에서 느낄 때는 마음이고, 밖에서 볼 때는 몸이라는 거죠.

그러니까 내가 팔을 움직이는 것은 틀림없이 물리학적 작용에 의해 움직이는 거지만, 이 움직임을 주도하는 것은 내면의 나예요. 움직임 자체를 나라고 하기 때문에 물리적으로 움직이든 철학적으로 움직이든 상관없어요. 어차피 나예요.

이 지구상에서 마음과 관련된 확신이나 가설 그리고 과학으로 밝혀낸 지식은 이루 헤아리기 어렵다. 그것을 여기서 일일이 소개할 필요는 없다. 정보의 나열 차원에서 여기저기 긁어모아 추려낸다고 하더라도 내가 전문가가 아니기에 오류가 나타날 확률이 매우 높다. 그럼에도 마음을 지속적으로 운운하는 이유는 마음에 관심을 두고 있어야만 우리 삶을 매일 요동치게 하는 마음을 들여다볼 줄 알게 되고, 그래야만 살아갈 의지가 더 단단해지기 때문이다. 마음이 뭔지 알기 어렵다고 해서 접근조차 두려워한 마음의 세계를 이제부터 각자의 생각으로 껴안아 보면 살아갈 의지는 더 샘솟는다.

나만의 정의가
나를 치유한다

　마음과 관련하여 가장 유명한 일화는 달마 스님과 혜가 스님의 일화가 아닐까? "불안한 네 마음을 여기에 가져오너라. 그러면 편안하게 해주겠다"라는 달마 스님의 말에 혜가 스님은 "마음을 아무리 찾아도 얻을 수 없습니다"라고 대답하였다. 그 말에 달마 스님은 "내 이미 너를 편안케 하였느니라"라며 선문답을 마무리 지었다. 이들의 심오한 대화를 이해하기가 쉽지 않지만, 마음공부를 하면서 내 딴에는 여기에 의문을 달았다. 이들은 마음의 실체에 대해서 확실히 알았을까?

　마음에 대해 일가견을 보이는 책을 조금만 들추어 보면, 어떤 이는 마음은 뇌에 있다고 하고, 어떤 이는 마음은 심장에 있다고 하고, 어떤 이는 마음은 온몸에 골고루 퍼져 있다고 하고, 어떤 이는 마음은 본래 하나로 우주에 가득 차 있는데 잠시 생물별로 몸에 담겨져 약간 다른 모습으로 있다고 하고, 어떤 이는 빛과 입자와 파동으로 구성된 물질이라고 하는데, 그렇다면 고승들은 어떤 마음을 마음에 두고 있었을까?

궁금증을 해소하기 위해 마음공부를 지속하던 어느 순간 나는 나보다 이 분야에 더 몰입하는 사람들도 속 시원히 풀지 못하는 문제의 해답을 꼭 얻겠다는 내 자세가 삶에 그리 도움이 되지 못한다고 생각했다. 여름 한 철과 겨울 한 철 면벽 수행하는 스님들이 아는 마음의 세계, 뇌를 직접 들여다보며 온갖 실험을 행하는 의사나 과학자들이 가지고 있는 지식의 세계, 그 외에 마음 하나 깨치고자 나도 모르는 방법으로 정진하는 사람들이 그려낸 마음의 세계를 알고자 미련하게 도전장을 내밀지 말고 그 가운데 하나만 골라 내 마음을 집중해서 보는 연습에 충실하기로 했다. 그것이 현재의 내 위치에서 선택할 수 있는 최상의 방법이었고, 그 방법이 유한한 내 삶에 탄력을 줄 것 같았다.

고민 끝에 나는 마음에 대해 "마음은 본래 하나로 우주에 가득 차 있는데 잠시 생물별로 몸에 담겨져 약간 다른 모습으로 있다"로 정의했다. 이 정의를 누가 했다고 딱 꼬집어 말할 수는 없다. 이 책 저 책을 보며, 이런 생각 저런 생각을 하며, 느낌으로 내가 내린 마음의 정의이다. 그렇다고 내가 내린 정의를 입증하기 위해 논문식으로 구성할 수는 없다. 당연히 능력이 되지 않을 뿐더러 그런 수고를 내가 할 필요는 없다. 나는 마음 분야에서 돋보이는 사람이 되기를 원하지 않고, 마음의 본질을 궁구하여 참모습을 알고 싶지도 않다. 내가 사는 시공간에서 살아가는 데 필요한 정도의 마음만 있으면 된다.

그렇다면 나는 왜 그 누구도 굳건하게 정의를 내리지 않은 마음에 대해 이런 식의 결론을 과감히 내렸을까? 마음공부를 하는 과정에서 내 결론이 내 마음을 가장 편하게 했기 때문이다. 믿음이 가는 과학자 리처드 도킨스는 《현실, 그 가슴 뛰는 마법》에서 "우주는 마음이 없다"라고 했다. 속인으로 살지만 역시 믿음이 가는 한 구도자는 "우주는 마음 그 자체"라고 했다. 잠시 혼돈이 일었지만 내 식대로 결론을 내렸고, 그러던 어느 날 성균관대 이기동 교수의 《논어 강설》을 읽고는 당분간 내가 내린 마음의 정의를 지속하기로 했다.

자왈성상근야子曰性相近也나 습상원야習相遠也니라
공자께서 말씀하셨다. "성품은 서로 비슷하지만 습관은 서로 먼 것이다."

강설

사람의 존재는 마음과 몸 두 요소로 구성된다. 마음의 근원에서만 말하면 모두 같은 것이므로 마음의 근원인 성性은 상동相同이 되지만, 몸을 기준으로 해서 보면 몸은 서로 다른 것이므로 몸에서 나타나는 습習은 상부동相不同이다. 공자는 마음과 몸의 어느 한 쪽에 치우치지 않고 포괄하는 중용中庸을 취하므로 중간자적 입장에서 성性은 상근相近이라 표현하고 습習은 상원相遠이라 표현한 것이다.

이 책에서 지속적으로 언급하지만, 우리는 지극히 모르며 살다 간다. 위대한 사상가이든 노벨상을 받은 과학자이든 오지에서 땅만 파는 농사꾼이든 살림만 하는 주부이든 물건만 파는 장사꾼이든 서로가 알고 주장하는 바가 실제로는 모두 틀린 이야기일 수도 있다. 그래도 우리는 살아간다. 내 몸과 내 마음이 있기 때문이다. 내 몸에 대해 의사보다 몰라도, 내 마음에 대해 명상가보다 몰라도 내 몸과 내 마음의 주인은 나라는 사실만 확신하면 지난한 어려움이 닥쳐도 살아낼 의지가 생긴다. 마음에 대한 정의를 나름 내리면 주인의식이 강해진다.

내가 이렇게 자신 있게 말하는 부분에서 또다시 냉소가 쏟아질지 모르겠다. 그렇다고 나는 괴로워하지 않는다. 그 냉소를 내가 안 받으면 그만이다. 그래도 나를 집요하게 물고 늘어지면 한 마디 정도는 할 수 있다. 주기적으로 나 홀로 산행을 하다 보니 나도 산도 하늘도 바람도 다 하나일 뿐이고, 각각에 투영된 다른 감정은 다 하나인 내 마음에서 빚어진다고 말이다. 내 말을 믿어 달라고 강요하지도 않는다. 그 마음은 또 언제 어떻게 변할지 모르기 때문이다.

국어사전을 보면 마음에 대한 풀이가 꽤 많다.

1. 사람이 본래부터 지닌 성격이나 품성
2. 사람이 다른 사람이나 사물에 대하여 감정이나 의지, 생각 따위를 느끼거나 일으키는 작용이나 태도
3. 사람의 생각, 감정, 기억 따위가 생기거나 자리 잡는 공간이나

위치

4. 사람이 어떤 일에 대하여 가지는 관심

5. 사람이 사물의 옳고 그름이나 좋고 나쁨을 판단하는 심리나 심
   성의 바탕

6. 이성이나 타인에 대한 사랑이나 호의好意의 감정

7. 사람이 어떤 일을 생각하는 힘

어떤 느낌이 드는가? 평생 공부해도 알 듯 모를 듯한 세계 같지 않
은가? 오기가 생겨 마음공부에 도전해 보겠다고 결심하고는 하버드
대학 스티븐 핑커 교수가 쓴《마음은 어떻게 작동하는가》라는 책을
마주하면 기분이 어떨까? 무려 962쪽이나 되는 두꺼운 책을 읽을
엄두가 날까? 이렇게까지 해서 마음에 대해 알아야 할까? 절실한 마
음이 들면 시간을 투자해 두루두루 공부할 수 있지만, 굳이 그럴 필
요는 없다고 생각한다. 자기가 믿는 종교에서 말하는 마음을 마음으
로 받아들여도 되고, 무종교인 경우 끌리는 마음에 마음을 두고 살
면 된다. 다만 마음을 모른다고 멀리하지 말고 나만의 마음 정의를
꼭 내렸으면 한다.

마음이 뇌에 있다고 한다면, 마음이 아플 경우 뇌를 맑게 해주는
방법으로 마음을 치유할 수 있지 않을까? 마음이 심장에 있다고 한
다면, 마음이 아플 경우 심장을 강화하는 훈련으로 마음을 치유할
수 있지 않을까? 마음이 온몸에 있다고 한다면, 마음이 아플 경우 온
몸을 단련하는 운동으로 마음을 치유할 수 있지 않을까? 우주가 하

나의 마음이고 생물별로 다른 마음이 있다고 한다면, 마음이 아플 경우 그 아픈 마음을 있는 그대로 들여다보며 마음을 치유할 수 있지 않을까? 내가 말한 마음에 대한 가설 혹은 그 이외에 가설들이 모두 옳다고 여겨지면 모든 방법을 동원에 아픈 마음을 잠시라도 치유할 수 있지 않을까?

마음이 아파 죽을 지경인데, 마음은 알 수가 없다며 마음 자체를 괴로워하지 말고, 마음을 새롭게 환기시킬 수 있는 특정 대상을 자극하여 마음을 이겨 나가는 방법, 확신을 가지고 실천하면 효과가 분명 있다. 1강에서도 말했지만, 우리는 거대한 세상에서 구체적으로 존재하기 때문에 마음에 대한 뜬구름 잡기 식의 접근보다 하나를 확실히 붙잡고 있으면 아픈 일상에 효율적으로 대처할 수 있다. 그것이 나를 표현하는 단숨에 글쓰기 안에 녹아들면 일상을 포기하려는 마음 따위는 슬며시 발붙이지 못한다.

마음에서
몸, 사물, 공간으로

아픈 마음을 치유하는 방법은 수만 가지이다. 하지만 대개 자신이 어떤 마음을 먹느냐로 귀결된다. 그 마음은 또 순식간에 뒤바뀌기도 한다. 진화 과정을 겪고 있는 인간 본연의 모습이다. 이를 무시하면 그 어떤 해결책도 무의미하다. 아니 어쩌면 해결책은 처음부터 존재하지 않는지도 모른다. 우리는 다양한 모습으로 변주되면서 있는 그대로 연속의 삶을 살아가는 유기체일 뿐이다. 이 사실을 늘 자각하는 경지에 이르면 마음공부는 종착역에 다다랐다.

이 세상에 마음이 흔들리지 않고 무풍지대처럼 고요하게 사는 사람들은 얼마나 될까? 나는 거의 없다고 생각한다. 아니 그보다 마음이 요지부동인 삶이 그토록 중요할까? 우리가 지향해야 할 최고의 목표일까? 사람마다 다르게 여기지만, 그래도 마음을 바르게 잡으며 살아가는 삶의 태도는 필요하다. 나도 상대방도 서로의 안정적인 생존에 절대적인 기여를 하기 때문이다. 상대방의 급작스런 분노는 내게 치명상을 입힐 수 있고, 나의 교활한 속임수는 상대방을 곤란한 상황에 빠트릴 수 있다. 우리 안에 내재된 도덕률이 행동에서 불뚝거리지 않으려면 마음공부는 매일매일 순간순간 해나가야 한다. 하지만 말처럼 쉽지 않다. 우리는 우리를 완벽하게 알 수 없고, 이성적인 판단을 늘 하기에는 종잡을 수 없이 난해한 인간 아닌가?

매사에 흔들리는 불안한 마음, 기뻤다 슬펐다 굴곡지며 오르락내리락하는 마음, 어느 순간 죽고 싶었다가 금방 살고픈 욕망이 번개처럼 꿈틀거리는 마음, 사랑의 열변을 토하다가 싸늘해지는 상대의 낯빛을 보고 얼음처럼 경직되는 마음 등 참으로 변화무쌍한 마음을 있는 그대로 들여다보면서 그 마음을 자각하고 조절하는 능력을 길러 주는 방법 가운데 하나가 나를 표현하는 단숨에 글쓰기라고 했다. 하지만 이 역시 방법일 뿐 근본적인 해결책은 아니다. 특히 자살률 1위, 우울증 환자 1위 등 지극히 부담스러운 지표를 가지고 있는 우리 사회에서 엄격히 말하면 마음 치유는 제 목소리를 높일 수가 없다. 물론 이처럼 우려할 만한 숫자를 기록하는 원인이 한두 가지가 아니지만, 그 어떤 마음 치유 방법도 전반적으로 살려는 의지를 다지는 데 도움이 되지 못했다는 사실은 우리 모두가 뼈저리게 반성할 사안이다.

사실 인류 역사가 시작된 이래 웬만한 선각자들은 모두 매달린 마음의 세계를 나를 표현하는 단숨에 글쓰기로 빠른 시일 내에 있는 그대로 들여다볼 수 있을까? 말 자체가 영원히 성립될 수 없는 모순이다. 불립문자不立文字라고, 마음 자체가 말이나 글로 설명되기 어려운 그 무엇인데, 어찌 내면을 충실히 본다는 자체만으로 마음을 알 수가 있다는 말인가? 모든 마음 치유는 마음을 안다기보다 마음을 다잡아 안정시키는 방편이 아닐까 생각해 본다.

　나를 표현하는 단숨에 글쓰기를 하면서 전과 달리 마음에 집중적으로 관심을 가져 나가다 보니 마음을 담고 있는 몸에도 자연스레 관심이 쏠렸고, 이는 경이로운 세계로의 진입이었다. 마음이 건강하려면 몸도 건강해야 한다는 천편일률적인 상식에서 더 나아가 내가 사는 세상의 원리를 다시금 꼼꼼히 들여다보는 전환점이 되었고, 아울러 자각의 정도가 갈수록 깊어졌다. 누군가의 이론을 빌려 몸에 대한 정의를 할 필요도 없이 내 스스로 몸을 느끼며 몸을 알아 가다 보니 내 몸이 나임을 시나브로 인식하게 되었다. 그 과정에서 나는 내 몸을 소중히 여기게 되었고, 내 몸을 이루게 해주는 이 세상의 모든 물질에 감정을 실을 줄 알게 되었다.

　소설 쓰기에 전념했던 시절 나는 내 몸을 혹사시켰다. 아니 혹사라기보다는 외면에 가까운 방치였다. 글이 안 써진다며 밤새 담배를 입에 물고 있고, 역시 글이 안 써진다며 술병을 연신 비워대고, 또 역시 글이 안 써진다며 주로 고기를 질겅거리며 스트레스를 풀고, 그렇게 폭식과 과음 그리고 과도한 흡연으로 심신이 엉망진창이 되면 방바닥에 누워 시체처럼 지냈던 그날들, 돌이켜 보면 몸에 대한 무지의 소치가 낳은 삶의 병폐에 불과했다. 심신이 멍들어 가면서 위대한 걸작을 남긴들, 그것이 생명을 단축하는 행위를 서슴지 않는 나와 무슨 상관이란 말인가? 나는 단 한 번 이 우주에서 인간 종種으로 태어났고, 죽으면 원자로 흩어질 텐데 왜 그 아까운 날들을 일찍 끝내려고 했던가? 몸이 망가지면 기력이 쇠진해 살아갈 의지도 당연히 줄어들 텐데 말이다.

평균적인 인간보다 우위에 서서 폼 나게 살겠다는 사람이 몸을 돌보지 않는 본말전도의 습관은 소설 쓰기를 중단하고 사회생활을 하면서도 이어졌다. 몸에는 거추장스러운 살들이 찰떡처럼 덕지덕지 달라붙었고, 입 안에는 역겨운 담배 냄새만이 순환하고 있었으며, 잦은 과음은 다음 날 어김없이 찾아오는 숙취로 이어져 만성 지각이라는 딱지를 달고 살았다. 그래도 술과 담배를 줄인다거나 음식량을 조절하겠다는 생각은 하지 않았다. 케세라세라que sera sera, 즉 될 대로 되라는 식이었다. 내 삶의 주인이 마음을 담고 있는 내 몸임을 자각하지 못했기 때문에 빚어진 참상이었다.

그러던 어느 날 나는 사십 줄에 백수가 되었고, 심신을 단련하기에 최적의 장소인 산을 줄기차게 다니면서 몸에 관심을 가졌다. 무거운 몸보다는 가벼운 몸이 산행을 하는 데 덜 힘들었기 때문이었다. 20세에 60킬로그램 정도였던 몸이 40세 넘어 83킬로그램이나 나갔으니, 살려는 의지가 시나브로 다져지는 산행을 지속하려면 체중 감소가 급선무였다. 나는 이를 악물고 살을 뺐다. 전문가의 도움 없이 내 몸이 느끼는 대로 내 머리가 이끄는 대로 자연스럽게 해나갔다. 적어도 일주일에 한 번 산행을 반드시 했고, 식사량을 조금씩 줄여 나갔으며, 고기를 덜 먹기 위해 술은 소주에서 막걸리로 바꾸었고, 담배는 산속이 금연이라 과감히 끊었다. 2년이 지날 무렵 내 몸이라고 여기던 18킬로그램의 살덩이가 은근슬쩍 빠져나갔다.

오랜 기간에 걸쳐 특별한 비법이 아니라 상식선에서 한 다이어트였기 때문에 요요현상을 두려워하지 않았다. 문제는 육류 섭취였다. 본래 고기를 좋아했던 내 입맛을 바꾸지 않으면 언젠가 은근슬쩍 살이 또 붙을 확률이 높았다. 나는 체질 개선을 위한 단식을 일주일 동안 감행했고, 무려 한 달여에 걸쳐 보식을 했다. 그러고는 고기를 먹어 보았는데, 고기 고유의 맛이 내 식욕을 우악스레 자극하지 않았다. 오히려 향내까지 느껴지는 채소를 그냥 씹어 먹는 편이 식감이 좋았다. 신기한 현상이었지만, 그게 전부였다. 단백질 운운하며 고기를 완전히 끊지는 않았다.

체중을 줄이고, 깃털처럼 가벼운 몸으로 사는 날들은 흡족했다. 오랜만에 본 지인들이 생활고라 지레짐작하며 염려에 가득한 시선을 보내기도 했지만, 나는 몸이 달라진 만큼 의지도 달라질 수 있다며 내 몸을 자랑스레 껴안았다. 그러면서 새로운 습관이 만들어지고 있었다. 내 몸에 들어오는 음식 하나하나에 깊이 관심을 두기 시작했다. 식탁에 올라온 음식들이 어떤 역사를 가지고 있는지, 어떤 과정으로 생산되는지, 어떤 성분을 지니고 있는지, 내 몸에서 어떻게 작용을 하는지, 음식 배경과 인과 원리가 문득 궁금해졌다. 이 우주의 구성 원자와 사람의 구성 원자가 비슷하다는 책을 보았고, 그런 내용에 믿음을 주고 있었기 때문이다.

음식에 관심을 갖고 본격적으로 음식과 몸의 상관관계에 대해 공부를 할 무렵 온 나라를 들썩거리게 한 광우병 파동이 일어났고, 나는 먹거리로 국민을 우롱하는 정권에 나름 저항하고자 고기를 아예 먹지 않기로 작심했다. 과도한 육류 섭취가 지구와 사람을 망가뜨리고 있다는 책도 책이지만, 미국 소가 사육당하고 도축되는 동영상을 보면서 마음을 굳혔다. 내가 얼마나 살겠다고 다른 생명의 수명을 단축시키면서까지 살아야 하나?

백수, 산행, 다이어트, 음식, 고기 안 먹기 등 전혀 예측하지 못한 삶의 모습들이 연달아 이어지는 동안 세상을 보는 내 인식의 순서가 바뀌고 있었다. 내 살은 어떤 음식을 주로 필요로 하고, 내 뼈는 어떤 음식을 주로 필요로 하며, 내 피를 맑게 하려면 어떤 음식을 주로 먹어야 하고, 감기라도 걸리면 어떤 음식을 먹어야 하고 등등 내 안에서 바깥으로 세상을 보는 안목이 생겼다. 내 몸을 온전히 지켜 나가기 위해 내 안에 들어오는 음식들을 주의 깊게 의식했고, 그것은 나를 자각하는 데 큰 도움이 되었다.

굳이 거창하게 말하면 생명사상의 큰 스승인 장일순이 《나락 한 알 속의 우주》에서 말한 "옛말에 우리 인간을 소우주라고 얘기하는데 소우주는 사람이 만든 소우주가 아니야. 풀 하나도 소우주라 이 말이야"라는 이야기를 나도 대략 이해하게 되었다. 우주에서 우연이든 필연이든 있는 그대로 결합되어 있는 현재의 모든 생물과 무생물이 본래 우주라는 이치를 몸과 음식을 탐구하면서 어렴풋이나마 깨닫게 될 줄은 꿈에도 몰랐지만, 몸에 대한 물질적 접근을 넘어 철학적 접근에 다다르게 된 과정은 살려는 의지를 다지는 데 큰 힘이 되었다.

시공간 속에서
움직이는 몸

몸에 대한 자각 정도가 올라갈수록 또 다른 궁금증이 내 안에서 일기 시작했다. 내 몸을 만드는 음식들이 음식이 되기 이전의 실물과 그것들이 내게 오기까지 거쳐 간 공간, 내가 사용하거나 앞에 놓여 있는 물건들이 만들어진 과정과 역시 그것들이 내게 오기까지 거쳐 간 공간, 내 몸이 멈추어 있거나 이동하는 공간 등등에 관심이 갔다. 원류를 알 수 없는 공기를 빼고는 그 모두가 나와 관계를 맺고 있다는 느낌이 강하게 들었기 때문이었다. 그렇다고 모든 사물의 원리를 이해하기 위해 심도 있게 파고들지는 않았고, 생각이 이끌리는 분야만 관련 서적을 뒤적거리는 수준이었다.

보통 일기가 아닌 다른 글을 쓸 경우 관찰과 취재 그리고 논리적이면서도 밀도 있는 사색은 기본 조건이다. 물론 일기의 주조인 내적 고백도 대상과의 관계 속에서 응집되지만, 일기는 어디까지나 내 감정이 앞선다. 상대의 마음 씀씀이를 헤아려 보기는 하지만, 그것은 주관에 밀리기 마련이다. 일기를 쓰는 순간 나는 오로지 내면에만 집중하기 때문이다.

　나를 표현하는 단숨에 글쓰기는 기본적으로 일기이면서도 주변 사물에 대한 애정 어린 관찰, 그리고 그 사물을 그윽하면서도 깊게 바라보는 습관을 키워 준다. 산행으로 체중을 줄이고 몸에 관심을 갖는 일련의 시기에 나를 표현하는 단숨에 글쓰기가 진행되었는데, 그때부터 나는 내 주변의 사물 하나하나를 나와 밀접히 연관시키며 나를 읽으려고 노력했다. 내 몸에서 떨어져 나가거나 빠져나간 그 무엇이 언젠가 원자가 되어 다른 사물을 구성한다는 생각이 터무니없게 느껴지지 않았다. 나는 나이기도 하지만 나를 둘러싼 그 무엇이기도 했다. 이는 내 삶이 허무하거나 무의미하다는 생각을 줄여 주었다. 현재의 나는 이 넓은 공간의 한 부피를 내 몰골로 잠시 점유하고 있다가 언젠가 다시 흩어질 임시적인 존재이기에 나날의 시공간에서 나를 있는 그대로 보는 눈만 제대로 가지고 있으면 삶은 그다지 힘들지 않다고 낙관했다.

　여기에는 나만의 특수한 상황이 있었고, 이는 내가 살기 위한 나만의 특별한 처방이었는지도 모른다. 사십 줄에 직장을 나온 뒤로 나는 고정적으로 출퇴근하는 직장을 가져 본 적이 없었고, 현재도 그 상태는 유지되고 있다. 즉 많은 사람들이 이른 아침에 일어나자마자 서둘러 일터로 나가지만, 나는 식탁에서 아침밥을 먹고는 그 자리에 앉아 신문을 펼친 뒤 대개는 1시간에 걸쳐 신문을 파고든다.

　단 한 종류의 신문을 비교적 길게 탐독하는 이유는 시간 여유가 있기도 하지만 사람 사는 세상 골고루 들여다보면 내 몸이 이곳저곳 다녀온 느낌이 들어 갇혀 있다는 답답함을 어느 정도 이겨낼 수 있기 때문이다. 딱히 외출할 일이 없으면 하루 종일 현관문을 나서지 않는 날들이 많아 신문 읽기는 매일 이루어지는 나의 중요한 일과이다.

신문을 덮고 나면 컴퓨터가 있는 곳으로 이동해 외주 일이 있으면 그것을 하고, 일이 없으면 내 원고를 구상하거나 쓴다는 핑계로 인터넷 공간을 떠돌거나 문득문득 떠오르는 관심사를 꼬리를 물고 찾아간다. 생각에 몰두하기 시작하면 시간은 금방 지나간다. 종횡무진, 원시시대도 갔다가 화성도 갔다가 과학의 세계도 갔다가 음악의 세계도 갔다가 전라도와 경상도도 갔다가 미국과 아프리카도 갔다가, 몸은 의자에 고정되어 있는데 생각은 온 동네를 유영하고 다닌다. 어느새 창밖에는 어둠이 오고, 그러면 저녁을 먹은 뒤 책을 읽거나 연속극을 시청하거나 아니면 술을 마신다.

나는 이런 생활을 10년을 넘게 해왔다. 잠깐이라도 나와 같은 상황에 놓여 본 사람은 공감하겠지만, 한 마디로 죽을 맛이다. 물론 본인의 의지로 자유직업을 선택했다면 불만이 없겠지만, 그렇지 않은 경우라면 일터와 거주지가 같은 공간이라는 사실에 의기소침해지고 스스로 인생의 낙오자라고 여기며 하루하루를 침울하게 보낼지도 모른다. 이 생각이 오랫동안 쌓이면 우울증은 호시탐탐 기회를 엿보다가 은근슬쩍 우리 안에 들어올 수도 있다.

일체유심조一切唯心造라는 말이 있듯이, 내가 어디에 있든 내가 무슨 일을 하든 내 삶을 이어 가는 데 하등 문제가 없다면 그 누구의 시선과 조롱도 문제가 되지 않는다. 하지만 혼자 살지 않는 세상, 어떻게 나만 보면서 살 수 있을까? 가족도 있고, 친지도 있고, 이웃도 있지 않은가? 그 안에서 나는 내 의지와 무관하게 집에 있다는 사실만으로도 저평가를 받을 수밖에 없다. 가뜩이나 갇힌 공간에 있어 답답함이 하늘을 찌르는데 그 자체만으로도 홀대를 받는다면 그 심정은 갈가리 찢어진다.

내가 살려는 의지를 하늘이 주었는지 모르지만, 이 상황을 나는 도성길라잡이 활동을 하면서 극복했다. 한양도성을 안내하기 위해 시작한 공부를 통해 나는 그동안 단 한 번도 관심이 없었던 공간에 관심을 가졌고, 이는 현재의 나를 자각하는 데 큰 영향을 끼쳤다. 현재 내가 머무는 공간이 어떤 과정을 통해 조성되었는지를 대략 알게 되었기 때문이다. 가깝게는 재개발을 통한 아파트 단지 조성이었고, 멀리는 기와집과 초가집 또는 움막이 있거나 아니면 밭이었고, 더 멀리는 생명이 없는 땅이었고, 아주 더 멀리는 텅 빈 공간일 수도 있었다.

공간에 대한 공부가 진행되면서 현재의 공간에 놓인 사물들과의 관계 맺기가 더 촘촘해졌다. 아니 나름 공간에 대한 사색이 깊어지면서 본래 우리 모두가 하나라는 생각이 더 확고해졌다. 나도 소우주, 내가 먹는 음식도 소우주, 하루 종일 나와 함께하는 컴퓨터도 소우주, 이따금 내 숨통을 탁 트이게 하는 산도 소우주, 내 가족도 소우주, 나를 이동시켜 주는 버스나 지하철도 소우주 등등 수많은 소우주가 독립적이면서도 보편적으로 존재하고 있다는 느낌이 내 안에 들어왔다.

기묘한 경험이었다. 물론 선승들의 고매한 경지와는 비교가 될 수 없지만, 나는 내가 일구어 온 과정을 소중히 여기기로 했다. 내가 살려는 의지를 다지기 위해 내 생각과 느낌이 가는 대로 밟아 간 길에서 나는 내 삶을 이어 가겠다는 의지를 지속적으로 확인하고 있기 때문이다. 누군가의 체계적인 가르침 속에서 터득한 논리가 아니라 치밀하지도 못하고, 그렇다고 내 사유가 번뜩여 마음을 뒤흔들 만한 격정적인 문장도 없지만, 삶의 의미를 다루는 수만 가지 방법 가운데 내가 터득한 내 사유 체계를 나는 존중하고 싶다.

사물과 공간에 대한 탐색 과정에서 영장류 학자인 김산하가 〈경향신문〉에 쓴 칼럼을 보고는 슬며시 웃음을 지었다. 내용은 비통하지만, 나도 이분과 비슷한 생각을 했고, 그 생각을 해내는 내 자신을 기꺼워했기 때문이다.

가게마다 진열된 예쁜 선물은 주는 이의 훈훈한 마음은 잘 담을진 모르지만, 그 마음도 전달되자마자 과한 포장 재료와 낭비된 종이는 한순간에 쓰레기로 둔갑시키는 것에는 무심하다. 식당과 주점은 평소보다 늦은 시각까지 주방을 돌리며 단체손님을 맞이하는 대목을 누리지만, 그 덕에 급증하는 엄청난 양의 음식 쓰레기와 도살되는 가축은 특히 지금 시기에는 논외의 대상이다. 날카로워진 추위에 좀 더 따듯함을 좇는 것은 당연지사이지만, 눈에 띄게 그 수가 늘어난 모피 코트는 산 채로 가죽이 벗겨진 동물들의 비명에 무감각한 차가움을 역설적으로 드러내준다. 호텔과 빌딩 앞을 수놓는 줄전구는 연말다운 분위기를 한껏 조성하는진 모르지만, 전선에 칭칭 감겨 전봇대로 전락해버린 애꿎은 나무들을 향한 따뜻한 눈길은 없다. 즐거운 연말인데, 이 무슨 분위기 못 맞추는 소리.

이제 3강을 마무리할 시점이다. 마음이 뭔지 모르겠다고 번민하지 말고, 선각자들이 말했거나 현대의 과학자나 의사들이 밝혀낸 마음에 대한 정의 가운데 하나를 선택해 내 안에 받아들이면 어떨까 싶다. 이때 마음을 담고 있는 그릇이 몸임을 인식하면서 몸에 대한 애정을 갖고 몸 공부를 시작해 보기를 권유한다. 몸 관리 방법은 저마다의 선택이지만, 그 궁극은 우리 모두가 하나라는 생각에 도달했으면 한다.

그렇게 되면 식당에서 대부분 외면을 당하는 콩나물이나 무생채 등의 반찬도 새롭게 보인다. 무생채라는 소우주가 내 앞에 놓이기까지 씨앗과 햇볕과 비와 땅과 바람과 농부와 운송업자와 요리사가 얼마나 많은 노력을 했는지 관통하는 안목이 생기면, 무관심했던 무생채가 존귀하게 보이고 그것이 쓸모없이 음식 쓰레기통으로 가는 상황은 만들지 않는다. 주변 사물에 대한 깊은 애정과 관심은 내게로 돌아오고, 그것을 글쓰기로 더욱더 다지게 되면 내가 살려는 의지는 단단해진다.

사례 3

● 개요

이 책을 구상하고 첫 줄을 쓸 때의 심정을 그날 있었던 일과 엮어서 단숨에 쓴 글이다. 지난 과거를 돌이켜 보는 일이 쉽지 않고, 더군다나 암흑의 역사와 맞물려 있으면 그 고뇌가 심하다. 거기에 죽음까지 놓여 있으면 참혹하기 그지없다. 비록 치열하지 못한 삶이지만, 그 과거 속으로 다시 들어가 현재의 나를 되짚어보는 일도 살려는 의지를 다지는 데 도움이 된다. 과거와 연관된 특정 장소를 찾아가 현재의 심정을 녹여 보면서 그것을 단숨에 글로 표현해 보면 좀 더 과거와 솔직하게 대면하는 듯한 기분이 든다.

"아침에 눈을 뜨면 하루를 보내는 게 넘 힘들어. 혹 우울증인가 봐 ㅜㅜ" 이렇게 나는 문자를 보냈다. 답장이 왔다.

"나도 사는 게 넘 힘들어."

나는 깜짝 놀랐다. 정신과 의사 부인이 이렇게 말을 하니, 그럼 거의 백수에 가까운 나는 어찌한다는 말인가? 사실 이런 문자를 보낸 이유는 내가 우울증이 있는지 없는지 여부를 은근슬쩍 타진하려고 했던 것인데, 짧은 답장 문자에 함축된 것들이 가슴을 짓눌러 나는 더 이상의 문자를 보내지 않았다. 그냥 우울증이려니 하는 게 나을 것 같아서.

그런데 나는 요즘 우울증을 치료하는 나만의 기술을 터득했다. 아니 그 전에는 몰랐는데, 이 방법이 나의 우울증, 무기력증, 권태, 자학 등등을 이겨내게 한 원동력이었다. 그것은 바로 글쓰기였다. 오래전부터 때로는 나를 중심에 놓고, 때로는 나를 주변에 놓고, 때로는 나를 버리고, 때로는 나를 학대하며, 때로는 나를 관조하며, 뭔가를 했는데, 그게 글쓰기였고, 그것이 나를 하루하루 견디게 했던 것 같았다.

이런 생각을 갖게 된 것은 순전히 삶의 방편이었다. 어찌어찌하여 출판사에서 준 원고 교정을 보며 돈벌이를 하고 있는 현재, 그 일도 이제는 가뭄에 콩 나듯 한다. 갈수록 출판 환경이 어려워지는 것도 있고, 이제 내 나이도 젊은 감각 따라잡기에는 벅차다. 당연히 일이 줄 수밖에 없다. 그렇다고 딴 일을 도모하기도 어렵고, 현재 그런 상태다. 이럴 때마다 나는 뭔가를 해야 했고, 그게 글쓰기였다.

그런데 이번에는 조금 생각을 달리해 보았다. 치유의 글쓰기, 그런 게 있다던데, 그게 뭔지 체계적으로 알고 싶어, 관련 서적들을 훑어보았다. 나는 거기서 새로운 것을 알았다. 아, 지금까지 내가 한 것이 다름 아닌 치유로서의 글쓰기였구나! 그것을 나는 이론적으로 정립하지 못했지, 나는 결국 그런 것을 한 것이었구나! 그래서 나는 새로운 작심을 하였다. 바로 내가 지금까지 해온 글쓰기를 나름 정리해 보겠다는 것이었다. 어떻게? 글로 정리하는 수밖에.

그렇게 생각에 생각을 거듭한 것이 어느덧 머리에 차올라, 드디어 나는 며칠 만에 첫 줄을 잡고 써나가기 시작했다. 그런데 한 시간가량 썼을까, 대학 동창에게서 전화가 왔다. 인쇄 관련 사회적 기업을 하는데, 한번 해보겠느냐는 것이었다. 나는 힘들다고 했다. 운전이 필수였기 때문이었다. 그런데 잠시 뒤 또 다른 대학 동창에게서 전화가 왔다. 나는 두 통의 전화를 받고 나서 머리가 어질해졌다. 집에 있으면 대개 문자로 해결하는데, 갑자기 전화 통화를 하고 나니 착실히 다잡았던 생각들이 흩어지기 시작했다. 만사가 귀찮아졌다. 하루를 어찌 보낼지 막막하기만 했다.

그때 문자가 왔다. 〈유신의 추억〉 영화를 시청 광장에서 상영한다는 것이었다. 나는 어찌할까 하다가 그냥 집을 나섰다. 책상 앞에 앉아 있어봐야 허튼 시간을 보낼 것 같아서였다. 그래서 나는 생각 끝에 오래전부터 가보고 싶었던 곳을 찾아 나섰다.

대학 시절 나는 이른바 운동권 학생이었다. 대부분의 운동권 학생이 그렇듯 감옥(서대문이 아니라 성동구치소ㅋ)에도 갔다 왔다. 하지만 고문은 받지 않았다. 고문은 거물들이나 받는 것이지 나 같은 피라미가 고문을 받을 이유는 없었다. 몇 대 얻어터지기는 했지만, 고문 같은 것은 절대 받지 않았다. 그런데 얼마 전 신문을 보다가 나는 정지영 감독이 만든 〈남영동 1985〉 기사를 보고는 그곳을 가보고 싶었다.

이유는 두 가지였다. 하나는 대학 1학년 때인가, 어느 행사를 갔는데, 그곳에서 사복 경찰과 당당히 맞서는 사람을 보고 강한 인상을 받은 적이 있었다. 나중에 알고 보니 그분이 김근태였다. 그분과 교분은 없지만, 아무튼 어린 시절 받은 그 인상은 현재도 남아 있다. 상황은 이랬다. 민청련에서 주관한(?) 광복절 행사장 안에 경찰이 들어와 있었나 보다. 그 경찰을 본 김근태는 그 경찰에게 다가가 "짭새 나가" 하며 그를 밀었다. 경찰 눈짓 하나에도 주눅이 들던 나는 그런 그의 모습이 정말 당당해 보였다. 또 하나는 박종철 때문이었다. 박종철 열사가 죽었을 때 나는 감옥에 있었고, 그때 단 하루 단식을 했다. 며칠은 했어야 했는데, 지금 생각해도 어디 가서 이야기하기도 창피하다.

아무튼 나는 집에 있기가 답답해 후다닥 집을 나서 남영동으로 향했다. 버스를 타면서 나는 또 다른 생각도 해보았다. 평화길라잡이만의 평화 투어를 나름 만들면 어떨까 하는 것이었다. 몇 군데를 정해 하루 종일 평화를 이야기하며 걷는 것이었다. 그 코스는 일단 남영동 대공 분실, 전쟁기념관, 목멱산으로 생각해 보았다. 그 반대로 걸어도 괜찮을 것 같다. 목멱산에서 일제 강점기를 이야기하고, 안기부를 이야기하고, 전쟁기념관에서 한국전쟁을 이야기하고, 남영동 대공분실에서 인권과 평화를 이야기하고. 뭐 그렇게 나 홀로 생각을 가다듬어 보며 나는 남영동에 도착했다.

나는 육중한 건물로 들어가 엘리베이터를 탔다. 그러고는 6층에서 내려 5층으로 갔다. 고문방의 문이 열려 있었다. 나는 하나하나 살펴보다가 드디어 박종철 열사가 고문을 당한 방에 들어갔다. 숨이 턱 막혔다. 음, 저 욕조에 머리를……. 음, 저 책상이 탁 치니 억한 책상……. 음, 저 사진이 박종철 열사……. 음, 그 아래에 있는 글들……. 억울한 죽음이 있지만, 세상은 여전히 달라진 게 없다?

나는 간단히 합장을 한 다음 그곳을 나와 아래층에 있는 박종철 열사 기념관을 찾았다. 아무도 없고 컴컴해 내가 직접 불을 켰다. 전시물을 보니 오래전 내 삶들이 떠올랐다. 박종철 열사처럼 치열하지는 않았지만, 나도 박정희 시대를 공부하고, 광주항쟁의 진실을 접하고, 민주주의를 고민하며, 운동권으로 지냈던 약관의 시절. 그때의 삶이 현재도 나를 이따금 규정하고 있지만, 그래도 그때만큼 치열할 수는 없으리라.

숙연하면서도 복잡한 마음으로 나는 그곳을 나와 1층으로 가서 대공분실의 역사를 접하다가 나선형 철제계단이 있다는 것을 알고, 그곳으로 갔다. 나는 직접 5층까지 올라갔다가 내려와 봤다. 아마 끌려간 사람들은 정말 기분이 처참했을 것 같다. 곧 닥칠 죽음 직전의 상황과 고통들. 나도 경찰서(대공분실 그런 거 아니고 성동경찰서) 끌려갈 때 눈을 가렸는데, 그때의 공포는 지금도 살갗을 도드라지게 한다.

점점 더 복잡해지는 마음을 안고 철문을 나서 나는 전쟁기념관으로 갔다. 그곳에서 걸어서 잠깐이었다. 역시 걸어야 지리가 파악되었다. 그렇게 가까이 있을 줄이야. 물론 남영동 대공분실에서 가면 전쟁기념관 정문이 아니라 뒤쪽으로 들어가게 되어 있다. 어쨌든 전쟁기념관 건물로 곧바로 가는데, 긴 줄이 보였다. 무슨 공연을 하는지. 그런데 그때 내 옆으로 텔레비전에서 본 듯한 외국 모델이 지나간다. 사람들은 사진을 찍는다. 사람들은 그들을 보며 감탄을 한다. 아, 패션쇼를 하는 것이었다.

나는 그러려니 하며 6·25전쟁실로 갔다. 그런데 들어가는 입구부터 숨이 꽉 막혔다. 전에 와본 전쟁기념관이 아니었다. 리모델링도 그런 리모델링이 없었다. 컴컴한 입구를 지나면 커다란 화면이 나온다. 한국 전쟁 발발과 전개 과정 그리고 그 후 전사자 발굴까지 나온다. 하나 볼 만한 것은 화면에 이름들이 나온다. 하지만 그게 곧바로 전사자 발굴로 이어지니 의도가 짐작이 간다. 그리고 마지막 문구. '자유는 거저 주어지지 않는다freedom is not free'. 정문에 있던 문구가 이리로 옮겨 왔다?

조금 더 가보니 전에 다소 객관적(?)이었던 전시 내용이 오로지 중고등학교 시절 내가 배운 반공교육의 재현이 되어 있었다. 적절히 무기도 배치해 놓았다. 전쟁기념관 안내를 다시 해야 한다면 다시 공부하는 것을 둘째 치고 진이 빠져 하기 힘들 것 같다. 전시물과 상반되는 이야기를 끄집어내기가 여간 난관이 아닐 것 같았기 때문이다. 국군이

38선을 넘고, 휴전까지의 전시물은 복도에 임시로 되어 있다. 6·25전쟁 2실은 공사 중이기 때문이다. 아, 공사가 어찌 마무리될 것인가?

점점 더 복잡해지고 꼬이는 마음으로 그곳을 나왔다. 그러고는 정문으로 가서 남산 쪽을 보았다. 그곳으로 걸어갈까 하다가 나는 날도 어둡고 다리고 아프고 바람도 불고 해서 삼각지역으로 갔다. 전쟁기념관에서 남산 가는 길은 다음을 기약하기로 했다.

시청으로 가면서 나는 하루를 어찌 마무리할까 고민했다. 상황은 이랬다. 평화샘들하고 놀 것인가, 아니면 대학 동문들하고 놀 것인가? 사실 〈유신의 추억〉 영화 문자는 동문회에서 온 것이다. 이른바 '민주동문회?' 그런데 나는 그곳에 거의 나가지 않았다. 모여 봐야 그 사람이 그 사람이고, 하는 이야기는 온통 옛날 일 안주 삼아 역대 대통령 욕이나 하고, 무용담(?)을 늘어놓고 등등. 그래서 나는 평화샘에게 도움을 받아 평화샘들에게 문자를 보냈다. 함께 영화를 보고 함께 좋은 이야기 나누자고. 한 샘은 조금 늦게 오고, 다른 한 샘은 9시 넘어서 온다고 했다.

어찌 됐든 나는 이날의 주요 일정인 영화를 보기 위해 추운 광장에 앉았다. 영화 처음은 너무 정치적이어서 지루했는데, 어느 순간 나는 영화에 빨려들었다. 서대문형무소가 계속 나왔기 때문이었다. 특히 영화 중간 중간 임진택이 판소리를 하는데, 그곳이 서대문형무소였다. 그리고 인혁당 부분에서는 김지하와 하재완이 통방을 하는 장면을 재현해 놓았는데 역시 그곳도 서대문형무소에서 촬영을 했다.

영화가 끝나고 어찌할까 하는데 일찍 온 평화샘은 김밥도 먹었고, 조금 있다가 집으로 가야 한다고 했다. 그래서 나는 울며 겨자 먹기로 동문회로 갔다. 10여 명이 막걸리를 마시고 있었다. 해도 그만 안 해도 그만인 이야기를 지껄이며, 처음 본 선배 동문이 반갑다며 "야 인마" 등을 연발해도 웃음을 짓고 들으며, 그렇게 시간을 보내고 있는데, 다른 평화샘이 왔다.

그렇게 몇 잔을 더 먹다가 우리는 그곳이 너무 추워 식당으로 옮겼다. 드디어 오래전 운동권들의 술판이 시작되었다. 잔을 주거니 받거니, 격식 없이 마구 떠들어도 누가 간섭하지 않는 분위기, 오십 줄이 넘었어도 여전히 청춘인 것처럼 강한 멘트를 날리는 분위기, 그렇게 한물 간 운동권들의 분위기는 달떴고, 결국 그 분위기는 노래방으로 이어졌다.

나는 노래방에 들어서면서 문득 몇 년 전 일이 떠올랐다. 광주항쟁 기념식에 간 운동권들이 그날 저녁 노래방에 갔다가 들켜서 호되게 여론의 질타를 받은 사건 말이다. 그런데 내가 지금 그런 비슷한 상황에 접하게 된 것이다. 어찌할까 고민하는데, 이미 술이 만땅인 상태라 계속 술을 마시며 우리는 모두 절규했다. 하기야, 유신 시절 민주화운동을 한다는 것은 거의 목숨을 내놓았던 것인데, 그런 시절을 정면으로 맞선 선배들이 밤새 할 이야기가 무엇이 있을까? 그냥 서로 얼굴 보고, 그 옛날을 생각하며 소리나 질러대는 것이지. 운동권 노래는 이제 부르기 힘드니 7080 노래나 부르는 거지.

다음 날 아침 나는 늦잠을 잤다. 일어나기가 너무 힘들었다. 또 일어나 봐야 아픈 머리로 뭐를 할 수도 없었다. 그래도 잠에서 깨 책상에 앉아 있는데 하루가 막막했다. 그래서 앞에서 이야기한 '아침에 눈을 뜨면 하루를 보내는 게 넘 힘들어. 혹 우울증인가 봐ㅜ'라는 문자를 보냈다. 하루가 지옥 같았다. 인생은 사는 것인지, 살아지는 것인지, 무의미라는 단어가 온몸을 치고 들어왔다. 그렇게 머리를 쥐어뜯으며 책상에 앉아 있다가 나는 도저히 견딜 수가 없어 이렇게 글을 쓰고 있다. 이제 거의 다 썼다. 머리도 정리가 되는 것 같다. 하지만 아직도 남은 해가 길다.ㅜㅜㅜㅜ 진짜 우울증인가???

서대문형무소 안내를 할 때 이따금 독립운동가와 그 후손들에 대해 언급할 때도 있다. 생각이 나면 말이다. 운동권인 시절, 비운동권인 사람들은 운동권을 보고 독립운동 한다며 격려해 주었다. 그런데 〈유신의 추억〉 영화를 보면서 문득 이런 생각이 들었다. 유신 시절 저항했던 운동권 가운데 누구는 국회의원 등의 권력을 잡았고, 누구는(인혁당) 형장의 이슬로 사라졌다. 또 누구는 잘 살고 있고, 누구는 못 살고 있다.

아, 삶이란 무엇인가? 그냥 사는 것인가? 아니면 살아지는 것인가? 그런 고민들이 복잡하고 복잡해 오래전 이야기보다 그냥 노래방을 선택했던 것일까? 악악 악을 쓰며.

이제 진짜 그만 쓰자. 힘들다. 나도 힘들고 읽는 분들도 힘들고.

평화샘들. 〈유신의 추억〉 한번 보세요. 인혁당이 많이 나오는데, 인혁당의 역사적 의의를 앞뒤 풀어 놓아 상황 이해에 도움이 될 것 같아요. 그리고 그에 따른 마음도 아프지만요. 모두 건강하시고 서대문에서 만나요.

원초적 감정 표현이
살려는 의지이다

만들어진 감정을
자각하는 힘

지금까지 나는 살려는 의지를 다지기 위한 글쓰기를 하려면 무엇에 방점을 두어야 하는지 짚어 보았다. 간단히 정리하자면, 글을 쓰는 나를 중심에 두어야 하고, 고민의 내용을 구체적으로 직시해야 하고, 나를 추동하는 나의 사상을 만들어야 하고, 마음에 대한 정의를 통해 마음과 몸을 잘 가꾸어야 하고, 몸이 놓인 공간 탐색을 통해 사물과의 연관성을 통찰해야 한다고 했다.

생각해 보면 벅찬 이야기들이다. 이 문제를 평생 분신처럼 붙들고 파고드는 대학자들도 눈을 감기 직전 이렇다 할 명답을 내놓지 못하는 우리 인간의 영원한 숙제들이다. 막상 내 안에서 으깨어 소화하려고 덤벼들면 겁이 더럭 나고, 물질적 생존도 버거운 주제에 사치

일지도 모른다는 감정이입으로 스스로에게 모욕감을 준다.

신중하게 생각하면 이 감정은 살려는 의지를 다지는 데 불필요하다. 겸손 차원에서 자신의 사상을 조심스럽게 개진하는 자세는 인간다워 보이지만, 내 삶의 주인으로서 내 삶을 이어 가겠다는 방향에서 자신의 사상 만들기를 주저한다면 이는 비인간적이다. 내가 없는데 세상의 모든 도서관에 쟁여 있는 서가의 사상이 무슨 소용이란 말인가?

나를 중심에 놓고 나의 마음과 나의 몸과 나의 사상에 대한 나만의 아우라를 가지려는 이유는 나의 안팎에서 끊임없이 일렁이는 감정을 원초적으로 직시하고 섬세하게 조절할 줄 아는 나만의 능력을 얻기 위함이다. 세상에 하나밖에 없는 나란 존재에서 뿜어져 나오는 나만의 감정을 나만의 방법으로 다스리는 비법을 터득해 보려는 기초 공사이다. 아니 문화유산 복원처럼 공기 시한이 딱히 필요하지 않고 온전한 모습을 찾을 때까지 진득하게 진행되는 기나긴 수행의 작업이다. 흔들리고 충돌하는 감정의 본래 모습이 무엇인지 순간적으로 깨닫게 해주는 특효약을 스스로 만들기 위함이다. 살려는 의지는 매번 일어나는 원초적 감정에 어떻게 대응하느냐에 달려 있기 때문이다.

진화론의 창시자 찰스 다윈은 인간의 기본 감정으로 '행복', '슬픔', '분노', '공포', '혐오', '놀람'을 들었다. 이후 서양에서 사람의 심리와 정신세계를 다루는 학자나 의사들은 이 틀을 중심으로 사람의 감정을 연구해 왔다. 한국에서는 '사단칠정'四端七情을 중심에 두고 인간의 감정을 논의해 왔다. 사단은 "측은지심惻隱之心(남을 불쌍히 여기는 타고난 착한 마음), 수오지심羞惡之心(자신의 옳지 못함을 부끄러워하고 남의 옳지 못함을 미워하는 마음), 사양지심辭讓之心(겸손하여 남에게 양보하는 마음), 시비지심是非之心(잘잘못을 분별하여 가리는 마음)"이고, 칠정은 "희喜(기쁨), 노怒(노여움), 애哀(슬픔), 구懼(두려움), 애愛(사랑), 오惡(미움), 욕欲(욕망)"이다.

둘을 비교해 보면 지구에 사는 사람들이 생각하는 감정의 큰 범주는 시공간을 넘어 비슷비슷해 보인다. 하지만 서양은 감정을 분석의 대상으로 여겨 과학적으로 접근했고, 동양은 감정을 통제의 대상의 여겨 심적으로 다루었다. 즉 서양은 감정의 원인을 낱낱이 규명하면서 원인 제거와 대안을 제시했고, 동양은 감정의 원인을 하나로 모으면서 백지 상태로 돌리는 데 주안을 두었다. 어느 방법이 맞는지 내가 변별할 수는 없다. 내 능력 밖의 일이고, 최근 추세를 보면 감정의 고통을 덜어 주기 위해 동서양의 기법이 골고루 사용되는 듯한 인상을 주기 때문이다.

솔직히 나는 감정의 세계에 대해 학문적으로 규명할 처지가 못 되지만, 그렇다고 입을 다물 만큼 문외한은 아니다. 도서관에 꽂혀 있는 심리학 서적을 두루두루 훑어보았고, 짧은 기간이지만 종잡을 수 없는 감정의 세계를 가장 미세하게 다루고 있는 문학에 발을 담근 적이 있었다. 아울러 나는 삶을 포기하고픈 나를 일으켜 세우기 위해 하루에도 수백 번 천국과 지옥을 오가는 감정을 면밀히 탐색했다. 그러면서 결론을 내렸다. 내 감정을 이해하고 조절하려면, 학문

영역의 감정보다 일상에서 폭발하는 나만의 감정이 어떻게 만들어졌는지를 정확히 들여다보는 나만의 통찰력을 길러야 한다고 말이다. 그 밑거름이 바로 1강에서 3강까지 말한 내용들이다.

대한민국의 내로라하는 인문학자들의 강연을 모은 《나는 누구인가》라는 책에서 철학 교수 최진석은 다음과 같이 말했다.

> 자신의 주인으로 산다는 것은 이성에 제어되지 않고 욕망의 주인이 된다는 것이고, 이념의 수행자가 아니라 욕망의 실행자가 된다는 것이며, 다른 사람의 말을 수용하는 것이 아니라 나의 말을 하려는 사람입니다. 삶의 궁극적인 동력은 결국 나를 표현함에 있어야 합니다. 그래서 나를 침해하는 어떤 것에도 도전하기를 주저하지 않아야 합니다. 그것이 때로는 거칠어 보일 수도 있겠으나 나의 주체성, 나의 존재성, 나의 존엄을 침해하는 것에는 거침없이 저항할 수 있어야 한다고 생각합니다.

내 삶을 살려면 다른 사람의 말만 수용하지 말고 나의 말을 해야 한다고 한다. 나를 표현하는 단숨에 글쓰기의 맥락과 같을 수 있지만, 주체가 누구냐에 따라 질적인 차이는 엄연히 존재한다. 최진석 교수는 철학 박사 학위를 가지고 있고, 고전 연구와 해석 그리고 강의와 저술로 삶을 꾸리고 있는 전업 인문학자이다. 나는 내 의지와 무관하게 내게 주어진 타인의 원고를 매만지며 생계를 꾸리는 프리랜서 편집자이다. 위 글에서 최진석 교수가 쓰는 '주체성', '존재성'이란 개념어에 대한 최진석 교수와 나의 생각의 깊이는 분명 다르다. 그에 따른 감정의 대응도 확연히 다르다. 그게 내 삶에서 그다지 중요할까?

조심스러운 말이지만 전공자가 아닌 이상 고전 탐독은 쉽지 않다. 삶의 본질이 사무치도록 궁금하거나 내가 누구인지 죽기를 각오하고 궁구하면 몰라도 삶의 환경과 조건이 현격하게 다른 시대에 살았던 사람들의 말과 글을 곱씹는 노력은 허영기의 발동일 수도 있다. 팍팍한 삶의 현장에 파묻히다 보면 고전의 활자들과 그 내용을 추리고 자신 안에 녹여서 전달해 준 강연자의 말들이 멀게만 느껴지기 때문이다.

하지만 내가 살려는 의지를 다지는 과정에서 궁극으로 중요한 감정을 자각하고 이를 조절하는 능력을 배양하려면 인문학 공부를 가까이해야 한다. 누구보다 인간답게 살려는 의지가 강했던 그들이 남긴 말 한 마디 한 마디에는 삶에 대한 번득이는 통찰이 담겨 있다. 우리 모두는 도저히 솎아서 정리할 수 없는 감정에 처해 있을 때, 문득 전에 읽었던 고전 한 구절을 찾아 읽어 보면, 묘하게도 뒤틀리는 감정이 질서를 찾는 듯한 느낌을 한두 번 경험하지 않았던가?

여기에 한 가지 덧붙이고 싶다. 고전을 비롯한 인문학 공부를 하되 그 시대를 충실히 탐구해 보면 좋을 듯하다. 다른 무엇보다 경구의 이면에 담겨 있는 감정의 실체를 상상하는 데 도움이 되기 때문이다. 이 상상은 고전을 남긴 그도 한 인간, 그 고전을 보고 위안을 받은 나도 한 인간, 그래서 동종임을 확인하는 순간 내 감정을 들여다보는 데 힘이 가해진다. 무슨 말일까?

내 감정은
어떻게 만들어지는가?

언젠가 꽤 길게 작업했던 외주 일을 끝내고 잠시 쉬는데 존재감이 멍해졌다. 오랫동안 내 생각이 아니라 타인의 생각을 좇다 보니 내 생각이 실종된 듯했다. 내 생각을 기존의 내 방식대로 해내기가 힘들었다. 생각이 달라지니 매사에 일어나는 감정을 응시하는 태도도 달라졌다. 부정의 모습이 긍정으로 둔갑하고, 긍정의 모습이 부정으로 탈바꿈하고, 생각지도 않은 말이 튀어나와 감정이 상하고, 격해지는 감정에 나 스스로 화를 내고 등등 난데없이 생겨난 감정의 변화에 혼란을 겪었다.

그때 우연히 내 눈에 들어온 드라마가 있었다. 중국에서 제작한 〈공자〉였다. 공자의 일대기를 그린 그 드라마를 나는 매일 아침 40분씩 한 달 반에 걸쳐서 보았다. 드라마를 보는 초기부터 나는 무의식적으로 사서삼경을 읽어 나갔다. 한때는 《공자》를 필사해 보기도 했지만, 지적 허영심으로 접근했기에 머릿속에 남아 있지 않았다. 그런데 이번에는 달랐다. 멍한 내 삶에 존재감을 부여하고 싶어, 달라진 감정 대응 방식을 바로잡고 싶어, 새로 무슨 일을 해야 할지 계획을 세우고 싶어, 사서삼경에 손길을 뻗쳤다.

왜 사서삼경이었는지 그 이유를 정확히 단언하기 어렵지만, 대략 내가 지금 사는 삶의 근원을 역사적 현실 속에서 알고 싶었다. 그 근원에는 공간의 역사도 있을 테지만, 내게서 일고 있는 감정의 근원이 분명 있을 듯싶었다. 보편타당하지는 않지만 나라마다 국민성이 있듯이, 나는 내가 사는 이 공간에서 왜 이런 생각을 하고, 왜 이런 감정을 가지고 있는지, 그 뿌리가 궁금했다. 그것을 파고들면 멍한 존재감과 아래로 처지기만 하는 감정의 흐름에 다시 살려는 의지를 심을 수 있을 것 같았다.

동기부여가 분명하니 사서삼경 탐독은 일사천리로 진행되었다. 성균관대 이기동 교수가 풀이한 책을 읽었는데, 읽어내는 속도가 소설처럼 빨랐다. 한문은 잘 들여다보지 않고 한글 책 읽듯이 해석과 강설만 쭉쭉 읽어서 그런 측면도 있었지만, 이기동 교수가 일관되게 언급하는 문구에 시선이 꽂혔기 때문이었다.

공자나 맹자의 설명에 따르면, 인간의 존재는 육체와 마음(정신)이라는 이중구조로 되어 있다. 이 가운데 육체보다 마음이 더 본질적인 것이라고 한다. 그리고 마음의 근원을 이루고 있는 것이 성性이므로 결국 이 性이 인간존재의 본질이라는 것이다.

성이라는 글자의 모양은 마음心과 삶生이 결합된 형태로, '살려는 마음', '살려는 의지'로 풀이할 수 있다.

지금까지 나의 육체를 계속 살아오도록 유도한 근원적인 존재는 바로 이 '살려는 의지'이다. 나의 이 '살려는 의지'는 한순간의 정지도 멎음 없이 심장을 뛰게 하고, 호흡이 이어지게 하며, 배고플 때는 먹고, 피곤할 때는 쉬도록 하는 것이다.

이기동 교수의 이 말은 드라마 〈공자〉를 처연하게 연기하는 주인공의 모습에 덧씌워지면서 내 감정을 마구 뒤흔들어 놓았다. 그러면서 그 어렵고도 먼 이야기들이 내 안에서 살아 움직였다. 내가 살려는 의지를 다지는 데 빛나는 등불이 되었다. 사람 사는 세상, 특별하지도 유별나지도 않고 모두 살려고 오로지 살려고 한세상 저마다의 고유성을 가지고 진력하는구나?

그 뒤 나는 내 감정을 가늠하기 힘들 때 내 감정을 역사 속에 투영하는 습관을 갖게 되었다. 전에는 나만이 갖는 내 고유의 감정은 분명 그 누구도 대신할 수 없는 나만의 감정이기에 내 감정만을 응시하는 데 충실했지만, 알고 보니 내 감정의 실체는 오랫동안 역사 속에서 누적되어 온 산물이었고, 어렵지만 그것을 인지해내야만 혼란스러운 감정의 실체를 파악할 수 있었기 때문이었다.

나는 1970년대와 80년대를 거쳐 중고교를 다녔다. 유신 시대와 신군부 시대의 한가운데를 지났다. 돌이켜 보면 그 시대에는 내 개인의 감정은 그리 중요하지 않았다. 한반도에서 근대가 시작된 지 100년이 넘었지만, 나의 근대적 자아는 통치자들에 의해 싹트지 못했다. 병영국가답게 학생들에게 전체주의적 사고만을 강요하는 분위기에서 보통 이상의 노력을 하지 않고서는 독립된 자아의식을 갖기 어려웠다. 존재론적 성찰은 사치였고, 자유를 추구하는 낭만은 게으름뱅이였으며, 규율에서의 일탈은 반국가적 행위였다. 오로지 국가에 충성하고 부모에 효도하고 산업 역군이 되기 위해 열심히 공부하는 열정의 소유자만 바람직한 인간상으로 인정받았다. 내면에서 일어나는 본연의 감정들이 몽글몽글 피어나기에는 애시 당초 글러먹은 풍토였다. 기쁨도, 슬픔도, 분노도, 증오도, 공포도 모두 국가의 감정이 우선이었다.

비정상적인 청소년기는 두고두고 나를 괴롭혔다. 중고교 시절 내게 심어진 감정들이 실상은 소수의 이익을 위해 조작된 거짓 감정들이었기 때문이었다. 해질 무렵 국기 하강식에서 가졌던 뭉클한 감정도 거짓이었고, 교련 시간에 총검술을 반듯하게 해내 칭찬받았을 때의 기쁜 감정도 거짓이었고, 반공 글짓기 대회에 나가 상을 받았을 때의 우쭐함도 거짓이었고, 북한 동포를 뿔 달린 괴물 취급하며 증오했던 감정도 거짓이었고, 내 삶의 희망을 독재국가의 틀 안에 가두었던 감정도 거짓이었다.

대학에 들어가 이른바 운동권의 시각 교정을 통해 거짓 감정에서 벗어나 내 감정에 충실해지자 삶이 기뻤다. 내 삶을 왜곡시켰던 거짓 세상에 저항하는 동안 내 청춘의 감정은 활화산처럼 늘 끓어댔다. 하지만 생활 전선에 뛰어들면서 감정은 냉각기로 치닫기 시작했다. 생존을 위해 직업을 가져야 하고, 하기 싫은 일도 해내야만 생존이 보장되는 구조에서 감정은 늘 비굴해졌다. 그렇게 나를 방목할 무렵 감정 조절은 간단했다. 술과 담배, 그리고 욕설과 험담이 전부였다. 상생, 배려, 공존, 조화, 공감 등의 단어는 듣도 보도 못했던 시절이었다. 물론 이런 말을 하는 사람들도 상당했지만, 적대적 관계에 익숙한 나는 내 감정의 배설에만 충실했다. 그 결과는 참담했다. 어려움에 처했을 때 일어설 수 있는 감정을 추스르기 어려웠다. 내 감정의 참모습을 몰랐기 때문이었다.

삶의 환경이 절망적인 상황으로 바뀌자 감정에 대한 생각도 무조건반사적으로 악화되었다. 그때부터 나는 나를 새롭게 되돌아보려고 고군분투했고, 나를 표현하는 단숨에 글쓰기를 통해 감정의 진면목을 알아가는 듯했다. 밖에서 밀려들고 안에서 만들어진 모든 감정은 내가 감당해야 할 몫이었기 때문에 내 감정은 내 스스로 조절해야 했다. 오로지 내 안에서만 그 감정을 보려고 했다. 그래서 감정이 격해질 때마다 나름 배운 심호흡 등을 통해 내 감정을 편안하게 하려고 노력했다. 하지만 그것은 일시적인 처방에 불과했다. 국어사전을 보면 감정은 "어떤 현상이나 일에 대하여 일어나는 마음이나 느끼는 기분"이라고 쓰여 있다. 이는 깊은 명상에 들지 않는 이상 감정이 정지된 상태에 들기에는 어렵다는 의미이다. 우리는 움직여야만, 사람과 관계를 맺어야만, 무언가를 보고 생각해야만 살아갈 수 있는 생물 아닌가?

만일 내가 드라마 〈공자〉나 사서삼경을 가까이하지 않았다면, 〈경향신문〉 양권모 논설위원이 쓴 다음과 같은 신문 칼럼은 흘려보냈을지도 모른다.

공자의 중심 사상은 인仁이다. 인을 실천하는 양대 덕목이 충忠과서恕다. 여기서 충은 왕과 국가를 위해 몸과 마음을 바치는 충성을 지칭하는 게 아니다. 충忠 글자가 중中과 마음心의 합인 것처럼 마음의 중심을 잡고 흔들리지 않음을 뜻한다. 서恕는 여如와 마음心의 결합, 다른 사람의 마음을 같은 마음으로 헤아리라는 의미다. 해서, 주자는 "자기 자신을 온전히 하는 것을 충이라 하고, 그것을 미루어 타인에게까지 이르게 되는 것을 서라고 한다"고 주해했다.

결국 공자가 《논어》에서 가르친 충은 결코 임금에 대한 신하의 무조건적 복종을 뜻하지 않는다. 윗사람에게 맹목으로 추종하는 게 충이 아니다. 그가 흠결이 있으면 잘못되지 않도록 있는 그대로 감추지 않고 일깨워주는 것이 진정한 충이다.

이 대목을 보고 나는 중고교 시절 내게 강요되었던 '충'이 진짜로 거짓이었음을 다시금 뼈저리게 확인했다. 그러고는 달라진 감정의 변화를 들여다보고자 인내심을 갖고 사서삼경을 읽어낸 내 자신을 칭찬했다. 그것을 통해 내 감정을 역사 속에서 파악하며 분산시킬 수 있었고, 다시 살려는 의지를 다질 수 있었기 때문이었다.

결론적으로 나는 감정의 실체를 정확히 모른다. 같은 상황에서도 누구는 이기적으로 행동하고 누구는 이타적으로 행동하고, 같은 모습을 보면서도 누구는 기뻐하고 누구는 참담해하고, 같은 사람을 만나면서도 누구는 조롱하고 누구는 칭찬하고, 같은 사건을 겪으면서도 누구는 좌절하고 누구는 의욕을 북돋우고 등등 천태만상의 감정의 세계를 나는 이 자리에서 운운할 수가 없다.

일단 나는 《마음은 어떻게 작동하는가》에서 스티븐 핑커가 주장하는 바를 받아들인다. 그 책을 내가 완전히 소화할 수는 없지만, 마음은 진화의 산물이기 때문에 마음에서 빚어지는 감정은 사람마다 다르다는 점을 인정한다. 여기에 덧붙여 우리의 감정은 역사적 산물이다. 현재의 나, 이웃, 지역, 국가, 즉 내가 속한 곳의 문화가 감정의 본원지이다. 그렇게 만들어진 감정의 실체를 더욱더 잘 알려면 부단히 공부하고 사색하는 수밖에 없다.

행복한 감정이
최고의 목표는 아니다

'나를 표현하는 단숨에 글쓰기'는 행복한 감정을 목표로 하지 않고 극단적인 감정의 선택에서 벗어나는 데 궁극의 목적이 있다. 감정의 세계를 면밀히 들여다보면 행복한 감정을 지니는 순간은 극히 일부분이다. 더군다나 그 행복이 진짜 행복인지, 거짓 행복인지 분간하기도 힘들다. 내가 스스로 느끼는 행복인지, 외부에서 주입되는 행복인지도 가늠이 어렵다. 하루에도 열두 번, 아니 수천 번 변화무쌍한 흐름을 보이는 감정을 하나로 묶을 수는 없다. 흘러가는 대로, 옴죽거리는 대로 찰나의 순간을 자각의 힘으로 느낄 뿐이다. 다만 격한 감정으로 무력한 감정으로 분노의 감정으로 좌절의 감정으로 자신의 삶에 종지부를 찍으려는 감정만은 흐름 자체를 적극 막아야 한다.

정신 상담을 통해 감정의 고통을 덜어 주는 전문가들과 여러 집단들이 치료와 치유의 역할을 맡고 있지만, 그 근처에도 가볼 엄두를 내지 못하고 생을 마감하는 안타까운 사연들이 즐비하다. 물론 글쓰기를 통해 살려는 의지가 다져졌다고, 그 감정의 끈을 놓지 않고 삶을 이어 간다는 보장도 없다. 가슴에 치받치는 복잡한 감정에 대해 생각조차 하기 싫은데 글까지 쓰라는 제의를 선뜻 받아들이기도 거북하다. 그렇다면 어떻게 해야 할까?

2012년 일본에서 출간되어 화제가 된 책이 있다. 재일 한국인 최초로 도쿄 대학 정교수가 되었다는 강상중의 《살아야 하는 이유》이다. 2009년에 나온 《고민하는 힘》의 속편 격인 《살아야 하는 이유》의 부제는 '불안과 좌절을 넘어서는 생각의 힘'이다. 저자는 책에서 개인의 고통은 근대라는 사회적 조건에 기인했기에 이를 극복하려면 시대를 통찰하는 힘을 길러야 한다고 역설한다. 그러면서 일본의 국민 작가인 나쓰메 소세키와 20세기의 사회과학자이자 사상가인 막스 베버를 주로 거론하며 살아갈 이유를 힘 있게 설득한다. 여러 이유 가운데 유독 내 눈길을 끄는 구절이 있었다.

인간은 누구라도 '일회성'과 '유일성' 안에서 살고 있다고 프랑클은 말합니다. '일회성'이란 그 사람의 인생이 한 번밖에 없다는 것을, '유일성'이란 그 사람이 세상에 단 한 사람밖에 없다는 것을 말합니다.

그러므로 어떤 인생의 탄생과 죽음에도 중대한 의미가 있는 것입니다. 사람의 인생은 한 번뿐이고, 따라서 사람은 둘도 없이 소중한 것입니다. 이는 당연한 이야기입니다. 그 당연함이 상당히 오랫동안 망각되어 왔습니다. 그러므로 우리가 조금이라도 잘 살려고 한다면, 인간다움의 근본인 이 '일회성'과 '유일성'을 되찾는 것이 중요합니다.

상식적이고 진부하다고 치부할 수 있지만, 내게는 심장을 두들기는 울림으로 다가왔다. 만일 내가 살려는 의지를 다지겠다는 동기부여 없이 문자 중심으로 책을 읽었다면 '일회성'과 '유일성'이라는 단어는 내 안에 인상적으로 박힐 수가 없었다. 여느 행사에 가면 응당 들을 수 있는 식순 전환용 멘트로 간주할 수도 있었다. 하지만 나는 "당연함이 상당히 오랫동안 망각되어" 왔다며 일회성과 유일성에 대해 환기시켜준 그의 말을 곱씹었고, 행복론에 대해 새롭게 주장하는 그의 말을 받아들였다. 저자에 대한 신뢰가 행복론에 대한 내 생각을 변화시켰다.

아래 글은《살아야 하는 이유》를 출간한 출판사 보도자료의 일부분이다. 강상중 교수가 말하는 행복론을 압축해 보여 주는 글이라 옮겨 놓았다.

강상중은 인생이란 인생이 던지는 물음에 하나하나 답해 가는 것이고, 행복이라는 것은 그것에 다 답했을 때의 결과에 지나지 않는 것이라고 전한다. 행복은 인생의 목적이 아니고, 목적으로 구할 수 있는 것도 아니다. 강상중은 행복이나 미래를 추구하기보다 좋은 과거를 축적해 가면서 살아가는 것, 과거의 축적이 그 사람의 인생이고 지금을 소중히 하며 좋은 과거를 만드는 것이 인생을 소중히 하는 태도라고 말한다. 비관론을 정직하게 받아들일 때 인생을 마음껏 살아갈 수 있다는 것이고, 그럼으로써 우리는 다시 태어날 수 있고 거듭날 수 있다는 것이다.

강상중 교수의 말을 내 식대로 정리해 보면, "단 한 번뿐인 인생은 유의미하다 못해 소중하고, 그런 인생이 죽음까지 가는 동안 행복에는 미련을 두지 말고 좋은 과거를 만드는 데 주력하자"이다. 나를 표현하는 단숨에 글쓰기를 하면서 막연하게나마 그랬던 나의 미약한 논리가 감정으로 물컹거리며 나를 감동시키는 순간이었다. 나를 표현하는 단숨에 글쓰기가 갖는 힘에 주요한 근거를 얻은 느낌이 들어 책을 덮고는 한동안 멍하기도 했다.

모든 글쓰기는 과거의 기억에 대한 재편성이다. 당시 가졌던 복잡미묘한 감정을 현재의 감정으로 재해석해내는 일이다. 재해석된 감정은 연기처럼 날아가지 않고 기록으로 남아 있기 때문에 생각날 때마다 들여다볼 수 있다. 그 글을 볼 때마다 감정은 언제든지 뒤바뀔 수 있다. 그래서 글쓰기는 감정의 근원을 파악하고, 감정을 조절하고, 감정을 변화시키는 데 탁월한 도구이다. 특히 나를 표현하는 단숨에 글쓰기는 일차원적인 감정을 적어 놓고 나서 두세 번 다시 들여다보기 때문에 이른바 날것 그대로의 원초적 감정을 직시하는 데 유리하다.

우리 주변을 보면 많은 사람들이 심신의 평안을 얻기 위해, 자존감을 높이기 위해, 명상, 상담, 공부, 수련, 종교 생활 등을 영위한다. 살려는 의지를 다지기 위한 바람직한 방법이다. 하지만 이들 가운데 매사에 평안을 느끼면서 행복한 감정을 가지고 사는 사람들은 드물다. 평온을 되찾았던 감정이 예기치 못한 외부 대상과 섞이면서 뒤죽박죽이 되는 경우가 흔하기 때문이다. 사회심리학자 조너선 하이트 뉴욕 대학 교수는 《바른 마음》이라는 책에서 "인간의 본성은 본래 도덕적이기도 하지만, 도덕적인 체하고 비판과 판단도 잘한다"고 했다. 바로 이것이다. 굳이 한 감정의 상태로 살기를 고집할 필요가 없다. 감정은 하염없이 출렁이는 바다의 물결과 같기에 그 감정이 가는 대로 그 감정을 직시 또는 관조하며 나를 맡길 때가 가장 자연스럽지 않을까?

감정의 실체를 파악하고 감정을 조절하는 방법 가운데 대부분의 사람과 나의 생각이 다른 지점이 있다. 일반적으로 현재의 자신을 규정짓는 행동 가운데 그 대부분은 어린 시절의 삶에서 온다고 한다. 특히 어떤 환경에서 성장하였는가에 따라 그 사람의 평생이 좌우된다고 한다. 일면 맞는 말이지만, 일면 틀린 말이다. 아니 우리에게 좌절감만 안겨 주는 난폭한 선언이다. 삶의 인과성을 너무 과도하게 부여하는 비인권적인 주장이다.

미국에서 사형 집행을 기다리는 사형수들을 분석한 글을 보면 흑인들, 많이 못 배운 사람들, 가난한 사람들이 주를 이룬다고 한다. 이는 우리나라의 경우도 비슷하다. 대졸보다는 그 이하의 학력을 가진 사람들이 사형 집행을 기다리고 있다. 어린 시절 이른바 결손 혹은 찢어지게 가난한 가정에서 불우하게 자란 사람들이 커서 극단적인 죄를 저지를 확률이 높다는 말이다.

시각을 다르게 해서 우리 사회를 다시 곰곰이 들여다보자. 한 사람이 한 사람을 죽인 살인보다 더 끔찍한 집단 살인, 즉 전쟁은 누가 일으키는가? 한 사회의 최고 권력자들이 물질적 혹은 정신적 탐욕을 억제하지 못해 온갖 교묘한 명분을 만들어 단 한 번뿐인 사람들의 소중한 생명을 파리 목숨처럼 여기는 작태를 저지른다. 그 권력자들의 어린 시절은 어땠을까? 정의, 모험, 리더십 등으로 포장되어 있다.

개인의 능력이 뛰어났든 아니면 부유한 가정에서 태어났다는 사실만으로 수많은 사람의 물질적 삶을 좌우할 위치에 있는 사람들이 입안한 정책 혹은 방침으로 수많은 사람들이 소중한 삶을 포기하고픈 처지에 놓이는 경우를 종종 본다. 사회적으로 높은 지위에 올라간 그들의 어린 시절은 어땠을까? 도전, 열정, 호기심 등으로 윤색되어 있다.

어린 시절의 삶과 기억들이 그 사람의 삶에 지속적인 영향을 준다는 사실을 절대적으로 부인하지는 않는다. 특정 공간, 특정 사물, 특정 사건을 접하면 우리 몸 혹은 뇌 어딘가에 저장되어 있던 기억들이 은연중 떠오르며 감정 조절에 불쑥 관여한다는 학설을 나도 일정 부분 믿는다. 하지만 그것이 전부는 아니다. 감정의 고통이 극심하게 느껴진다고 해서 그 근원을 밝히기 위해 어린 시절의 삶과 기억을 두레박으로 길어 올려 분석하는 작업은 미래로 나아가는 데 기여도가 낮을 수 있다. 그보다는 흔들리는 감정을 있는 그대로 들여다볼 줄 아는 생각의 힘을 키워야 한다. 처참한 기억도 내게 살려는 의지를 주게끔 다시 직조해내는 감정을 갖도록 노력해야 한다. 그 감정이 진화의 산물이고 역사적 산물이지 온전히 내가 모두 감당해야 할 무거운 돌덩이가 아님을 감정적으로 통찰하면서 말이다.

감정에 대해 자신감을 갖게 되면 어떤 감정이 회오리처럼 휘몰아쳐 와도 중심을 잡고 흔들리지 않을 수 있다. 하지만 이 경지에 오를 수 있는 사람이 얼마나 될까? 모두가 염원할 뿐 현실적으로 불가능한 세계이다. 여기에 방법이 있다. 여러 이유로 빚어지는 감정을 글쓰기로 녹여내고는 몇 번 반복해 읽어 보면 감정 조절에 힘이 생긴다. 그러면 불우했던 어린 시절의 기억이 현재의 삶에 미치는 영향을 줄일 수 있고, 나의 개인적인 감정을 사회적 감정이나 역사적 감정으로 던져버릴 수 있다. 그 안에서 나의 삶이 다시 규정되고, 내 감정이 옳은지 그른지 판별할 수 있다. 내 감정은 늘 타인에게도 촘촘히 엮어 들어가기 때문이다.

감정의 속박에서
벗어나는 길

언뜻 보면 생각의 힘을 키워 감정을 조절하면서 살려는 의지를 다지기 위한 글쓰기를 하기 전 주문 사항이 꽤 많아 보인다. 게다가 주문 사항이 마음 편하게 다가오지도 않는다. 하나같이 능동성을 가지고 그 누구의 힘도 아닌 자기 주도로 모든 문제를 해결해 나가야 한다. 삶이 힘들면 누군가에게 기대어 슬픔을 토로하며 위안을 받고 싶은 게 인지상정인데, 도무지 연민과 배려의 구석은 없고 힘에 겨운 요구만 늘어놓는다. 왜 그럴까?

과학 저술가 정인경이 쓴 《뉴턴의 무정한 세계》를 보면 다음과 같은 글이 있다. 심리학자가 아닌 과학자의 글이라 그런지 감정에 대한 견해가 새롭게 다가온다.

다윈은 인간이 사회적 동물임을 강조했다. 집단생활은 인간의 감정을 발달시켰고, 타인의 마음을 예측할 수 있는 능력을 향상시켰다. 다른 사람의 감정을 이해하고 마음을 읽는 능력은 엄청난 지능과 고도의 두뇌활동을 요구하는 일이다. 다윈은 이것을 인간의 사회적 본능이라고 말했다. 그리고 사회적 본능으로부터 공감과 도덕이 생겨났다고 보았다. "남이 그대들에게 해주기를 원하는 대로 남에게 해주어라." 황금률에서 말하는, 타인의 아픔을 이해하고 배려하는 공감은 바로 도덕성의 기초가 되었다. 다윈은 이렇게 말하고 있다. "결국 우리의 도덕심이나 양심은 매우 복잡한 감정이 되었다. 이런 감정은 사회적 본능에서 출발해 동료들에 대한 공감을 거쳐서 이성과 이기주의로 발전했다. 그리고 후대로 내려가면서 종교가 이런 감정을 지배하게 되었고, 교육과 습성을 통해 확립되었다." 인간의 몸이 진화한 것처럼 인간의 마음도 진화했다. 도덕과 양심, 종교는 모두 인간의 마음이 만든 것이다! 다윈은 진화론을 반대하는 사람들의 마지막 보루까지 진격했다. 도덕과 양심, 종교는 하느님이 주신 것이 아니라 인간의 사회적 본능과 지적 능력으로부터 진화한 것이라고 주장했다.

한국 사회에 민주주의를 정착시키는 데 큰 기여를 한 사람들을 우리는 민주화운동가라고 부른다. 이들은 자기만의 삶에 목적성을 두지 않고 타인의 삶이 나아지기를 바라는 마음으로 한 몸을 기꺼이 역사와 민중 속으로 던졌다. 그 누구보다 타인의 감정을 잘 헤아리는 사람들이라고 나는 생각했다. 하지만 그것이 틀릴 수도 있다는 느낌을 받았다.

아래 글은 강준만 교수의《싸가지 없는 진보》에 나오는데, 강준만 교수의 말이 아니라 유시민 전 국회의원의 〈경향신문〉 인터뷰 내용이다. 국회의원 선거에서 떨어진 유시민의 근황을 취재하는 과정에서 나온 말이다.

─ 지난 시간을 돌이켜 봤을 때, 지금 알고 있는 것을 그때도 알았더라면 좋았겠다고 생각하는 것이 있습니까.

"마음을 잘 다스리지 못한 것 같아요. 그때는 마음속에 누군가를 미워하는 감정이 가득했어요. 이재오·김문수 씨 이런 사람들이 너무 미운 거예요. 뿐만 아니라 옛날에 공안검사 하면서 죄 없는 사람 징역 살렸던 사람들이 너무 뻔뻔하게 똑같은 소리를 하고, 다른 당 국회의

원을 간첩이라고 했잖아요. 분노의 감정을 다스리기가 굉장히 어려웠어요. 그런 게 얼굴에 나타나니까 그 사람들도 저를 싫어했죠. 또 하나는 국회의원 배지가 참 귀한 건데 이것을 하찮게 여기는 듯한 언행을 제가 했죠. 저는 사익이 아니라 공익을 위해 정치를 하는 게 맞고, 공익을 위해 국회의원 배지를 꼭 버려야 한다면 가차 없이 버리는 것이 맞다고 생각했어요. 그런데 이런 생각을 노출시키지 말았어야 하는 거였어요. 그런 것이 부지불식간에 노출되니까 다른 국회의원들이 볼 때는 잘난 척하고 건방진 놈으로 보일 수밖에 없죠. 그때는 인간관계보다는 일이 똑바로 되는 게 매우 중요했거든요. 남들이 봤을 때 좋게 보면 열정이고, 나쁘게 보면 독선이죠. 지나고 생각해 보면 이렇게 했으나 저렇게 했으나 별 차이 없는 건데. 괜히 그렇게 살았어요(웃음)."

강준만 교수가 이 말을 인용한 이유는 다음과 같다.

'감정'에 무능하다 함은 진보에 감정 표현 능력이 없다는 뜻이다. 감정 표현만을 두고 말하자면, 진보가 보수에 비해 훨씬 유능하다. 그마저 '유능'이라고 부를 수 있는 것인지는 모르겠지만 말이다. 감정을 이용할 것이냐 감정에 이용당할 것이냐, 이것이 문제다. 진보는 자기 감정의 포로가 되어 감정에 이용당하는 쪽이다. 구경꾼(유권자)들의 감정엔 믿기지 않을 정도로 둔감하다. 그래서 무능하다는 것이다.

| 4강 | 원초적 감정 표현이 살려는 의지이다

한때 나는 유시민의 말을 경청했고, 강준만의 말을 가까이하지 않았다. 유시민은 한 시대를 온몸으로 저항한 민주투사라고 여겼고, 강준만은 교수라는 직함으로 글로만 발언하는 전형적인 부르주아 지식인이라고 판단했다. 유시민은 저 바닥의 민중에게 시선이 가 있고, 강준만은 상아탑과 국회의사당에만 관심이 쏠려 있다고 생각했다. 일천한 운동권 경험이 있는 나로서는 당연히 유시민의 말과 행동을 지지했다. 하지만 세월이 흘렀다. 그리고 나는 지식소매상으로 돌아갔다는 유시민의 저서를 읽지 않고 《싸가지 없는 진보》라는 책을 정독했다. 의도적인 행동은 아니고, 내 생각이 가는 대로 책을 읽다 보니 강준만의 책이 손에 들어왔고, 유시민의 책은 좀처럼 접하기가 쉽지 않았다. 왜 그랬을까?

대략 이야기해 보자면 위의 글에 달린 소제목인 '보수는 인간에게, 진보는 사물에 말한다'와 비슷한 심정이다. 민중의 고통을 내 안에 끌어들여 그들이 아파하는 원인 제거를 위해 싸웠다고 했지만, 실제로 나는 거대담론과 내 감정에 충실했을 뿐 다른 사람의 감정을 헤아리는 데 관심이 없었다. 내가 옳으면 그만이었지, 다른 사람의 행동 하나하나, 말 한 마디 한 마디에 어떤 감정이 응축되어 있는지 도통 생각이 미치지 않았다. 그러던 내가 나를 중심에 두고 고민하면서 글쓰기를 하는 과정에서 나를 둘러싼 사람들의 감정을 숙고하기 시작했다. 내 생각의 틀이 아니라 그 사람 입장에서 생각하는 태도를 갖게 되었다. 내가 옳은지 그른지 사람마다 의견이 다르겠지만, 내 생각의 힘이 나를 여기까지 이끌었다.

현재 나는 유시민이 어떤 상황에 놓여 있고, 어떤 생각을 하는지도 모른다. 강준만 또한 어떤 생각을 가다듬고 있는지 알 수 없다. 강준만의 저서를 멀리하고 유시민의 저서를 가까이할지, 유시민의 저서를 멀리하고 강준만의 저서를 가까이할지, 그것은 정말로 내일 해가 떠봐야 알 수 있다. 다만 나는 감정의 중요성을 잘 짚어내고 있는 강준만의 생각에 찬성할 따름이다. 감정 표현 능력은 사회적 공인이건 개인이건 살려는 의지를 다지는 핵심 사안이기 때문이다.

언제부터인가 사람들은 개인적 감정에 함몰되어 있다. 행복도 개인의 선택, 불행도 개인의 선택, 기쁨도 개인의 선택, 슬픔도 개인의 선택 등등 모든 감정을 개인에게만 몰아붙이고 있다. 그 개인이 어떤 마음을 먹느냐에 따라 개인의 행과 불행이 나누어진다고 한다. 나를 표현하는 단숨에 글쓰기에서 아주 중요한 감정의 세계를 언급하면서 나는 역사와 현실의 인물을 끌어 왔다. 나의 감정은 나만의 감정이 아니라는 점을 주지하고 싶어서다. 한 마디로 정리하기 힘든 감정은 평생 함께 가야 할 일심동체이다. 생각의 힘을 키워 크고 넓게 보아야만 감정의 속박에서 벗어나 자유를 얻을 수 있다.

〈오마이뉴스〉 오연호 대표가 쓴 《우리도 행복할 수 있을까》라는 책을 보면 '얀테의 법칙'이 소개되어 있다. 북유럽 국가의 교육 방침이라고 하는데, 내가 보기에는 감정 조절 능력을 키우는 데 가장 탁월한 지침이라고 생각해 옮겨 보았다.

〈얀테의 법칙〉

1. 자신이 특별한 사람이라고 생각 말라.

2. 자신이 다른 사람처럼 착할 것이라고 착각하지 말라.

3. 자신이 다른 사람보다 똑똑할 것이라 착각하지 말라.

4. 자신이 다른 사람보다 잘났다고 착각하지 말라.

5. 자신이 다른 이들보다 많이 안다고 생각 말라.

6. 자신이 다른 이들보다 중요하다고 생각 말라.

7. 자신이 뭐든지 잘할 것이라고 생각 말라.

8. 다른 사람을 비웃지 말라.

9. 누가 혹시라도 네게 관심을 갖는다고 생각 말라.

10. 자신이 누군가를 가르칠 수 있다고 생각 말라.

"사람은 누구도 특별하지 않고, 누구나 소중하다", "우리는 모두 똑같다"는 이 법칙의 메시지를 늘 기억하면 감정 조절에 성공할 수 있지 않을까? 이 정서를 글쓰기에 반영해 감정 표현 능력을 기르면 극단적인 감정의 분출만은 막을 수 있지 않을까?

이제 4강을 마무리할 시점이다. 감정에 대한 이야기를 하다 보니 무의식적인 감정이 용수철처럼 튀어나와 두서가 없는 듯 보이지만, 큰 틀에서 감정에 대한 접근은 언급되었다. 감정은 댐처럼 막아서도 안 되고, 행복한 감정만을 목표로 해서도 안 되며, 감정은 진화와 역사의 산물이기에 나만의 감정에 갇혀서도 안 되고, 이성 중심의 감정은 배려와 존중이 약해지기에 논리와 가치관만 앞세워도 안 된다. 이를 위해 우리는 반드시 감정을 올바로 직시하고 관조할 줄 아는 생각의 힘을 키워야 한다. 생각의 힘은 내면의 힘을 더욱 강고하게 하고 이는 글쓰기로 더욱더 단단해져 살려는 의지를 지속시킬 수 있다.

사례 4

● 개요

2007년 겨울 한라산 등반을 마치고 쓴 산행 후기이다. 처음으로 단숨에 길게 쓴 글이다. 전에는 A4 두 장 정도에 멈추었는데, 한라산 등반이 준 감격 때문인지 그 긴 여정을 꼼꼼히 기억하고 싶어서인지 씨줄 날줄 엮듯이 촘촘히 써내려갔다. 3시간 정도 걸렸는데, 그 뒤로 한라산이 생각날 때마다 읽어 보면 그때 그 공간으로 돌아간 것 같았다. 이 글을 계기로 오랫동안 기억할 사안이나 감정의 정리 혹은 감정의 변화를 도모할 순간이 오면 단숨에 길게 쓰는 습관을 가지게 되었다. 내가 가진 언어로 내가 가진 원초적 감정과 내가 가진 처음의 생각을 쭉쭉 써놓고 나중에 반복해서 읽다 보면 내 자신을 객관화시켜 살려는 의지에 지속성을 부여한다. (이때 내가 탄 배는 세월호와 회사도 같고 이동 경로도 같다. 이 후기를 다시 들여다보면서 마냥 그 순간만의 기분으로 돌아가지는 않았다. 세월호 참사 희생자들과 유족들의 아픔이 더 천천히 내 안에 잠겨 들어올 뿐이었다. 우리의 삶은 어떻게든 연결되어 있고, 그 연결의 공감은 과거의 한 시기를 깊이 담아두는 과정이 있을 때 더욱 깊어질 수 있다.)

정작 한라산을 향해 떠나는 금요일 오후가 다가오자, 그동안 기다렸던 설렘은 잠시 사라지고 착잡함과 두려움만 가슴에 가득했다. 최근

하던 일이 잘 안 풀려 머릿속이 천근만근 무거운데 팔자 좋게 등산 여행을 떠난다는 게 호사스러운 것 같았고, 그토록 긴 시간을 배 안에서 어떻게 견딜까 하니 까닭 모를 공포감도 은근슬쩍 마음 한구석에 똬리를 틀고 있었기 때문이었다.

그래도, 어떻게 하나? 회비를 이미 입금했으니 다시 물릴 수도 없는 일이고, 이왕 가기로 한 것 작심하고 즐거운 여행이 되도록 나에게 최선을 다하는 수밖에.

나는 오후 3시가 되어서야 서둘러 배낭을 꾸리기 시작했는데 우선 발목 보호대부터 챙겼다. 얼마 전 북한산 바위에서 쿵 하고 떨어져 발목에 무리가 온 것 같았는데, 별 조치 없이 지냈다. 그러다가 태백산 산행에서 소방대원을 따라 눈길을 급하게 뛰다 보니 발목에 또 무리가 왔는지 항상 묵직하고 신경이 쓰였다. 그래서 한라산 등반을 위해 한의원에 가 침도 맞고, 발목 보호대도 구입했다. 한라산 완주와 화정산악회 회원들에게 민폐를 끼치지 않기 위해서였다.

오후 3시 30분에 약속 장소인 덕양구청 앞 돈몽에 도착했다. 이미 여러 번 함께 산행을 한 화정산악회의 반가운 얼굴들도 있었고, 처음 보는 분들도 있었다. 잠시 뒤 화정산악회 대장님이 왔고, 우리는 서둘러 3700번 버스에 올랐다. 인천 석바위에 도착, 다시 택시를 잡아타고 출발지인 연안부두에 다다르니 이미 6시가 넘어섰다.

조금 뒤 승선이 시작된다고 해서 우리는 밴댕이 무침을 곁들인 저녁 식사를 포기하고 터미널 안에서 서성거렸다. 꽤 넓은 대합실 같았지만, 워낙 사람이 콩나물시루처럼 빽빽이 들어차 있어서 그런지 그들을 보면서 나는 잠시 숨이 막혔다. 수백 명이 넘는 저 사람들도 오로지 한라산 등반이 목적일진대, 일렬로 서서 산을 넘는다고 생각하니 문득 나의 초행 등반이 생각났기 때문이었다.

　2년 전 어느 토요일 아침, 나는 문득 산에 가고 싶어 10년 전에 딱 두 번 신었던 등산화를 꺼내 신고 북한산에 올랐다. 그때 나는 북한산성에서 대남문에 올랐고, 대남문에서 구기 계곡으로 하산했다. 구기 계곡을 하산할 때 나는 발과 발, 어깨와 어깨가 부딪히는 광경에 기가 질렸고, 몇 번 그 끔찍한 체험을 하던 중 나는 내 환경의 변화로 주중 산행이 가능해졌고, 주중 산행으로 산에 점점 빠져들었다.

　떠올리고 싶지 않은 과거의 산행이 대합실에서 파드득 떠올라 유쾌한 기분은 아니었지만, 하지만 어쩌랴, 이제 배는 연안부두를 떠날 것이고, 나는 오늘 밤 그 배에 타야 할 운명인데 말이다. 그 순간 나는 하얀 눈이 온 산을 뒤덮고 있을 한라산을 자꾸만 상상하며 산가족산악회 홍보이사님이 나누어 준 표에 내 이름과 주민번호, 전화번호를 적고는 복잡한 줄에 내 몸을 맡겼다.

　개찰구를 빠져나가 우리가 타고 갈 오하마나호를 보았다. 그 순간 암흑의 바다에 떠서 밤을 지내야 하는 두려움은 단번에 사라졌다. 도저히 떠 있기조차 힘든 것 같은 거대한 철덩어리가 미동도 없이 듬직하게 버티고 있기에, 오늘 밤은 안심하고 잠도 자고 갑판에서 별도 보고 아침에 일출도 볼 수 있을 것 같았다. 배에 첫발을 올리는 찰나 육지에서 가졌던 온갖 상념은 툭 떨어져 나갔다.

　에스컬레이터가 있는 배에 또 한번 감탄을 하면서 우리는 대장님의 입김이 작용했다는 하루방에 짐을 풀었다. 잠시 둘러본 다른 호실에 비해 우리가 이틀을 보낼 하루방은 다다미도 깔려 있었고, 창으로 바다를 내다볼 수도 있어서 분명 다른 호실보다는 좋은 것 같았다.

　드디어 오하마나호가 연안부두에서 닻을 걷어 올리고, 목적지인 제주항을 향해 힘차게 출발했다. 하루방에서 잠시 짐을 정리하는 동안, 우리는 다른 곳에서 온 분들과 간단히 인사를 했다. 초등학교 친구 세 분이 한 팀, 안양에서 온 다섯 분이 또 한 팀이었는데, 복장과 인상을 보니 아무래도 나보다는 등산에 있어서 한참 선배들인 것 같았다. 한 배를 탔고, 그것도 한 방에서 이틀을 함께 보낸다는 생각이 드니 문득 친숙함이 절로 묻어 나왔다. 그렇게 우리는 화정산악회 열세 분 포함해 스물한 명이 하루방에서 혼숙을 해야 하는 부담(?)이 있었지만, 아무도 그런 것에 신경 쓰는 눈치가 아니었다. 다만 누구 코를 많이 골 것인지 그것만이 관심사였다.

식당에서 저녁을 먹기 전에 안양 분들이 로비에서 판을 벌렸다. 그 분들은 승선하기 전에 만반의 준비를 해왔다. 족발 등 여러 먹거리가 돗자리 위에 가득 펼쳐졌다. 우리는 그 모습을 보고 "우리는 왜 저런 생각을 못 했지", "역시 자주 다녀 봐야 알지" 하며 안양 분들의 환대를 기꺼이 받아들이며 족발과 술을 먹어 주었다. 이 자리를 빌려 그분들에게 고맙다는 말을 전한다.

나는 술을 조금만 마시고는 화정산악회 몇몇 분과 식당으로 향했다. 술을 조금 마신 이유는 전날 술이 과했기 때문이었다. 몇몇 일이 겹쳐 계방산에 가지도 못하고, 서울에 가서 새벽까지 술을 마시다 왔으니 다음 날 술이 온전히 들어갈 리가 만무했다. 그래서 아쉽지만 술자리를 떠나, 식당에서 밥을 먹고, 그 자리에 앉아 8시부터 9시까지 펼쳐지는 가수의 노래를 듣고, 9시부터 10시까지 펼쳐지는 이벤트를 보았다. 그러니까 여기저기 어울려 함께 웃고 떠들어야 하는데 심신이 피곤해, 그렇게 나는 휴식을 취했다. 그러지 않으면 다음 날 한라산 산행을 못 할 것 같은 생각이 강하게 들었기 때문이었다. 10시경에 그 자리를 뜨기 전까지 나는 가수의 노래에 열광하고, 이벤트를 과도하게 즐기는 여행객들을 보며 그들이 육지에서 가졌던 고단함이 이 공간에서나마 깡그리 없어지기를 바랐다.

9시 50분경 나는 혼자서 갑판 후미로 갔다. 10시부터 펼쳐지는 선상 불꽃놀이를 보기 위해서였다. 정각 10시부터 터지기 시작한 불꽃은 한참 동안 망망대해의 하늘을 화려하게 장식했다. 나도 가슴이 뻥뻥 뚫리는 것만 같았다. 환상의 불꽃놀이가 끝나자 사람들은 바다 추위를 느끼며 각자의 방으로 흩어졌다. 나는 좀 더 갑판 주위를 오가며 배가 만들어내는 포말도 보고, 멀리 눈을 치뜨고 북극성을 찾아보기도 했다. 그렇게 바다와 하늘을 보며 상념에 잠기다 보니 내 미미한 존재가 서글퍼졌지만, 문득 캄캄한 바다에 그려지는 가족의 얼굴을 생각해내곤 나 자신을 추스르고 내일의 한라산 완주를 위해 일찍 잠을 청하기로 했다.

일찍 잠을 잔 관계로 그날 밤 배에서 무슨 일이 있었는지는 하나도 모른다. 오직 그날 배 위에 떠 있던 반달과 별들만이 알 것이다.

다음날 아침 일찍 일어나 컵라면으로 아침 식사를 대신했다. 식당 앞에 길게 늘어선 그 줄에 끼기 싫었고, 여기저기 컵라면을 먹는 사람들도 많아 그게 먹고 싶어졌기 때문이었다. 역시 해장에는 컵라면 국물만큼 좋은 게 없다는 안위를 하며, 화장실로 갔다. 역시 많은 사람들이 길게 줄을 지어 서 있었다.

줄, 줄, 줄. 하선 할 때도 줄, 버스 탈 때도 줄, 내릴 때도 줄. 그렇게 줄을 지으며 우리는 한라산 산행기점인 성판악 휴게소에 9시 40분에 도착했다. 그때 한라산 국립공원 직원이 12시가 되면 진달래밭 대피소 통제합니다. 서두르지 않으면 그곳을 통과 못 합니다"라며 고래고래

소리를 질렀다. 순간 나는 긴장했고, 화정산악회 회원들도 긴장했다. 우리는 우리의 최종 목적지인 백록담 등반에 실패할까 봐 서둘러 출발했다.

대장님은 후미를 산가족 리더 분에게 당부하고, 성큼성큼 앞장서서 걸었다. 그 뒤로 수석 부회장님을 비롯한 산악회원들이 뒤따르기 시작했다. 나는 먼저 발목 보호대를 찬 내 발을 한번 땅바닥에 탁 쳐보고는 걱정을 털어내고 속도를 냈다. 그런데 아침에 그 긴 줄 때문에 뱃속을 비워내지 못했고, 발목도 자꾸만 신경이 쓰였고, 특히 돌을 밟고 지나가는 산행길이 많은 부담을 주어 금방 지치기 시작했다. 또 내 페이스를 유지하기 힘든 그 긴 줄 때문에 초반 산행은 나를 너무 지치게 만들었다. 그래서 잠시 뒤 나는 선두에서 멀어지기 시작했다.

'그래, 현재 내 몸 상태가 중요하지. 꼭 정상에 올라야만 하나. 산을 즐기면 되지.'

이렇게 나를 위무하며 내가 걸을 수 있는 만큼의 속도로 산행을 하기 시작했다. 한 시간가량이 지나자, 몸이 안정을 찾는 것 같았고, 휴식을 취하고 있는 먼저 간 일행도 만날 수 있었다. 함께 물과 간식을 먹고는 또 산행을 시작했다. 그때 대장님이 "우리 속도면 충분히 진달래밭 대피소 통과해. 문제는 후미지"라는 말을 했다. 그 말에 내 몸은 점점 더 안정을 찾았고, 나에게 맞게 산행을 해도 앞 대열과 그렇게 많은 차이가 나지 않았다.

산행길 주변에 펼쳐져 있는 나무를 흘끗거리며 "낯익은 풍경을 조금 서서 봐야 하는데" 하면서도 "아, 백록담" 하며 걷기만 하는 나를 보고는 나는 내 안의 모순을 느꼈다. 그러면서도 욱신거리는 발목을 탓하며 계속 걸었다.

부지런히 걷다 보니 진달래밭 대피소. 오전 11시 40분. 몸의 안정은 물론이고 마음의 여유도 생겼다. '드디어 남한 최고봉 백록담에 오르는구나.' 그러면서 나는 산등성이 너머 흰 눈밭을 만들고 있는 백록담을 보았다. 어느 사진에서인가 본 듯한 익숙한 그 모습을 나는 지금 1,300미터 고지에서 바라보고 있는 것이다. 정말 산에 다니기 시작한 나의 작심을 스스로 칭찬하며 그 백록담을 온전히 가슴에 담기 위해 비좁은 눈길을 부지런히 헤쳐 나갔다.

7킬로미터를 걸었지만, 피곤함을 느끼지 못했다. 2.5킬로미터만 걸으면 백록담에 서 있을 수 있기 때문이었다. 그런데 거리는 짧았지만 계속 오르막길이었기에, 생각처럼 오르기가 쉽지 않았다. 한 발 한 발 조심스럽게 내딛으며 오르고 있는데, 운무가 하늘과 주위의 모습을 훔쳐가 버렸다. 그러고는 제주도의 산간 바람이 온몸을 파고들기 시작했다. 바로 이거야 하며 속으로 쾌재를 불렀다. 이걸 느끼기 위해 온 거 아닌가. 눈보라가 치면 더 좋았겠지만, 이 정도라도 겨울 산행의 맛을 느낄 수 있다는 생각을 했다. 난생처음 접해 보는 상황에 기쁨을 느끼며 계속 백록담을 향해 발을 옮기고 있는데, 운무와 바람이 점점 거세지자 쾌재는 순식간에 바람처럼 사라지고 낯모를 공포가 나를 엄습해 왔다. 특히 계단을 오르는데 바람 때문에 내 몸이 약간 휘청거리자 나는 당황스러웠다. '이거, 돌발 상황이 생기면 어떻게 하나. 더러 죽기도 한다는데.' 별별 생각을 하며 드디어 백록담에 도착했다.

백록담에 선 나는 나무 난간과 정상 대피소 건물, 그리고 환호성을 지르는 사람들, 추위로 하산을 서두르는 사람들밖에 보지 못했다. 백록담은 운무에 휩싸여 모습을 드러내지 않았다. 나는 백록담 앞에 서 있는 사진을 보며 그 백록담을 마음속에 꾹꾹 눌러 담고, 그 백록담을 오래도록 간직하기 위해 배낭에서 재킷을 꺼내 입었다. 너무 추워 온몸이 얼어 오는 것 같았기 때문이었다.

화정산악회 부회장님, 전 선생님, 총무님, 천안에서 오신 분, 나, 이렇게 다섯은 백록담에서 기념 촬영을 하고 일행을 한참 기다렸다. 그런데 온몸을 날릴 것 같은 바람 때문에 우리는 먼저 하산하기로 논의하고 서둘러 관음사 방향으로 향했다. 우리는 또 대략 9킬로미터를 걸어야 했다. 성판악에서 백록담에 오른 만큼 내려가면 되는 것이었다.

하산 방향도 운무는 여전했고, 바람은 점점 더 거세지는 것 같았다. 그래도 우리는 하산을 하면서 모두 등산길만 보았던 눈을 들어 사방을 보았다. 구상나무와 주목에 끈질기게 달라붙어 있는 눈과 성에를 도저히 흘려보낼 수가 없었기 때문이었다. 그래서 그곳을 배경 삼아 간단히 기념촬영을 하고 하산을 했다.

하산길은 내내 눈길이었다. 그런데 그냥 눈길이 아니라 그 눈길은 깊이가 1미터는 넘는 것 같았다. 사람 발자국과 세월로 다져진 높은 눈길을 무사히 헤쳐 나가다가 일행은 배고픔을 호소하면서 산가족에서 나눠 준 도시락을 꺼냈다.

"내용물이 모두 똑같으니 기대가 안 되네요." 그 말에 모두 웃음을 터뜨리며 일행은 도시락을 열었다. 꽁꽁 언 찬밥을 몇 숟갈 뜨고는 도시락을 닫았다. 바람 때문에 밥이 입으로 넘어가지 않았던 것이다.

다시 길게 선 줄에 끼여 하산을 하기 시작했다. 하산 도중 나는 일행과 떨어져 먼저 내려갔다. 문득 혼자 산행을 잠시나마 즐겨 보고 싶어서였다. 하산하다가 조금 특이한 광경이 있으면 잠시 서서 구경을 했고, 빨리 걷다가 힘들면 또 천천히 걸었고, 하늘도 보고 나무도 보고 이끼가 잔뜩 낀 계곡의 바위도 보고, 굴도 보고, 그러면서 관음사 휴게소에 도착했다.

관음사 휴게소에 도착하니 아침에 제주 터미널에서 보았던 그 수많은 관광버스들이 줄 지어 정차해 있었다. 나는 내가 다시 타고 갈 산가족 버스를 확인하고는 화장실에 들렀다가, 주차장 구석에 앉아 스패츠를 풀고는 배낭을 정리했다. 그러고는 주차장 하늘 위를 끊임없이 오고가는 까만 까마귀떼를 보며 이곳저곳 기웃거리며 한라산 완주를 기뻐했다. 그때 문득 가족이 생각 나 전화를 걸고는 한라산 완주를 서로 축하해 주며 다음날의 무사 상봉을 기원했다.

5시가 넘자 대장님을 비롯한 화정산악회 회원들이 모습을 보이기 시작했고, 단 한 명의 낙오자도 없이 모두 무사 완주에 대한 기쁨을 나누었다. 특히 예비 화정산악회 회원인 어린 학생이 아빠와 함께 오르는 모습을 보니 그 감격은 점점 더 커졌다. 끝으로 버스에 오른 맑음이님은 부상이 있었는지 힘들어 보였지만 역시 완주의 기쁨이 모든 근심을 날려버렸기에 모두 즐거운 마음으로 제주항으로 출발했다.

무사 귀환하는 날의 밤은 적막했다. 모두 고단한 산행에 일찍 깊은 잠에 빠져들었기 때문이었다. 하지만 나는 전날 푹 잔 관계로 다소 긴 술자리를 지키고 있었다. 중대 병원팀, 안양팀, 화정산악회팀(처음 오신 부부가 있었는데, 그 집 부군은 고향이 강원도 봉평으로 내가 태어난 장평 옆 동네였기에 문득 가깝다는 생각이 들어 즐겁게 대화를 했다. 그 부부의 산행 모습은 참으로 보기 좋았다. 특히 짝을 맞춘 스패츠가 인상적이었다), 그리고 천안에서 온 두 젊은 분(그들은 산꾼이었다. 마음도 몸도. 그들은 침낭을 가지고 와서 갑판에서 이틀을 잤다. 그 젊음에 경의를 표한다)이 함께 어울려 방어회에 술잔을 기울였다. 대부분 처음 보는 분들이었지만, 산행의 즐거움과 산이 우리에게 주는 큰 선물에 고마움을 표하며, 금세 친구가 되어 오랫동안 유쾌하게 마시고 떠들었다(?).

다음 날 아침 나는 선상에서 두 번째 일출을 보았다. 토요일 아침은 구름 위로 솟는 해를, 일요일 아침은 동산 위로 솟는 해를 바다에서 보았다. 13시간이 넘는 뱃길이었지만, 밤배에서 본 밤하늘과 바다에서 본 일출만으로도 그 긴 시간에 대한 지겨움은 기우에 불과한 것이었다.

돌아오는 뱃길은 좀 길었다. 바다가 거칠었기 때문이었다. 원래 아침 8시 10분 도착인데, 10시 10분이 되어서야 우리는 출발지였던 연안부두에 내릴 수 있었다. 마지막으로 오하마나호를 배경 삼아 단체 사진을 찍고, 미리 불렀던 콜밴을 타고 쏜살같이 화정으로 돌아왔다. 그렇게 우리는 사흘 동안 한 배를 타고, 한 산을 탔다.

집에 돌아온 나는 아내와 아이에게 삼 일 동안의 이야기를 신나게 들려주었고, 아이도 삼 일 동안의 자기 이야기를 신나게 들려주었다.

그렇게 일요일 저녁을 보내고, 월요일 아침을 맞았다. 일을 하기 위해 컴퓨터를 켰는데, 화정산악회 카페에 참으로 환상적인 계방산의 모습이 올라와 있었고, 순간 한라산으로 떠났던 내 여정이 다시금 머릿속에 떠올랐다. 그래서 간단하게나마 산행 후기를 써서 일단 정리해 놓아야지 했는데, 여기까지 썼다. 이렇게 길게 쓰면 누가 읽을까? 하기야 내가 나를 정리하기 위해 쓴 글인데. 읽어도 그만, 안 읽어도 그만. 그래도 읽어 주면???

저에게 산행의 기쁨을 잔뜩 안겨 주고 있는 화정산악회와 회원 여러분 모두 감사하고 사랑합니다. 앞으로도 화정산악회의 즐거운 산행이 계속 이어지길 진심으로 바라고, 모두 고생하셨고, 한라산 겨울 산행 적극 권합니다.

| 4강 | 원초적 감정 표현이 살려는 의지이다

왜 글쓰기로
살려는 의지를
다져야 하는가?

말로 풀고 싶어도
말을 풀 데가 없다

<이 책을 쓴 이유>에서 나는 "문자의 힘을 빌려 나를 표현하면서 내면의 힘을 키우고 자존감을 높이고 순간순간 어려울 때마다 글로써 살려는 의지를 다지는 과정이 '나를 표현하는 단숨에 글쓰기'의 핵심이다"라고 말했다. 이를 감당하기 위한 발판을 다지는 작업을 지금까지 해보았다.

글쓰기에 관심을 기울여 보면 알겠지만, 단어 선택과 풀이 과정만 조금 비껴 갈 뿐 글쓰기 책들에서 접했을 법한 낯익은 이야기들과 글쓰기 이전에 갖추어야 할 나의 조언들이 중첩된다. 글쓰기의 전범인 송나라 문인 구양수의 삼다, 즉 다문多聞(많이 듣고), 다독多讀(많이 읽고), 다상량多商量(많이 헤아리고)의 틀에서 크게 벗어나지 않는다. 이 가운데 다문이 지금은 다작多作(많이 쓰고)으로 불리고 있어 글을 잘 쓰려면 많이 쓰기를 권고하는데, 나를 표현하는 단숨에 글쓰기는 글을 잘 쓰기 위한 습작 과정이 아니기 때문에 굳이 글을 많이 쓸 필요는 없다. 물론 이 과정에서 글쓰기의 참맛에 푹 빠져 자신에게도 힘을 주고 타인에게도 힘을 주는 미려한 글의 탄생이 예고될 수도 있지만, 이는 역시 나중의 일이다. 지금 우리는 왜 그토록 어렵다는 글쓰기로 살려는 의지를 다져야 하는가에 집중해야 한다.

최근의 한 연구 결과에 따르면, 지구상에 사는 생물의 종수는 대략 870만 종이라고 한다. 육지에 사는 동식물이 650만 종, 바다에 사는 동식물이 220만 종이다. 하지만 이것도 정확하지 않다고 한다. 아직도 밝혀내지 못한 종이 무수히 많고, 어떤 종은 우리가 알기도 전에 멸종하기 때문이란다.

이처럼 일일이 헤아리기 어려운 수많은 생명체 가운데 말(언어)로 활발하게 의사소통을 하는 생물은 인간밖에 없다. 동물 가운데 더러는 짧은 어휘로 의사소통을 하는 경우도 있지만, 수십만의 어휘를 사용하는 인간에 비하면 걸음마 수준에도 미치지 못한다. 게다가 인간은 말을 눈으로 읽을 수 있도록 글자(문자)를 만들었다. 그것도 진화를 거듭하면서 글자의 세계를 농밀하면서도 체계적으로 발전시켰다. 인간이 느끼는 거의 모든 감정을 세세하게 표현할 수 있을 정도가 되었다.

인간과 동물의 다른 점은 형태상 무수히 많지만, 대략 하나로 요약할 수 있다. 인간은 큰 뇌를 가지고 끊임없이 주변의 사물을 변화시키면서 진화를 거듭했고, 동물은 인간보다 작은 뇌를 가지고 주변의 사물에 아무런 변화도 주지 않으며 종을 유지해 가고 있다는 점이다. 즉 무위無爲의 지구에 인위人爲의 작용을 가하면서 인간은 제멋대로 주인 노릇을 하고 있다. 지속 가능한 삶을 염려하는 사람들이 늘고 있지만, 그래도 인간은 지금도 지구라는 둥근 물체를 주물럭거리며 비틀고 있다. 그게 성장이고 발전이고 성공이라는 치장을 하면서 말이다.

내 생각과 달리 이 시대를 칭송하는 사람들도 많이 있다. 절대적 빈곤으로 인한 굶주림, 자연재해가 주는 공포의 분위기, 살상과 전쟁으로만 질서를 재편하려고 했던 야만적인 폭력이 자취를 감추고 있는 현재의 역사를 자랑스러워하고 있다. 나도 이 점을 부인하지는 않는다. 과거 인류의 삶을 다루고 있는 역사책을 보면 인육을 먹는 등 기겁할 만한 장면이 많이 보이기 때문이다. 그럼에도 불구하고 이 시대를 높이 평가하기 힘든 이유는 자기 의사로 자기 삶을 마감하는 사람들이 늘고 있다는 서글픈 현실 때문이다. 전문적인 원인 분석과 진단 그리고 처방이 쏟아져 나오지만 비극의 행진은 좀처럼 멈추지 않는다.

나는 그들에게 이렇게 묻고 싶다.

"이 푸른 지구에 인간으로 태어나기가 얼마나 어려운데, 왜 그 축복의 삶을 스스로 포기하려고 하는가? 과거와 달리 인간에게 이로움을 주는 물건들이 얼마나 많은데 이 좋은 세상을 왜 스스로 떠나려고 한다는 말인가? 조금만 노력하면 아픔과 상처와 고통을 치유할 수 있는 길이 얼마나 많은데 왜 주변을 둘러보지 않고 스스로 마음의 문을 닫고 허망하게 가려고 하는가? 생존에 필요한 물질로부터 소외되지 않고 살 수 있는 제도적 장치들이 갈수록 많이 만들어지고 있는데 왜 도움을 청하지 않고 존중받아야 할 자신의 생명에 돌이킬 수 없는 해악을 끼치는가? 살려는 의지를 다지는 방법은 숱하게 많은데 왜 간절히 강구하지 않는가?"

물론 이런 물음에 대한 답을 개인이 감당하기에는 너무 무거우면서도 버겁고, 또 이를 개인에게만 책임을 돌려서도 안 된다. 확률적으로 인간으로 태어나기는 어렵지만, 양극화의 심화로 인한 상대적 박탈감을 이겨낼 수 있는 자존감을 갖는 인간이 되기는 쉽지 않기 때문이다. 우리 사회의 우울한 수치는 전 사회가 감당하고 전 사회가 책임감을 느끼고 전 사회인이 서로에게 관심을 주며 다가가야만 줄일 수 있다. 하지만 현실이 그렇지 못하다. 그래서 우리는 사회적 문제이기는 하지만, 냉혹하게도 개인에게 살려는 의지를 굳건히 다지기를 끊임없이 주문한다.

글쓰기로 일반인들의 치유 프로그램을 진행한 박미라의 《치유하는 글쓰기》에 이런 구절이 나온다.

인간은 말할 수 있는 입을 가지고 있지만 말해서는 안 되는 것들의 긴 목록도 가지고 있다. 미움, 시기, 경쟁, 질투심, 원망 같은 것들을 말해서는 안 된다. 고통, 절망, 슬픔, 분노, 수치감 등도 말할 수 없다. 때로는 외로움이나 우울감 등도 사람들을 불편하게 하기 때문에 거부당하다. 문화에 따라서는 자기를 설명하고 표현하는 것도 문제가 되며, 심지어 피해자임을 폭로하는 것도 제지당한다. 어쨌든 우리는 어둡고 부정적인 것들을 말할 때 불편함을 느껴야 한다.

그런데 더욱 비극적인 것은, 그럼에도 우리는 발설하고 싶은 욕망에 시달린다는 것이다.

만일 내가 한 사람의 아픔이라도 덜어 주고 싶다면, 그의 말을 인내심을 갖든 따뜻한 마음을 갖든 오랫동안 들어 주면 된다. 아니 내가 아픔을 덜고 싶다면 용기를 내어 누군가를 붙잡고 자신의 속마음을 시원히 털어놓으면 된다. "어둡고 부정적인 것들을 말할 때 불편함을 느껴야" 하지만, 내 삶을 이어 가겠다는 의지를 세우고 자신만의 고유 언어로 천천히 발설해야 한다.

이를 전문적으로 담당하는 사람들이 심리 상담사와 정신과 의사들이다. 하지만 접근하기가 쉽지 않다. 발길이 가지 않는다. 그들과 마주하는 순간 나는 사회가 정해 놓은 환자가 되기 때문이다. 당장 죽을 만큼 마음의 고통이 그다지 심하지 않아 누군가에게 조금만 발설해도 치유될 수 있는데 그 과정이 없어 그들을 찾아가는 발걸음이 무겁기만 하다.

1년에 두세 번 만나는 모임이 있다. 오래전 함께 문학을 공부했던 사람들인데, 그 구성원 가운데 남자는 내가 유일하다. 다른 사람들은 직업 여부를 떠나 세칭 아줌마들이다. 그 아줌마들은 자리에 앉자마자 속사포처럼 쉬지 않고 이야기를 해댄다. 자기 이야기에서부터 남의 이야기까지 정말로 한시도 이야기가 끊어지지 않는다. 나는 조용히 술잔만 비우면서 이따금 고개를 끄덕거리거나 눈을 껌뻑이며 반응하고 있다는 증거를 보여 준다. 나의 이런 모습은 젊었을 때였다.

중년이 된 지금 그 모임에 나가면 나도 아줌마가 된다. 홀로 일하는 시간이 많아 입을 열 기회가 거의 없는 내게 그 시간은 수다 한 판의 즐거움을 가져다준다. 말하던 도중 내 말이 중동무이되면 속이 끓는다. 하지만 내게도 방법이 있다. 순식간에 본론을 줄여서라도 말의 내용이 기승전결을 갖도록 한다. 상대방의 반응 정도는 중요하지 않다. 머리와 가슴에 담겨 있던 말 못 할 생각들이 말로 터져 나오는 데 의미가 있다. 온탕에서 냉탕으로 막 들어갔을 때의 느낌이다. 몸은 얼얼하지만, 속은 뻥 뚫리며 후련함이 계곡의 바람처럼 내 안에 감겨 온다.

그 말들이 생을 좌우할 만큼 심각하지 않지만, 내 안에 묵직하게 쌓여 있는 생각의 덩어리를 풀어내는 그 순간에 내 생각이 다시 엎어지며 자연스레 소멸된다. 말을 뱉고 보면 나를 옭아매며 체중을 일으켰던 그 생각들이 삶의 경각을 다투는 위급한 요소들은 아니었다는 안도감이 스며든다. 하지만 주위를 보면 그런 자리가 흔히 있지도 않을 뿐더러 또 자주 모인다고 해서 항상 치유 효과를 바라기는 어렵다. 이익과 무관하게 신뢰와 배려만 깃든 모임들이 실제로 흔하지 않고, 자주 모이면 응어리지고 압축된 이야기를 터뜨리기 힘들기 때문이다. 발설로 인한 치유 효과가 미흡하다는 의미이다.

말하기에서 책읽기,
그리고 글쓰기로

말하기를 통해 억눌린 마음이 치유되면 더할 나위 없이 바람직하지만, 말을 털어놓을 상대나 모임이 마땅치 않으면 글쓰기로 살려는 의지를 다져야 한다. 글쓰기가 마음의 치유에 효과가 크다는 사실은 이미 오래전부터 입증되었고, 현재 치유로서의 글쓰기를 하는 사람들도 점차 늘고 있다. 글쓰기로 마음의 응어리를 밖으로 내보내는 작업을 해본 사람들은 지속적인 글쓰기로 내면의 힘을 강하게 다지고 있다.

말은 한 번 뱉으면 그만이지만 글은 써놓고 나서 다시 들여다볼 수 있다. 말은 할 때마다 자신이 전에 했던 말과 같은지 다른지 판단이 쉽지 않지만, 글은 이미 한 번 써놓았기 때문에 무슨 글을 썼는지 기억을 더듬을 필요가 없다. 말은 상황과 상대에 따라 거짓말이 될 수도 있지만, 글은 내면을 향하고 있어 진실을 가까이한다. 말은 오랫동안 하면 에너지가 많이 소모되어 허탈감이 오지만, 글은 많이 쓰면 쓸수록 에너지 소모에도 불구하고 내면이 꽉 차는 느낌을 받는다. 말은 아무리 신중하게 해도 종이처럼 가벼울 수 있지만, 글은 조금만 마음을 기울여 써도 달군 무쇠처럼 강렬한 느낌을 줄 수 있다. 말은 말하는 자의 심성을 올바로 읽어내기 어렵지만, 글은 글 쓰는 자의 심성을 웬만하면 감지해낼 수 있다. 이런 이유는 무엇인가? 말이 발전되어 글이 되었고, 말로 하기 어려운 사유의 과정이 글로 다져졌으며, 그 글이 쌓이고 쌓여 인간의 무의식에 잠긴 복잡다단한 감정을 끄집어내었고, 오묘하게도 그걸 제대로 읽어내면서 바른 질서를 세워 흐트러진 마음을 올곧게 잡을 수 있는 최고의 도구가 되었기 때문이다.

인류 역사에서 글이 치유로서의 역사를 가진 시기는 그리 오래되지 않는다. 200여 년 전 미국에서 정신과 질환 치료의 보조 수단이 그 시작이었다. 하지만 인간이 글을 사용하면서부터 모든 글쓰기는 무질서한 생각을 정리해 주었고, 그 과정에서 글쓴이에게 마음의 중심을 잡아 주었다. 글로 정리된 생각들이 쌓이고 쌓이면서 인간은 오늘날의 문명을 만들 수 있었고, 그 문명이 가져다준 마음의 고통 또한 글쓰기로 극복하고 있다. 따라서 글쓰기에 치유라는 말을 붙인 시기가 있다고 하지만, 글쓰기의 태동부터 치유는 함께했다고 볼 수 있다.

문자를 통해 마음의 치유를 도모하는 방법으로 글쓰기 말고도 독서치료가 있다. 이해를 돕기 위해 독서치료 프로그램을 운영하고 있는 임성관의 《독서치료의 모든 것》에 소개된 내용을 인용해 본다.

> 독서치료라는 용어는 1941년에 《Dorland's Illustrated Dictionary(1941)》에서 신경성질환의 치료법으로 책의 이용과 그들을 위한 독서로서 처음으로 규정되었다.
>
> 독서치료Bibliontherapy란 말의 어원은 'biblion(책, 문학)'과 'therapeia(도움이 되다, 의학적으로 돕다, 병을 고쳐주다)'라는 그리스

어의 두 단어에서 유래되었다. 따라서 근본적으로 독서치료는 문학을 사용하여 정신건강을 증진시킨다는 의미를 갖는다(Hynes & Hyness BErry, 1994). 즉, 문학이 치료적인 특성을 가졌다는 기본 가정에서 출발한다고 볼 수 있다(Gornicki, 1981). 따라서 독서치료가 무엇인지 가장 단순하게 정의를 내린다면 책을 읽음으로써 치료가 되고 도움을 받는다는 것이다(Ashley, 1987; Bernstein, 1989; Smith, 1989).

독서치료의 한 형태로 소설치료가 있는데, 2014년에 출간된 알랭 드 보통 인생학교 소설치료사들의 북테라피인《소설이 필요할 때》의 한 부분을 들여다보겠다.

실존적 분노를 느낄 때

절벽의 꼭대기에 서 있다면 이런 말이 나올 것이다. 절벽에서 떨어져 죽을까 두렵지만 한편으로는 이와 맞먹을 만큼 강렬하고도 상반되는 감정도 동시에 느껴진다고 말이다. 그것은 바로 뛰어내리고픈 충동이다. 그 무엇도 그 도약을 즉, 가능성으로의 도약을 막을 수 없다는 사실을 알기에 당신은 공포와 두려움에 휩싸인다. 다시 말해서 절대적인 자유의지가 있고 창조하고 파괴할 수 있는 힘이 무한하다는 사실을 깨달았기 때문이다. 키에르케고르에 따르면 실존적 분노의 뿌리에는 바로 이런 공포가 도사리고 있다.

불행하게도 당신이 이런 고통에 빠져 심신이 허약해진다면 한시바

삐 영적 쇄신을 해야 한다. 가능성의 단계로 되돌아가고, 세속을 떠나고, 적어도 한동안은 금욕주의를 실천해야 한다. 다시 말해《싯다르타》를 집어 들어야 한다.

이 외에도 일상에서 겪을 수 있는 다양한 상황을 이겨낼 수 있는 소설이 751권이나 소개되어 있는 이 책을 보면 이제 글로써 우리가 표현해내지 못할 감정의 영역은 없다는 생각이 들기도 한다. 언젠가 60조 개에 달한다는 인간의 세포만큼 인간의 감정을 표현하고 정리해낼 수 있는 문자 체계가 만들어질지도 모른다.

폭넓은 의미의 독서치료이든 구체적인 소설치료이든 이는 상담 과정을 통해 이루어지는 맞춤형 치유 과정이다. 하지만 우리의 감정은 누군가 쓴 책 한두 권을 탐독한다고 해서 정리된다거나 변화되기 힘든 구조를 지니고 있다. 인간을 살아 움직이게 하는 세포들의 결합 구조가 저마다 다르기 때문에 아무리 남의 글을 읽어도 내 안에서 완전히 공감하기는 어렵다. 온전한 나의 삶을 살려면 나만의 느낌으로 나만의 언어로 나를 표현하는 단순에 글쓰기를 해야 한다. 독서치료도 소설치료도 치유에 큰 도움을 주지만, 독서로 얻은 생각의 힘을 글쓰기에 녹여내면 그 치유 효과는 더욱더 크다고 할 수 있다.

아래 인용은 헤르만 헤세의《싯다르타》에 나오는 글인데, 만일 실존적 분노에 빠져 있을 때 읽으면 그 기분이 어떠할까?

무엇 때문에 부처 고타마는 일찍이 많고도 많은 시간들 중에 하필

이면 그 시간에 보리수 아래에서 좌정하여 정각을 얻을 수 있었던가? 그는 한 음성을 들었다. 그 나무 밑에 가서 휴식을 취하라고 명령하는 자기 내면의 소리를 들었다. 그리고 그는 금욕, 제사, 목욕재계나 기도, 먹는 것과 마시는 것, 잠자는 것과 꿈꾸는 것, 그 어느 것도 택하지 않았으며, 그는 내면의 소리에 따랐다. 이처럼 외부의 명령이 아니라 오로지 그 내면의 소리에 귀 기울이는 것, 이처럼 내면의 소리에 귀 기울일 만만의 준비태세를 갖추는 것, 그것은 좋은 일이었으며 반드시 필요한 일이었다. 그것 말고는 아무것도 필요하지 않았다.

모두가 실존적 분노에서 벗어날 수 있을까? 아니 곧바로 속세를 떠나 산으로 들어갈까? 당연히 사람마다 반응이 다르다. 나는《싯다르타》를 두 번 읽었다. 실존과 성장의 고통에 대해 섬뜩할 정도의 성찰을 보여 주고 있는 헤세를 모두가 접하는 시기인 고등학교 시절, 그리고 삶과 죽음이 하나라는 생각에 집중하고 있는 마흔 후반의 중년이다. 일본 근대 세력에 의해 만들어진 감정이지만 질풍노도라는 청소년 무렵의 독후감은 불순한 외부 세력과의 단절만이 내 삶에 순수성을 부여한다는 내용이었고, 정신과 물질 모든 면에서 생존의 위협에 시달리고 있는 중년의 독후감은 외부 상황을 역사적으로 깊이 통찰하는 길만이 내면을 강하게 다지는 삶이라는 내용이었다.

무엇이 다른가? 헤세가 말하고자 하는 싯다르타, 청소년기의 나, 중년의 나, 모두가 다르다. 각자 처한 상황에서, 각자 만들어지거나 만든 감정에서, 각자 감정을 표현하고 처리하는 방식에서, 그 감정으로 삶을 바라보고 이어 가는 과정에서, 모두 다르다. 삶의 눈과 행동 양식이 전적으로 다르다. 무엇 때문인가? 각자의 삶은 존재론적으로 각자의 삶으로 현존하기 때문이다.

내가 존중받아야 하는 나의 삶, 내가 존중해야 하는 누군가의 삶, 그 과정에서 생기는 온갖 상처와 고통을 순간순간 해소하고 앞으로 나아가려면 말하기, 독서치료 등의 방법도 있지만, 그 누구도 없어 오로지 자신만의 힘으로 살려는 의지를 다져야 할 때 가장 든든한 동반자는 바로 글쓰기이다. 멋진 글이 아니라 외부와 내부를 아울러 직시하고 끌어안는 나를 표현하는 단숨에 글쓰기가 또 하나의 대안이다.

지금까지 배운
글쓰기 관점을 살짝 비틀자

《인문학도를 위한 인문학 말하기와 글쓰기》(김용구 등 공저)라는 교재를 보면 글쓰기에 대한 다음과 같은 글들이 있다.

> 좋은 글을 쓰기 위해서는 다음과 같은 조건을 갖추어야 한다.
> 첫째, 어휘력이 풍부해야 한다.
> 둘째, 올바른 문장 쓰는 법을 알아야 한다.
> 셋째, 자신을 드러내는 글을 써야 한다.
> 넷째, 풍부한 체험이 요구된다.

글쓰기 기능의 특성

첫째, 글쓰기는 고도의 의식적인 과정이다.

둘째, 글쓰기는 문제 해결 과정이다.

셋째, 글쓰기는 생각을 되살리는 과정이다.

넷째, 글쓰기는 문화를 창조하는 원동력이다.

다섯째, 글쓰기는 사회적 상호 과정이다.

우리가 흔히 듣는 글쓰기 개론들이다. 이 글을 이해하고 소화시켜 글쓰기를 시도하려면 속이 타들어 간다. 그동안 다양한 책을 가까이 하지 않아 어휘력도 풍부하지 않고, 카톡이나 문자만 주고받다 보니 올바른 문장을 구별하기 힘들고, 뒷담화가 무서워 자신의 속내를 감추는 데 익숙하고, 학교와 직장 혹은 사이버 공간에서 주로 거주하다 보니 살아 있는 현장 체험도 부족한데, 어떻게 글을 쓸 수 있다는 말인가? 하지만 위의 글을 보면 '좋은 글'이라는 단서가 있다. 우리의 목적은 좋은 글이 아니라 살려는 의지를 다지는 글이기 때문에 주눅들 필요가 없다. 전 세계에서 가장 우수하다는 한글을 배운 이상 우리는 배고프면 밥을 먹듯이 감정에 극심한 변화가 엄습해 오면 글을 쓸 수가 있다.

두려움을 버리고 글쓰기를 시작하다 보면 '글쓰기 기능의 특성'이 무엇인지도 직감적으로 알게 된다. 글을 쓰는 동안 우리는 무의식의 허허로운 바다에서 불쑥불쑥 내가 해내야 할 생각들을 길어 올리고, 얽히고설킨 생각의 실타래를 하나씩 뽑아서 정돈하고, 달라진 생각으로 과거를 탈바꿈시키며 미래의 삶을 추동하고, 그 힘과 의지로 주변과의 관계 개선은 물론 우리는 서로 연결되어 있다는 생각에 다다른다. 생각을 생각해낸 생각을 글쓰기로 다시 걸러내면 삶은 올곧아지며 내게 부여된 삶을 다 살아낼 수 있게 된다.

삶의 믿음직한 친구인 글은 도대체 무엇인가? 낱낱의 글자를 활용해 자신의 생각을 구체적이면서도 종합적으로 표현해 놓은 유기체이다. 표현의 행위가 글쓰기이고, 그 글쓰기를 통해 마음의 고통을 치유해 살려는 의지 다지기가 나를 표현하는 단숨에 글쓰기이다. 즉 생각에 혼란이 찾아와 뭔가를 쓰겠다고 작심한 순간 이미 치유는 시작되었고, 짧은 글이건 긴 글이건 써나가는 과정에서 치유는 이루어진다. 무無에서 유有로 만들어진 세상의 모든 글에는 이처럼 치유의 속성이 깃들어져 있다. 정신 치료를 받는 환자들에게 융은 그들의 경험을 글로 쓰게 했는데, 융 자신이 정신적 아픔을 겪을 때 그도 스스로 글을 써서 치유를 시도했다. 글쓰기로 나온 모든 글은 누구에게나 공평하게 치유의 기회를 제공하고 있다.

글쓰기를 조금씩만 실행에 옮겨도 가벼운 우울증 정도는 극복이 가능한데 그것을 실천하기가 좀처럼 쉽지 않다. 걸음마를 떼자마자 강제적으로 배우고 익힌 글, 초등학교에 들어가자마자 선생님의 생각을 의식하며 매일 써야 하는 일기, 중고등학교부터 대입 논술에 대비해 읽어야 하는 책들과 그에 맞는 글쓰기 연습, 대학교에 들어가면 개념도 깊이 있게 모르는데 방대한 자료를 긁어모아 작성해야 하는 리포트, 직장에 들어가면 오로지 상사의 의중을 헤아려야만 인정받을 수 있는 보고서, 음성 통화보다 짧은 글로 의사소통이 만연해지는 스마트폰 시대의 글쓰기 등 글쓰기와 맞물리는 삶을 살고 있는데도 글쓰기를 하자고 하면 선뜻 발을 들여놓지 못한다. 왜 그럴까?

우리가 어릴 때부터 보고 배운 책 속의 글들은 퇴고를 통한 탈고, 그리고 출판사에 의해 걸러질 대로 걸러진 글들이다. 즉 우리가 모범적으로 추구해야 할 글들은 이른바 전문가들에 의해 이 사회에서 검증받은 글이기 때문에 모든 사람이 그 경지에 도달하기는 쉽지 않다. 이는 무엇을 말하는가?

내가 쓴 글은 아무리 생각해도 그들의 글과 비교해 턱없이 모자라다는 인식이 작용해 글쓰기에 대한 자신감이 상실된다. 사람마다 생각이 다르고 표현 방법이 다르고 삶의 존재론적 근거가 다른데, 고도로 능숙하게 조직된 글만 보고 배우니 글쓰기로부터 거리를 둘 수밖에 없다. 전문 작가를 목표로 하지 않는 이상 글쓰기 자체에 재미를 들이는 요소를 반감시키는 교육이 개선되어야만 우리는 평생 글쓰기를 가까이하며 글쓰기로 삶의 어려움을 이겨낼 수 있다.

우리는 좋은 글을 쓰는 빼어난 작가를 존경의 마음으로 우러러 본다. 세계적인 부자나 월드 스타를 바라보는 시선과는 사뭇 다르다. 부자나 월드 스타는 재물욕과 명예욕의 차원에서 보는 선망의 대상이지만, 갈피를 잡을 수 없는 내 생각과 파악하기 힘든 내면의 상처를 내 삶과 같은 서사와 적합한 언어로 표현해 주는 작가라는 존재는 삶의 원초적인 본성을 이어 가게 해주는 은인으로 다가온다. 하지만 거기까지이다. 나의 글쓰기를 시작하려면 그들의 글은 그들의 글로만 보는 연습을 해야 한다. 물론 그들의 글에서 받는 심대한 영향에 감사해야 하지만, 그들의 글에 너무 빠지다 보면 정작 내 글에 대해 극도의 폄훼를 저지른다. 내 글은 유일무이한 내가 쓰는 나만의 글이라는 가장 중요한 사실을 망각하게 된다.

3강에서 나는 "마음은 본래 하나로 우주에 가득 차 있는데 잠시 생물별로 몸에 담겨져 약간 다른 모습으로 있다"라고 말했다. 큰 틀에서 보면, 글은 마음을 시각화한 그릇이다. 재료의 상태에 따라, 재료를 다루는 상황에 따라, 재료를 만지는 사람에 따라, 그릇에 담긴 요리는 천차만별의 맛과 향을 낸다. 하지만 나만의 사상으로 말한다면, 모든 재료는 137억 년 전 만들어진 우주에서 시작되었다. 그 모습이 진화를 거치며 달라졌을 뿐이다. 이는 무엇을 말하는가?

인류의 문화유산을 무시하는 얼토당토않은 논리라고 지적받을 수 있지만, 전문 작가의 글이든 비전문가의 글이든 모든 글은 하나에서 시작되었고, 그래서 글의 본질은 같다고 생각한다. 그 본질은 치유이자 살려는 의지이다. 그 본질의 시각화를 집단의 시선으로 볼 때 누구는 세련되고 누구는 투박해 보이는 차이가 있을 뿐, 세상의 모든 글은 존중받고 관심받을 이유가 있다. 인권교육을 통해 많이 달라지기는 했지만, 우리는 여전히 다른 모습(차이)을 가지고 차별을 행하는 본능을 완전히 저버리지 못하고 있다. 바로 이것이다. 글의 모습이 다르다고 해서 그 글을 차갑게 비판하면, 그 글을 쓴 글쓴이는 차별을 당하게 된다. 글 자체로 서로가 인정해 주는 관점의 전환만이 나를 표현하는 단숨에 글쓰기의 출발점이다.

　오래전 나는 삶의 의지를 격하게 꺾는 충격적인 말을 들었다. 아무리 생각해도 본래 글재주가 없어 보이는데, 왜 그리 문학을 고집하느냐는 누군가의 탄식이 흔히 문학에서 쓰는 표현으로 폐부肺腑를 깊숙이 찔렀다. 글만을 써서 먹고 살기 어려우니 다른 일로 자신의 생계 정도는 해결하면서 글을 쓰는 게 옳은 길 같다는 진심 어린 충고였지만, '문학 목매달고 죽어도 좋을 나무'를 마음에 새기며 살았던 열의의 시기에 그 말은 내 존재를 부정하는 폭언으로 들렸다.

　지금은 그 말이 백 번 옳은 충언이라고 생각한다. 자신만 보는 글과 전문가들에게 인정을 받아 세상에 출간되는 글은 그 형태와 역할이 많이 다르다. 자신만의 글은 노트나 파일 혹은 프린트 상태로 존재하면 되지만, 책 출간은 키 큰 나무를 베어 여러 화학 과정을 거친 수많은 종이를 필요로 하는 산업의 일부이다. 내 글로는 경쟁이라는 근대의 병폐를 피해 갈 수 없고, 근대적 인간으로 인간 구실을 하려면 생산 활동을 해야 하는데 경쟁에 뒤처져 생산물로도 만들어질 수 없는 나의 글쓰기 행위는 무위도식 그 자체라고 볼 수도 있었다.

　다시 생각해도 결코 그른 말은 아니지만, 그래도 한 가지 짚고 넘어가고 싶은 사안이 있다. 만일 그때 "본래 글재주가 없어 보이는데"라는 말을 듣지 않고, "네 글은 네게 소중하니까 계속 쓰지만 생계도 생각해 봐야 하지 않겠나"라는 말을 들었다면, 글을 쓰는 내 모습에 혐오감을 두지 않았을지도 모른다. 하지만 나는 이제 변했다. 살려는 의지를 다지기 위해 의식적으로 내 생각을 바꾸고 있고, 그 생각을 진전시키기 위해 글쓰기를 하고 있다. 그러면서 나는 확연히 깨달았다. 산업화의 과정으로 세상에 나온 책에 대한 변별력 있는 평가는 할 수 있지만, 글쓰기 자체를 삶의 일부로 생각하는 사람들이 쓴 글이나 그 이상을 넘어 출간을 목표로 하는 사람들이 쓴 글들에 분별없이 모욕을 가하는 행위만은 삼가야 하지 않을까? 모든 글은 우주의 시원처럼 본질상 같지 않을까?

글쓰기의 우선적인
소재와 주제는 나

임성관이 쓴 《독서치료의 모든 것》을 보면 "모든 글쓰기에는 나름대로의 독특한 기법이 있어서 글 쓰는 사람으로 하여금 자신을 발견하게 하기도 하고, 이해하게 하기도 하며, 또한 자신을 수용하게 하기도 한다"며 일기와 자서전 쓰기의 탁월한 안내자인 트리스틴 라이너Tristine Rainer 작가의 글쓰기 기법 네 가지를 소개해 놓았다. 카타르시스적 기법, 서술적 기법, 자유로운 직관적 글쓰기 기법, 성찰적 기법이 있는데, 조금씩만 옮겨 보겠다.

카타르시스적 기법

카타르시스적 글쓰기는 자신의 내면에서 들끓는 강렬한 감정들, 분노, 탐욕, 욕정, 슬픔을 글쓰기에 쏟아 부음으로써 심리적 해방감을 얻을 수 있다.

서술적 기법

거기에는(서술적 방식) 인생 체험에서 파생되는 모든 것, 사건, 느낌, 꿈, 사람들, 장소에 관한 설명들이 포괄될 수 있는데 서술은 있는 그대로 묘사하지 않고 한 개인의 체험적 관점을 재창조한다.

자유로운 직관적 글쓰기 기법

이 글쓰기는 의식적인 정신의 통제를 제거함으로써 잠재의식의 목소리를 해방시킨다. 그래서 부적절해 보이거나 불충분하게 이해된 강렬한 감정적 반응이 어디에서 연원하는 것인가를 밝히는 데 도움을 줄 수 있다.

성찰적 기법

성찰은 개인이 짧은 한순간이나마 뒤로 물러서서 유심히 살펴보지 않았던 여러 가지 맥락들이나 의미들을 관조할 때 일어난다. 그것은 개인 자신에게만 한정시킬 필요는 없다. 어떤 주제, 즉 영화나 책, 어떤 개념이나 원칙에 대한 지성의 자유로운 활동의 형태로써 나타날 수도 있다.

치유로서의 글쓰기, 살려는 의지를 다지기 위한 일환으로 글쓰기를 하고 싶은데, 내게 맞는 기법은 무엇인가? 글쓰기 자체에 두려움을 가지고 있는데, 단 한 줄도 글로 서술하거나 표현하기 힘든데, 무엇을 선택해 글쓰기를 지속할 힘을 얻을 수 있다는 말인가?《독서치료의 모든 것》의 저자는 "브랜드(Brand, 1987)에 의하면 글쓰기는 충동과 느낌과 심상의 심오한 네트워크에 의해 이루어지며, 어떤 특정한 이론이나 원리를 바탕으로 한 독창적인 심리치료 기술이 아니다"라는 말을 인용하는데, 이를 보면 글쓰기 치유 이론이나 글쓰기 기법이나 정답은 없어 보인다. 다만 글과 함께 우리는 삶을 이어 갈 뿐이고, 그 과정에서 모든 글쓰기의 출발은 나를 어떻게 이해하고, 그런 나를 어떻게 표현하고, 그런 나를 어떻게 지속적으로 살아가게 만드느냐가 핵심인 듯싶다.

그렇다면 나를 이해하고, 표현하고, 살아가게 만드는 글쓰기는 어디서부터 시작해야 할까? 역시 정답은 없지만, 1강에서 언급했듯이 나를 중심에 두는 사고를 위해 구체적인 내 모습부터 관찰해 보면 어떨까? 현재 무슨 생각을 하고 있는지, 현재 가장 극심한 심적 고통이 무엇인지, 그 감정의 세계를 외부와 내부를 아울러 극명하게 글로 써보면 좋을 듯싶다. 하지만 당장 글쓰기 연습이 안 되어 있으니 그것은 나중의 일이고, 우선 다음의 방법을 제안해 본다.

거울 앞에 서서 구석구석 전신을 훑은 다음 노트든 컴퓨터든 아무거나 펼쳐 놓고 자신의 신체 부위를 하나씩 쓰고는 특징을 설명식으로 솔직히 적어 본다. 머리카락은 어떻고, 이마는 어떻고, 눈은 어떻고, 코는 어떻고, 입은 어떻고, 목은 어떻고, 어깨는 어떻고, 가슴은 어떻고, 배는 어떻고, 다리는 어떻고, 발목은 어떻고, 발가락은 어떻고 등등 되도록 자신의 신체 부위를 모두 쓰는 게 좋다.

자신의 겉모습에 대해 쓰고 나면 그 다음으로는 자신이 보지 못하는 피부 안의 모습에 대해 쓴다. 어떻게 가능할까? 인체 해부도를 보며 상상으로 쓰면 된다. 뇌는 어떻고, 이마뼈는 어떻고, 콧속은 어떻고, 식도는 어떻고, 간은 어떻고, 위는 어떻고, 심장은 어떻고, 폐는 어떻고, 소장과 대장은 어떻고, 생식기는 어떻고, 항문은 어떻고, 무릎 관절은 어떻고, 발목 인대는 어떻고, 엄지발가락 뼈는 어떻고 등등 알면 아는 대로 모르면 모르는 대로 적어 나가면 된다.

이러한 글을 쓸 때 몸에 대한 지식이 많으면 전문가처럼 상세히 써도 된다. 지식이 없다면 이 기회에 《내 몸 사용 설명서》 같은 책을 구입해 의학적인 지식을 쌓기를 권한다. 의사처럼 명확히 설명하기는 어려워도 의사들이 하는 말을 대략 이해할 수준의 지식을 갖추면 좋다. 자기 몸이 움직이는 원리를 자기 자신이 어느 정도 꿰뚫고 있으면 자기 관리를 스스로 할 수 있지 않을까? 탄수화물 과다 섭취가 왜 당뇨를 불러일으키는지, 과다한 육식 위주의 식사가 왜 콜레스테롤을 증가시켜 각종 성인병의 원인이 되는지 등등을 원리적으로 알면 건강을 향한 실천의 강도는 더욱 세질 수 있지 않을까?

내 몸의 현 상태를 관찰하고 나면 이번에는 자기가 먹는 음식에 대한 글쓰기를 하면 좋을 듯싶다. 일차적으로 우리 몸은 우리가 무엇을 먹느냐에 따라 그 모습이 만들어진다고 했다. 물론 공기나 기후 등의 환경 요인도 크게 영향을 미치지만 먹지 않으면 우리 몸은 움직이지 못하기에 일단 음식에 대한 글쓰기부터 시도해 본다. 특별히 좋아하는 음식도 괜찮지만, 그보다 매일 먹는 밥, 국, 반찬 등등에 대해서 써보면 어떨까 싶다. 일상에서 섭취하는 밥에도 흰쌀밥, 현미밥, 잡곡밥 등등 가짓수도 많고, 영양도 다르다. 그 차이를 항상 깨닫고 있어야만 일상의 감정을 인지해내는 데 유리하다.

내 몸과 내 몸을 만드는 음식에 대한 글을 쓰고 나면 이번에는 나를 둘러싸고 있는 주변 환경에 대해서 서술해 본다. 집, 학교, 학원, 직장, 자주 다니는 길, 자주 가는 곳 등등에 대한 특징적 설명이나 묘사를 한 다음 그곳을 오가는 자신의 온갖 감정을 폭포수처럼 쏟아낸다. 이때도 역시 가급적이면 구체적으로 쓴다. 기억나는 대로, 감정이 솟구치는 대로, 그 사물과 관련되어 다른 사물이나 사건이 떠오르면 떠오르는 대로, 주변에 놓인 모든 것을 되도록 다 끌어들여 쓴다. 우리는 알게 모르게 그것과 교감하며 나의 몸을 만들어 가고 있고, 나의 감정이 분출하기 때문이다.

나와 주변에 대해 새롭게 보기가 끝나면, 몸의 일부, 음식 가운데 하나, 자주 다니는 곳 가운데 하나를 특화시켜 그 부분에 대한 역사를 써본다. 어린 시절의 사진첩을 본 다음 자기 얼굴이 어떻게 변화되어 왔는지를 쓸 수도 있고, 자기가 먹는 음식의 주재료가 어떻게 만들어지는지를 거꾸로 추적해 쓸 수도 있으며, 자기가 다니는 곳이 어떻게 변화해 왔는지를 조사해 쓸 수도 있다. 그러고는 그것들과 내가 어떤 상관관계에 있는지 나름 고민해 써보면 나와 세상은 어떻게든 연결되어 있다는 느낌을 갖게 된다.

박수밀 한양대 연구교수가 쓴《연암 박지원의 글 짓는 법》에서 저자가 인용해 놓은 박지원의 글을 먼저 들여다보겠다.

진심眞心의 글을 쓰라

"글이란 뜻을 드러내면 그만일 뿐이다. 제목을 앞에 두고 붓을 들 때마다 옛말을 떠올린다거나, 애써 경전의 뜻을 찾아내 그 뜻을 빌려 와 근엄하게 만들며 글자마다 무게를 잡는 자는, 비유하자면 화공을 불러서 초상화를 그리게 할 때 용모를 가다듬고 화공 앞에 앉는 자와 같다. 눈동자는 움직이지 않고 옷의 주름은 쫙 펴져 있어 '평상시 모습'을 잃어버리니, 아무리 훌륭한 화공이라도 그 '참됨'을 얻기는 어렵다. 글을 쓰는 것도 또한 이것과 뭐가 다르겠는가?"

—〈공작관문고 자서孔雀館文稿 自序〉

박수밀 교수는 이 글을 이렇게 풀이하고 있다.

서두에서 단도직입적으로 "글이란 뜻을 드러내면 그만일 뿐이다"라고 말한다. '뜻을 드러내다'라는 말의 원문은 사의寫意인데, 직역하면 '뜻을 쏟아낸다'는 뜻이다. "그만일 뿐이다"라는 말은 '그것으로 족하다'는 말이다. 글쓰기란 사의寫意면 그만일 뿐, 나머지는 부차적인 문제라는 말이다. 창작의 요체를 사의로써 설명하는 이는 연암이 유일해 보인다. 사의는 연암의 글쓰기를 이해하는 열쇠일 수 있다.

조선의 셰익스피어로 불릴 정도로 자타가 공인하는 글쓰기의 귀

재가 펼친 글쓰기 기법치고는 의외로 단순하지 않은가? 하지만 이 단순함에 모든 글쓰기의 원리가 담겨 있다고 생각한다. 그 출발점으로 나는 내 경험상 내 몸부터, 내가 먹는 음식부터, 내 주변부터 써보면 어떨까 하는 제안을 해보았다. 그 과정이 쌓인 뒤 계속 글쓰기를 하다 보면 카타르시스적 기법, 서술적 기법, 자유로운 직관적 글쓰기 기법, 성찰적 기법이란 용어들에 대한 이해는 물론 그런 글쓰기를 우리도 해낼 수 있지 않을까?

이제 5강을 마무리할 시점이다. 말하기로 속내를 풀면 금상첨화이지만, 모두가 그러한 여건을 갖출 수는 없다. 그래서 글쓰기가 등장하고 있고, 글쓰기 자체가 치유의 속성을 가지고 있는 만큼 꾸준한 글쓰기는 살려는 의지를 다지는 데 큰 버팀목이 될 수 있다. 그것을 위한 글쓰기 기법은 다양하다. 내 제안은 제안일 뿐이다. 내 제안을 참고 삼아 자신만의 사상과 자신만의 언어로 자신만의 방법을 터득해 살려는 의지를 다지는 글쓰기를 실천해 보면 좋을 듯싶다. 다시 말하지만 모든 글은 유일무이한 내가 쓴 유일무이한 글이기 때문이다.

연습 1

● 개요

글은 내가 쓴다. 나를 표현하는 단숨에 글쓰기는 이를 더욱 강조한다.
그래서 당장 무엇을 쓰라고 강권하지 않는다. 다만 5강을 읽은 뒤 쓰고
싶은 욕구를 자극하는 소재나 주제가 있으면 한번 써보고, 그렇지
않으면 쓰지 않아도 된다. 그래도 가급적이면 글을 쓰려는 '나'의 온갖
모습에 대해 쭉쭉 써보면 어떨까 싶다.

나는 지금 어떤 모습으로 어떤 공간에서 어떻게 존재하는가?

내가 살려는 의지를 다지는 글쓰기의 세계

나를, 표현하는,
단숨에, 글쓰기란 무엇인가?

눈으로 읽을 수 있거나 촉각으로 감지할 수 있는 모든 글이 본질
상 같다는 내 말에 동의할 수도 있고 동의하지 않을 수도 있지만, 일
단 어떤 형태의 글쓰기이든 시도하고자 한다면 연암 박지원에 대한
다음과 같은 분석은 숙고할 가치가 있다.

중세의 인간 질서는 구분과 변별을 통해 가치의 위계화를 만들었
다. 다른 것을 틀린 것으로 규정하고 중심과 주변, 천함과 귀함을 구
별하는 이분법을 만들었다. 옳음은 크고 좋은 것에만 있었다. 그러나
연암이 생각하기에 사물은 아름다움과 추함, 좋고 나쁨을 생래적으
로 갖고 있지 않다. 모든 사물은 각자 쓰임새를 갖고 있다. 더할 나위

없이 보잘것없는 사물들, 예컨대 풀, 꽃, 새, 벌레 같은 존재들도 모두 저마다의 지극한 경지를 갖고 있다.

—《연암 박지원의 글 짓는 법》에서

지금까지 내가 일이관지─以貫之의 태도로 해온 말과 거의 똑같이 옮겨 보았는데, 사실 문자의 역사를 훑어보면 표현 방식만 약간 다를 뿐 사물의 본질을 꿰뚫고 있는 글들은 수두룩하다. 생물이든 무생물이든 저마다 존재론적 의미를 가지고 있다는 기본적인 통찰이 마음에 담겨 있으면, 나를 표현하는 단숨에 글쓰기를 할 때 그 효과가 증폭되기 때문에 다시 언급해 보았다.

나의 말이든 연암 박지원의 말이든 아니면 그 누구의 말이든, 모든 사물을 인정하고 존중하는 태도를 갖느냐 갖지 않느냐 여부는 각자의 몫이고, 이제 이쯤에서 나를 표현하는 단숨에 글쓰기가 과연 무엇인지, 그 실체를 좀 더 구체적으로 들여다보겠다.

5강을 거치면서 나는 군데군데 나를 표현하는 단숨에 글쓰기에 대해 언급해 놓았는데, 이론적으로 터득하지 않고 경험에서 얻었고, 글쓰기 실력 배양이 아니라 살려는 의지를 다지고 싶어 행했으며, 그러기 위해 나를 중심에 두고 나만의 사상을 가지려고 했고, 나의 전부인 마음과 몸에 관심을 가졌으며, 후기 쓰기가 나를 표현하는 단숨에 글쓰기의 기본 형태라고 했고, 이 모두가 감정 조절 능력을 키워 극단적인 감정의 선택에서 벗어나는 데 궁극의 목적이 있다고 했다.

극히 개인적인 삶에서 비롯된 비체계적인 나열들을 보면서 나를 표현하는 단숨에 글쓰기가 내게도 적합한가에 대해 의문을 품을 수 있다. 그러면서 그동안 마음에 눌러두었던 이런 질문들을 던질지도 모르겠다.

"당신은 이 글쓰기를 하기 전에 이미 일반인과 달리 많은 글을 써 보지 않았는가? 당신은 출판계에 몸담으면서 꾸준히 책을 접했고, 남의 글이지만 글을 매만지는 직업을 가지고 있지 않았는가? 당신은 삶의 본질에 대해 궁금해 하고 그래서 철학과 인문학에 관심을 두며 살지 않았는가? 그런 사람에게 단숨에 A4 네다섯 장 쓰기는 식은 죽 먹기 아닌가?"

전 세계에 글쓰기 열풍을 몰고 왔다는 나탈리 골드버그의 《뼛속까지 내려가서 써라》를 보면, 10분이든 1시간이든 제한된 시간에 글을 쓰는 규칙이 나와 있다.

- 손을 계속 움직이라. 방금 쓴 글을 읽기 위해 손을 멈추지 말라. 그렇게 되면 지금 쓰는 글을 조절하려고 머뭇거리게 된다.
- 편집하려 들지 말라. 설사 쓸 의도가 없는 글을 쓰고 있더라도 그대로 밀고 나가라.
- 철자법이나 구두점 등 문법에 얽매이지 말라. 여백을 남기고 종이에 그려진 줄에 맞추려고 애쓸 필요가 없다.
- 마음을 통제하지 말라. 마음 가는 대로 내버려두어라.
- 생각하려 들지 말라. 논리적 사고는 버려라.

• 더 깊은 핏줄로 자꾸 파고들라. 두려움이나 벌거벗고 있다는 느
  낌이 들어도 무조건 더 깊이 뛰어들라. 거기에 바로 에너지가
  있다.

　이 방법을 취하는 이유는 전문 작가가 되기 위한 사전 훈련의 한
양상이다. 이 과정이 지나면 '세부묘사는 글쓰기에 생명력을 불어넣
는다', '현상의 논리를 넘어 사물 속으로 파고들라', '사무라이가 되어
글을 쓰라' 등의 주문이 이어진다. 하지만 저자는 "이 책에서 소개하
는 방법들은 상황과 형편에 따라 달라진다. 순간순간 가장 알맞게
적용되는 기술이 다르다는 말이다. 그러므로 어느 하나의 방법만이
절대적이고 다른 것은 틀린 방법이라고 할 수 없는 것이다"라고 강
조한다. 글은 내가 쓰는 나만의 고유 행위이기에 선택은 각자의 판
단이라고 강조한다.
　여기서 이 책의 한 부분을 소개한 이유는 나를 표현하는 단숨에
글쓰기의 기술적 서술이 이 저자가 행했던 방식과 비슷하기 때문이
다. 다만 나는 시간 제한을 두지 않았고, 단숨에 쓰기를 행하고 난 뒤
의 다음 과정에 대한 주문이 없다. 감정이 쌓이고 쌓여 뭔가를 풀어
내고 싶을 때 글을 쓰되, 내 모습이든 내 생각이든 내 사상이든 나를
중심에 놓고 단숨에 쓰면 된다. 감정의 정리가 필요할 때마다 이 글
쓰기 행위를 반복할 뿐이다. 언젠가 이 틀이 지겨워 본격적으로 글
을 쓰고 싶다면 그것은 역시 나중의 일이라고 누누이 말했다. 이 책
의 중요 목적은 일단 글쓰기를 삶의 동반자로 끌어들이는 데 있다.

글쓰기에 관심을 가지고 있는 사람들은 대략 알겠지만, 단숨에 글쓰기는 이미 글쓰기의 한 기법으로 오래전부터 전해 오고 있다. 나의 독창적인 기법이 절대 아니다. 이는 무엇을 말하는가? 나의 특수한 여건과 단숨에 글쓰기는 무관하다. 즉 글을 많이 써보았고, 거의 써보지 않았고 등의 문제는 단숨에 글쓰기를 하는 데 아무런 걸림돌이 되지 못한다. 다만 내가 살려는 의지를 다지기 위한 발판으로 삶의 본질에 대한 탐구 정신과 그 힘을 기르기 위한 인문학 공부 등은 사전에 필요하다. 심오한 공부까지는 아니라고 하더라도 4강까지 내내 강조했듯이 삶에 대한 자각과 성찰만은 한시라도 게을리 하지 말아야 한다. 그것들이 글쓰기 안에 들어가야 살려는 의지를 다질 수 있기 때문이다.

나를 표현하는
단숨에 글쓰기 과정

나를 표현하는 단숨에 글쓰기를 하기 위해 일차적으로 '나'를 '표현'하는 방법에 대해서는 5강에서 언급했다. 물론 나의 제안을 실천하지 않은 사람들도 있을 테지만, 개의치 않는다. 거듭 말하지만, 내 글은 내 식대로 내가 쓰는 행위이기 때문이다. 내 몸과 내가 먹는 음식, 내 주변에 대한 글쓰기를 하지 않았다고 하더라도 나를 표현하는 단숨에 글쓰기를 직접 행하다 보면 그에 대한 묘사가 불가피하기 때문에 지금부터 귀 기울여도 상관없다.

나를 표현하는 단숨에 글쓰기는 말 그대로 쉬지 않고 글이 멈출 때까지 생각나는 대로 마음 가는 대로 빠른 속도로 쓰는 글쓰기 행위이다. 한 줄 쓰려고 해도 식은땀이 나는데 번갯불에 콩 구워 먹는 듯한 글쓰기가 가능하냐고 반문할 듯싶다. 맞는 말이다. 내가 생각해도 쉽지 않다. 하지만 〈이 책을 쓴 이유〉에서 말했듯이, 진심을 가지고 써나가면 단숨에 쓰기는 누구나 가능하다고 확신한다.

이해를 돕기 위해 나를 표현하는 단숨에 글쓰기가 어떻게 내 안에 자리 잡게 되었는지, 그 과정을 다시 되짚어보겠다. 그러면서 이 글쓰기가 여느 글쓰기와 어떤 변별력이 있는지 사례를 들어 서술해 보겠다. 1강에서 4강까지에도 사례가 있지만, 나를 표현하는 단숨에 글쓰기가 내 경험인 만큼 또 하나의 사례를 들어 설명하는 게 좋을 듯싶다. 이 글쓰기 기법이 도움이 되는지, 해만 되는지에 대한 평가에 대해서는 관심을 두지 않겠다.

작가, 철학자, 글쓰기 선생, 환경운동가 등 다양한 타이틀을 가지고 있는 데릭 젠슨은 《네 멋대로 써라》에서 "내가 겪어 보니 칼 로저스(미국 심리학자) 말대로 진짜 공부는 오직 자기가 찾아내고 자기 걸로 만드는 공부뿐이었어요. 그래서 난 여러분에게 아무것도 가르치려 애쓰지 않을 겁니다. 그 대신, 여러분들이 여러분 자신을 가르칠 수 있도록 분위기를 만들어내는 게 내 할 일이에요"라고 말했다. 나도 그의 말에 동의한다. 내 경험이 글쓰기 분위기를 만드는 데 일조했으면 하는 바람뿐이다.

빼어난 글에 대한 부담감이 강했지, 글쓰기 자체에 대한 중압감이 크게 없어 짧게라도 산행 후기를 쓰던 시절 한 번은 괴로웠던 일만 집중적으로 열거하는 글을 쓴 적이 있었다. 하지만 괴로움은 좀처럼 가시지 않고, 더 많은 괴로움이 꼬리를 물면서 부풀려졌다. 이런 시도를 한 이유는 나름 내 고통을 덜어 보기 위해서였는데, 귀동냥으로 괴로웠던 순간을 글로 쓰면 긍정성이 생긴다는 실험에 대해서 들었기 때문이었다. 당시 다른 결과가 내게서 나타난 원인을 분석하지 않았다. 획일과 천편일률, 내가 가장 싫어했던 단어였고 지금도 마찬가지이다.

그 뒤로 나는 나를 돌아보는 글을 따로 쓰지 않고 산행 후기나 평화길라잡이 활동 후기에 나를 투영하곤 했다. 의식적인 행위는 아니었고, 내가 주로 머무는 공간을 벗어나 평소와 다른 몸동작을 행하는 산행, 역사의 아픔이 고스란히 물들어 있는 서대문형무소이기에 역시 평소와 다른 언어를 발설해야 하는 자원활동, 이것이 자연스레 나란 존재를 성찰시켰고, 후기에 그런 생각들이 녹아들어 갔다. 그러한 과정이 켜켜이 쌓이고 쌓이면서 나는 나도 모르게 내 생각과 감정을 직시하게 되었다. 산이건 서대문형무소이건 집을 나서기 전과 그곳을 다녀오고 난 뒤의 내 감정이 어떻게 변했는지를 알아챘는데, 그것은 그 공간에 특별한 의미를 부여했기 때문이었다. 왜 그랬을까?

그때 무슨 생각을 가졌는지 그때로 돌아가서 고스란히 가져오면 좋겠지만, 기억은 바뀌기 마련 아닌가? 현 시점에서 생각해 보면 나는 산과 서대문형무소라는 공간을 내가 살려는 의지를 다지기 위한 특수 훈련소쯤으로 여겼던 듯하다. 비대해진 몸이 정상으로 바뀌는 몸의 변화를 겪으면서 몰아치는 생각의 변화에 애착을 가졌고, 평화라는 화두를 마음에 담고 서대문형무소를 오가며 새로운 사상을 갈구하는 그 모습에서 내 미래가 있다고 판단했던 것 같다.

그럼 2007년 포천에 있는 각흘산을 다녀오고 난 뒤에 쓴 산행 후기를 중심으로 나를 표현하는 단숨에 글쓰기 과정을 살펴보겠다.

❶ 새로운 공간이 준 감정을 탐색하라

사람마다 삶의 이유와 의지를 다지는 방법이 다르고, 글쓰기 동기도 모두 다르겠지만, 새롭게 글쓰기를 시도하려면 먼저 자신의 몸을 변화시키면서 새로운 일에 도전하고 그것을 글로 단숨에 써보기를 권한다. 즉 어린 시절이나 성장기의 아픔에 대한 글을 쓰지 말고 내 몸을 변화시켜 준 공간에서 나는 어떤 감정의 변화를 가져왔는지에 주목하는 글을 써보기를 권한다. 그 공간에 대한 성찰을 할 때 생각의 지평을 확대해 나만의 사상으로 이 거대한 우주에서 나는 어떻게 구체적으로 존재하는지에 대해서도 탐색하면 어떨까 싶다. 처음에는 어렵지만 공부든 사색이든 꾸준한 노력으로 자각의 힘을 키우면 가능하지 않을까?

다음 글은 산행 후기 도입부이다. 산행에 나서기 전의 마음 상태를 적은 글이다. 그 당시 나는 산행과 평화길라잡이 활동 모두 의욕을 가지고 열심히 했다. 그러다 보니 간혹 두 공간에서 얻은 감정들이 겹쳐서 일어났고, 그것은 모든 사물을 연결해 사고하는 데 큰 도움이 되었다. 기존의 공간에서 벗어났기에 가능했던 것 같다.

전쟁 체험 세대도 아니고, 군대도 다녀오지 않은 내가 한국전쟁(6·25전쟁)에 대해 말한다는 게 조금 이상하긴 하지만, 그래도 한국전쟁을 잠깐 언급해야겠다.

1950년 6월 25일 한국전쟁이 시작되었다. 북쪽의 김일성은 남쪽을 무력으로 점령하기 위해 수많은 군대를 이끌고 남침을 감행하였고, 남쪽은 전쟁에 대해 치밀하게 준비하지 못한 관계로 순식간에 낙동강 밑으로 밀려갔다. 그러다가 그해 9월에 인천상륙작전이 있었고, 10월에는 남쪽의 국군과 유엔군이 북쪽의 압록강까지 진격하였다. 전쟁이 마무리되는가 싶더니, 마오쩌둥이 중국 공산군을 전쟁에 투입시켜 국군은 다시 남쪽으로 밀려났다.

추운 겨울, 전투는 치열하게 벌어졌고, 다음해 전선은 삼팔선을 중심으로 굳어져 갔다. 하지만 전쟁은 쉽게 끝나지 않았다. 북쪽과 남쪽은 전쟁을 끝내기 위해 협상을 벌였지만, 군사분계선을 어디로 할지, 포로교환을 어떻게 할지 등에 대해 서로 합의점을 찾지 못했다. 정전협정의 내용을 가지고 2년 넘게 판문점에서 머리를 맞대고 신경전을 펴는 동안, 수많은 젊은이가 삼팔선에서 죽어 갔다. 그들이 죽은 이유는 간단했다. 서로 땅을 더 많이 차지하기 위해 산을 놓고 총을 쏘며 백병전을 벌였다. 백마고지 등으로 잘 알려진 이른바 고지 전투. 고지 전투가 뭔지 잘 몰랐던 나는 영화 〈태극기 휘날리며〉를 보고 그 비극을 알게 되었다. 한 발짝 전진도 하지 못하면서 서로 죽고 죽이는 살육전. 고지 전투도 엄연히 전쟁이었겠지만, 그 전투로 인해 목숨을 잃은 수많은 젊은이에게 애도를 표한다. 산에 꽂은 깃발보다 사람의 목숨이 더 소중하기에.

언제부턴가 삼팔선 가까운 곳에 있는 산에 갈 때면, 늘 그렇게 고지 전투로 희생된 젊은이들을 떠올렸다. 멀리 북녘 땅과 남쪽의 평야를 보면서 말이다.

❷ 감정이입을 적극 끌어안아라

새로운 공간은 새로운 감정을 축적시킨다. 여기에 충실하다 보면 지난 과거의 온갖 감정들을 능동적으로 재구성해낼 수 있다. 이를 위한 방편으로 산행 후기는 가급적 다음 날 쓰면 좋다. 전날 경험한 일들을 온몸이 생생히 기억하고 있어 그 순간에 느꼈던 감정들에 대한 온전한 표현이 가능하기 때문이다. 이는 원초적 감정으로 내 자신을 직시하는 힘을 키우는 데 큰 기여를 한다. 일정상 다음 날 쓰기 어려우면 묵혀두어도 좋다. 그러던 어느 날 감정의 혼란을 겪어 글쓰기로 정리하고 싶을 때 그날의 감정과 연결되는 지점이 있으면 과감히 끌어들여 녹여내도 된다. 글을 쓰다 보면 감정은 다시 직조된다. 그것이 글쓰기가 갖는 치유의 속성 아닌가?

다음 글은 산행 후기 중간 앞부분이다. 다음 날 산행 후기를 쓰게 되면 다시 기억을 더듬지 않아도 시간의 흐름, 지명과 사람에 대한 구체성, 그것과 마주한 내 감정을 그대로 옮겨 놓을 수 있다. 그러고는 얼마 뒤 다시 읽어 보면 왜 그때 그런 감정이었고, 그 감정이 왜 다시 읽으면서 바뀌었는지 알아챌 수 있게 된다.

　　3월 15일 북한산을 거하게 갔다 온 후유증이 채 가시기도 전에 후다닥 3월 22일 화정산악회 정기산행 날이 닥쳤다. 아침에 일어나 컴퓨터를 켜고 하루 종일 앉아 있으면 시간이 잘 가지 않은 적이 많았는데, 정기 산행을 하다 보니 요즈음은 시간이 그야말로 전광석화처럼 지나가는 것 같다. 산에서 방금 내려온 것 같은데, 또 산에 올라가고 있는 내 자신을 보면서 말이다.

　　이번에는 포천 각흘산에 간다고 한다. 산 이름이 정말 어렵다. 각흘산角屹山. 뿔각 자는 알겠는데, 흘 자는 생소하다. 그래서 찾아보았다. '산 우뚝 솟을 흘'이란다. 짐승 뿔처럼 산이 생겼으면 오르기 쉽지는 않을 텐데. 그래도 일주일에 한 번 산행한다는 스스로 정한 원칙을 지키기 위해 집을 나섰다. 특히 철원 평야와 개성 송악산이 아물거린다는 말에 주저 없이 배낭을 꾸렸다.

　　아침 7시 30분. 덕양구청 앞 돈몽에 도착해 보니 새로운 대절 버스가 나를 기다리고 있었다. 우등 버스. 순간 나는 늘어야 할 회원이 늘지 않고 있는 것이 안타까웠다. 적은 회원이 편하게 가는 것은 좋았지만, 우등 버스는 일반 버스보다 좌석이 적지 않은가? 만선이 어부의 꿈이라면 만차(?)는 내 꿈이다. 아니 화정산악회 모든 회원의 꿈일 것이다.

　　우등 버스 좌석도 다 채우지 못한 화정산악회 16명은 어쨌든 즐거운 마음으로 차에 몸을 맡겼다. 버스는 짙은 안개를 뚫고 천천히 달려 나갔다. 그런데 내 앞에 앉은 사람이 수상쩍어 보였다. 산에 가는데 왜 양복을 입고 있지? 낯선 얼굴인데. 그 사람의 실체는 금방 드러났다. 모 제약회사에서 나온 분인데, 초보 티를 내면서 스쿠알렌을 홍보했다. 건강보조식품에 의존해 내 몸을 변화시키기보다는 식약동원이라고 자연식을 통해 건강을 챙기는 내 스타일과는 거리가 멀어 듣는 척 마는 척했다. 그래도 그분이 주는 스쿠알렌 한 알은 받아먹었다. 주는 성의가 있지 않은가? 받는 것마저 외면하면 그분은 또 얼마나 절망할 것인가? 세상 사는 게 정말 힘들다고.

❸ 나의 감정을 지속적으로 표현하라

우리는 글을 쓸 때마다 누군가 내 글을 엿보고 있다는 생각, 누군가 내 글을 평가하고 있다는 생각, 누군가 내 글로 나 자신을 평가하고 있다는 생각을 지우지 못한다. 이런 생각은 과감히 버려야 한다. 버리기 어려우면 이 생각을 자기 생각 앞에 놓고 괴롭더라도 정면으로 오랫동안 응시해야 한다. 내가 쓰는 글은 오로지 나 자신을 자각하는 글이자 내가 살아가는 힘을 키워 주는 글이라는 생각을 갖도록 노력해야 한다. 어떻게 가능할까? 공간의 움직임 속에서 계속 바뀌는 감정을 순간적으로 포착해 솔직히 표현하는 글쓰기를 하다 보면 내 글에 대한 자부심까지는 힘들더라도 소중함만은 느껴진다. 나를 움직이는 내 감정이 담겨 있는 나만의 글이기 때문이다.

다음 글은 산행 후기 중간 뒷부분이다. 이 글은 나를 위해 쓴 글이지만, 나 혼자 보는 글은 아니다. 산악회 카페에도, 내 블로그에도 올린 글이다. 그런데도 나는 내 감정을 여실히 드러냈다. 물론 깊은 속내까지 까발리지는 않았을 것이다. 나의 글쓰기는 나 혼자만의 감정 토로가 아니라 함께하는 사람, 함께하는 사물들과의 교감 속에서 조절되는 감정이기 때문이다.

각흘산으로 이동하는 동안 나는 차창을 보았다. 그러면서 내내 속으로 빌었다. 빨리 안개 좀 걷히라고. 안개 때문에 북녘 땅과 남녘 평야를 못 보면 오늘 산행이 억울할 것 같아서였다. 아직 산행 초보라 산 이름이 생소하면 그렇게 기분이 들뜨지는 않았다. 그냥 명산이 아니라는 생각이 들어서다. 역시 초보는 초보인가 보다. 산은 다 산이고, 다 자기 개성을 가지고 있는데 말이다.

버스는 10시쯤 각흘산 아래에 도착했고, 안개는 여전히 걷히지 않았다. 그 순간 나는 생각을 바꾸기로 했다. 눈으로만 북녘 땅과 남쪽 평야를 볼 것이 아니라, 마음으로 고지 전투로 돌아가신 젊은이들을 애도하고 오기로. 편안한 마음은 아니지만, 그렇게 내 정기산행은 시작되었다.

군사 지역에서 풀린 지 얼마 안 되었다는 말이 산에 오르자마자 실감 났다. 방공호가 곳곳에 눈에 띄었기 때문이다. 문득 평화는 참으로 멀고 험하다는 생각이 들었다. 그런데 10여 분 지나자 더 심각한 상황에 맞닥뜨렸다.

총을 든 군인이 우리에게 말했다.

"오늘은 사격 연습이 있는 날이라서 산에 못 오릅니다."

아뿔싸! 역시 군사분계선 가까이에 내가 있구나. 그런데 안개 속에 무슨 사격 연습? 우리는 군인에게 산에 오르겠다는 통보(?)를 하고 산에 올랐다. 다시 버스에 오르면 억울하기도 하고 약도 오르지 않겠는가? 새벽부터 나섰는데.

자등현에서 출발한 우리는 30분 정도 오르다 다시 하산을 했다. 사격 연습 때문인가? 아니면 짙은 안개로 산행 일정을 바꾼 것인가? 속으로 내심 걱정을 하며 따라갔다. 갑자기 어디선가 물소리가 들렸다. 계곡으로 하산한다고 했는데, 진짜 하산인가? 좀 억울한데.

하지만 역시 그게 아니었다. 밋밋할 수도 있는 산행을 재미있고 알차게 하기 위해 코스를 잠깐 변경한 것이었다. 그때부터 우리는 땀을 흘리며 오르막길을 힘차게 올랐다. 사람의 흔적이 거의 없는 그야말로 청정 계곡을 따라 오르는 산행은 나에게 새로운 느낌을 주었다. 저 물처럼 맑아지고 싶다는 생각을 해보면서 말이다. 하기야, 탁한 탁주를 자주 먹는 내가 그렇게 되기는 힘들겠지.

1시간 20분가량 올라 능선에 다다랐다. 멀리 각흘산 정상도 보였다. 그런데 여전히 안개는 자욱했고, 철원 평야와 개성 송악산은 꼭꼭 숨어 있었다. 하지만 지금껏 보지 못한 산세에 우리는 입을 다물지 못했다. 좋은 것인지 나쁜 것인지는 모르지만, 아무튼 산이 이렇게 될 수도 있구나 하는 생각을 했던 것이다.

능선에는 나무 한 그루 없었다. 잘려 나간 밑동만이 군데군데 흙모래 속에 모습을 드러내고 있을 뿐이었다. 한참 보고 있으면, 이곳이 서부 평야인지 황사의 진원지인 몽골 사막인지 분간이 가지 않을 정도였다. 그래도 새로운 모습에 나는 감탄했다. 모두 똑같은 모습을 하고 있으면 굳이 여러 산을 찾아다닐 필요가 없는 것 아닌가. 역시 화정산악회 정기산행은 내게 반드시 필요한 삶의 일부가 되어 있었다.

능선을 따라 30여 분 올라 정상에 도착했다. 언뜻언뜻 해가 났지만, 안개는 속 시원히 걷히질 않았다. 그래도 정상에 올랐으니 사진도 찍고, 정상주도 한 잔씩 하고, 맛난 간식도 먹어야겠지. 그게 또 산에 오르는 맛 아닌가? 우리는 산 아래를 흘끗흘끗 보면서 안타까워했지만, 그래도 역시 즐겁게 정상에서 시간을 보냈다. 작년에 오른 명성산이 보이지 않으면 어떤가? 철원이 어떻게 생겼는지 보이지 않으면 어떤가? 멀리 국망봉이 보이지 않으면 어떤가? 화정산악회 회원끼리 서로 얼굴 보면 즐겁지 않은가?

정상에 오른 기분을 한껏 만끽한 우리는 여유롭게 하산을 했다. 특히 계곡에 다다랐을 때 우리는 환호성을 질렀다. 전국의 모든 계곡에 있는 선녀탕이 그곳에도 있었지만, 사람 때가 묻지 않아서 그런지 정말 깨끗해 보였다. 날이 춥지 않으면 풍덩 들어가고 싶은 곳이었다. 또 하나 우리를 감탄시킨 것은 물속을 헤집고 다니는 개구리였다. 하기야 개구리가 놀라 깬다는 경칩이 지난 지 언제인데, 개구리가 나와 노는 것도 당연하지 않은가? 우리는 서로 정을 나누는 개구리를 즐겁게 훔쳐보며 유쾌하게 웃고는 하산 지점에 다다랐다.

드디어 밥 먹는 시간. 서로 도시락을 펼쳤다. 하지만 눈은 다른 데가 있었다. 지글지글 석쇠에서 익어 가고 있는 삼겹살과 김치 그리고 버섯을 노려보고 있었다. 남성 회원은 열심히 굽고, 여성 회원은 열심히 먹어 주면 되었다. 굽다가 지치면 교대하면 되는 것이었다. 그렇게 우리는 열심히 산을 탔듯이 열심히 먹고 마셨다. 아주 깨끗한 지역에서 떠들었고, 불을 피웠다. 뭐 어떤가? 깊은 산속도 아니고 그곳에서 조금 나서면 길가인데.

❹ 글쓰기 막바지에 얻은 감정을 충실히 기록하라

우리가 살면서 가장 힘든 경우는 내 생각과 다른 감정이 치밀어 오르다 못해 밖으로 튀어나와 상황을 어렵게 만들 때이다. 이미 엎질러진 물, 예상 밖의 감정은 또 다른 예기치 못한 감정을 덧붙이며 최악의 순간을 만들어낸다. 미친년 널뛰듯 날뛰는 이 감정을 어떻게 하면 잘 조절할 수 있을까? 정답은 없지만, 스스로 자기만의 방법을 찾아 노력하는 게 정답일지도 모른다. 그 노력의 과정에서 우리는 분노와 배려, 증오와 용서, 기쁨과 슬픔, 즐거움과 괴로움, 불쾌함과 유쾌함, 절망과 희망 등의 감정이 순간순간 변한다고 해도 그러한 감정을 조절할 줄 아는 능력이 있다는 믿음을 가져야 한다. 이는 험하고도 먼 길이기에 고비가 온다고 하더라도 중단하지 않고 결실이 생길 때까지 꾸준히 하겠다는 각오도 다져야 한다. 감정 조절 능력은 하루아침에 이루기 어렵기 때문이다.

다음 글은 산행 후기 마지막 부분이다. 어떤 식으로든 감정을 정리하며 내일의 삶에 대한 다짐을 해본다. 그것이 옳든 그르든 멋있든 후지든 결말을 맺는다. 이 결말은 며칠 뒤 다시 볼 때 다른 결말이 될 수도 있다. 그러한 감정의 변화를 직시하려면 어떻게 해야 할까? 산행 후기이든 다른 글이든 자주 써야 한다. 그래야 시공간을 이어 가는 내 삶의 연속성을 자각하고 그 안에서 변화되는 내 감정의 흐름에 나를 올곧게 맡길 수 있다.

3시가 조금 넘어서 버스는 화정으로 출발했다. 돌아오는 버스 안에서 나를 포함한 몇몇 분은 남은 술을 마저 마셨다. 새로 오신 분의 협찬으로 맥주와 낑깡을 실컷 먹었다. 잠시 뒤 모두 곤한 잠에 빠졌다.

다시 눈을 떴다. 날은 훤했다. 그런데 버스는 이미 화정에 도착해 있었다. 어떡하나? 집에 들어가 일을 할 수도 없고. 즐겁게 산행을 마친 대부분의 회원들은 소중한 가정으로 돌아가셨고, 헤어짐이 아쉬운 주당(?) 몇몇 분은 떠 있는 해를 원망하며 술집으로 갔다. 나는 언제부턴가 늘 그 자리에 자동으로 가게 되었다. 즐거우니까 가지. 술을 줄이기 위해 일주일 동안 보식을 했지만, 다시 술을 마시니 끝도 없이 마시는 것 같았다. 그렇게 마시다 밤늦게 지친 몸으로 집에 돌아왔다. 산에서 지친 게 아니라 술을 마시다 지친 것 같다. 당연히 아내한테 한 소리 들었다. 앞으로는 자제하련다.

아침에 눈을 뜨고 각흘산 개념도를 보았다. 이 산이 널리 알려지지 않았으면 좋겠다. 많은 사람들이 가면 산이 그만큼 또 어지럽혀지지 않을까 걱정돼서다. 생각해 보니 너무 이기적이다. 쓸데없는 걱정을 하고 있는 것 같다. 나를 위해 쓰는 산행 후기나 얼른 쓰고 일이나 하련다.

각홀산 개념도를 덮는 순간, 또 고지 전투가 떠오른다. 각홀산 정상에 있는 돌탑에 내가 돌을 얹고 무슨 소원을 빌었더라. 고지 전투로 희생된 젊은이들을 위한 명복? 아, 그게 아니었던 것 같다. 이제 초등학교에 입학한 아들이 학교 잘 다니게 해달라는 아빠의 간절한 바람을 빌었던 것 같다. 고지 전투, 희생 어쩌고 했지만 역시 나도 일상에 파묻혀 사는 범인에 불과하다. 하지만 때로는 평범하게 사는 것도 쉽지 않은 것 같다. 양극화? 어쨌든 산은 내게 모나지 않고 평범하게 살라는 모습을 늘 가르쳐 준다.

다음 산행이 벌써부터 기대된다.

여기서 사례로 든 포천 각홀산 산행 후기와 1~2강에서 사례로 든 글을 비교해 보면 약간은 차이가 난다. 모두 단숨에 쓴 글은 맞지만, 세월의 간극 탓인지 생각의 깊이가 더러 엿보인다. 생각이 깊다고 해서 아는 게 많다고 해서 사람의 생명력이 질기다고 단언할 수는 없지만, 특정 공간에서 감정의 변화 추이를 지켜보는 글쓰기를 계속하면 분명 삶이 풍부해질 것이다. 그 글쓰기 기법은 각자의 선택이지만, 살려는 의지에 영속성을 부여하고 싶다면 부담 갖지 말고 접수해 보길 바란다.

글쓰기로
감정 조절이 가능할까?

가설假說이라는 용어가 있다. 국어사전을 보면, 가설은 "어떤 사실을 설명하거나 어떤 이론 체계를 연역하기 위하여 설정한 가정. 이로부터 이론적으로 도출된 결과가 관찰이나 실험에 의하여 검증되면, 가설의 위치를 벗어나 일정한 한계 안에서 타당한 진리가 된다"라고 나와 있다.

나는 지금부터 글쓰기가 감정 조절 능력을 키우는 데 큰 기여를 할 수 있다는 주장을 할 것이다. 하지만 이는 어디까지나 타당성이 검증되지 않은 가설일 뿐이다. 내 주장에는 표본이 될 만한 관찰도 없고, 수긍할 만한 논리를 내세울 수많은 실험도 근거로 나와 있지 않기 때문이다. 관찰 대상은 10여 년 동안 써온 나의 글이 전부이고,

실험 대상은 그 글쓰기로 어느 정도 감정 조절 능력이 생긴 나의 모습이 유일하다.

나를 표현하는 단숨에 글쓰기를 하기 전까지 나는 좋은 성격이 아니었다. 뒷담화를 좋아했고, 비판과 조소에 강했고, 남에 대한 존중과 배려는 극히 미약했고, 이기적인 태도로 화를 잘 냈고, 살핌과 보살핌은 전무했고, 교묘한 술수 부리기에 능했고, 내 신념에 도덕적 우월주의를 심으며 공격적인 발언을 서슴없이 했고, 내 이익을 위해 남을 이용할 줄 알았고, 삐뚤어진 내 행동에 그럴듯한 명분을 분칠해 정당화했고, 말과 행동의 불일치를 극명하게 보여 주었고 등등 모순 덩어리 자체였다.

그렇다면 글쓰기를 통해 그 모든 모순이 극복되었을까? 천부당만부당 가당치도 않은 소리이다. 여전히 나는 내 안에 불합리와 모순을 가득 끌어안고 살아간다. 때로는 기뻐하고 때로는 슬퍼하고 때로는 욕지기를 표출하고 때로는 좌절하고 때로는 의지를 다지며 사는 불안한 존재일 뿐이다. 다만 글쓰기를 통해 순간순간 감정의 변화를 이전보다 조금은 더 깊이 느끼게 되었고, 그 힘으로 나름 좀 더 선한 인간이 되기 위해, 좀 더 배려하는 인간이 되기 위해, 좀 더 함께하는 인간이 되기 위해, 하루하루 눈을 뜨자마자 살려는 의지로 삶에 의미를 부여하며 몸과 마음을 움직일 뿐이다.

조너선 하이트가 쓴 《바른 마음》이라는 책을 보면 다음과 같은 구절이 나온다.

《행복의 가설》이라는 책을 집필하던 초반, 나는 부처와 스토아학파 철학자들이 수천 년 전에 말한 대로 행복은 우리의 안에서 찾아오는 것이라고 믿었다. 내 맘 같지 않은 세상을 내 맘에 맞게 끼워 맞출 수는 절대 없으니, 나 자신과 나의 바람을 바꾸는 데 전력해야 하리라고 여겼다. 그러나 집필 작업이 막바지에 접어들 무렵, 그러한 내 생각은 싹 바뀌어 있었다. 행복은 사이에서 찾아오는 것이었다.

현재 영미권에서 가장 화제가 되는 지식인인 조너선 하이트는 한 권의 책을 집필하면서 생각이 바뀌었다. 자신의 가설을 증명해 나가는 과정에서 그만이 생각하는 오류를 보았기 때문이다. 그러고는 과감히 새로운 이론을 내세웠다. 하지만 나는 그럴 자신이 없다. 글쓰기가 감정 조절 능력을 키울 수 있다는 가설을 뒤집을 만한 연구도 하지 않았고, 내 가설이 타당한 진리로 인정받기 위한 그 어떤 노력도 하지 않았다. 오로지 내 개인의 체험인 점만을 내세울 뿐이다.

다음의 꽤 긴 글은 〈글쓰기로 감정 조절이 가능할까?〉라는 가설을 나름 정리한 초고이다. 단숨에 글쓰기가 아니라 책 쓰기의 기본인 수정과 퇴고를 거친 원고를 보여 주어야 하나, 단숨에 썼던 초고를 과감히 옮겨 본다. 나의 가설을 입증할 만한 추가 노력이 없어서 그렇기도 하지만, 초고를 쓸 당시 가졌던 나만의 사상과 나만의 감정이 무엇인지 드러내고 싶기 때문이다.

〈글쓰기로 감정 조절이 가능할까?〉 - 초고

　단숨에 글쓰기는 어떻게 감정 조절을 가능하게 할 수 있을까? 먼저《죽음의 수용소에서》저자이자 정신과 의사인 빅터 프랭클은《삶의 의미를 찾아서》라는 책에서 "삶의 보편적인 의미라는 것은 없으며 오로지 개별적인 상황이 지닌 유일한 의미만 있을 뿐"이라고 했고, 그 "의미는 첫째 사람마다 다르고 둘째 날마다 다르며 정말로 시간마다 다르다"고 했다. 또 네바다 대학교 심리학과 교수인 스티븐 헤이브 등이 쓴《마음에서 빠져나와 삶 속으로 들어가라》는 책에서는 "인간이 괴로움을 겪는 이유는 부분적으로 인간이 언어적 동물이기 때문이다. 만일 그렇다면 여기에 문제가 있다. 불행을 낳는 언어적 기술은 인간 기능에 너무 유용하고 중추적이어서 그 작동을 중단할 수가 없다는 것이다. 따라서 적어도 언어 자체가 우리에게 선사한 기술을 더 잘 관리하는 방법을 알 때까지, 괴로움은 인간 조건의 피할 수 없는 부분이 된다"라고 쓰여 있다. 마지막으로 불교에는 일심一心 사상이 있다. 오직 '마음뿐'이라는 말이다. 일체 생각이 떠돌아도 순간 마음먹기에 따라 일체 생각이 소멸한다는 것이다. 마음 하나로 생과 사를 벗어날 수 있고, 마음 하나로 과거의 업장을 소멸시킬 수도 있고, 마음 하나로 살생을 저지를 수도 있다는 것이다. 이 세 가지 이야기를 가지고 단숨에 글쓰기로 어떻게 감정 조절이 가능한지 그 원리를 들여다보겠다.

　단숨에 글쓰기는 막연한 글쓰기가 아니라 특정 기간의 특정 공간을 반드시 써야 한다. 산이면 어느 산, 강이면 어느 강, 영화면 어느 영화, 도시면 어느 도시 등을 구체적으로 밝혀야 한다. 그리고 그 공간에서 만난 사람 혹은 그 공간에서 떠오른 사람도 구체적으로 밝혀야 한다. 이때 세부적인 풍경들을 곁들여 쓰면 더욱 좋다. 이 모든 것이 그 공간을 거닐었던 자신에게 영향을 미치는 것이기 때문이다. 이러한 공간의 경험은 누구와도 공유할 수 없다. 오로지 자신만이 겪은 것이다. 오로지 그 개별적 공간에서 개별적 체험을 가지고 개별적 의미를 부여하는 것이다. 다시 말해 그 누구와도 균일한 감정을 가질 수 없다는 것이다. 단숨에 글쓰기는 바로 이러한 과정을 밟고 있다. 그 공간에 자신이 없으면 그 공간은 무의미해진다는 것을 단숨에 글쓰기를 통해 절실히 느끼게 된다는 것이다. 자기 존중감이 생길 수밖에 없다. 그 공간과 자신의 소멸을 바라지 않기 때문이다.

인간에게서 언어를 앗아 가면 현재 일군 문명이 일거에 무너질지도 모른다. 하지만 이는 기우에 불과하다. 진화의 역사를 보면 인간이 언어를 버리는 일은 없을 것 같기 때문이다. 하지만 인간이 만든 언어가 미래에 인간에게 어떻게 작용할지도 아직은 모른다. 그래도 인간에게 이로움을 주는 쪽으로 발전한다고 나는 믿는다. 그런데 인간이 언어적 동물이기 때문에 괴로움을 얻는다는 글을 보고 처음에는 깜짝 놀랐다. 믿어지지가 않았다. 하지만 나는 여기서 해답을 얻었다. 단숨에 글쓰기는 분명 글로 쓰는 것인데, 왜 언어가 주는 괴로움에서 벗어날 수 있는지를 말이다. 단숨에 글쓰기에 등장하는 언어는 억지로 지어낸 언어들이 아니다. 시간상, 느낌상 그렇게 쓸 수가 없다. 떠오르는 대로 빨리빨리 써야 하는 게 원칙이기 때문이다. 따라서 이때 등장하는 언어들은 글을 쓰는 자신과 일체화된 언어들이 등장할 수밖에 없다. 지금껏 자신이 생각한 대로, 자신이 배운 대로, 자신이 아는 대로, 자신이 느끼는 대로 나타난 언어들을 가지고 외부 대상과 감정을 표현한다는 것이다. 그렇기 때문에 단숨에 글쓰기를 끝내고 나서 시간을 두었다가 그 글을 다시 읽고 있으면 그 언어는 그 사물 속으로 들어가는 느낌을 갖게 된다. 즉 언어는 사라지고 내가 그 공간과 그 사람과 그 사물과 하나가 되어 가는 느낌을 가지게 된다는 것이다. 특정 단어에서 떠오른 슬픔이나 기쁨 따위는 슬그머니 사라지고 언어 이전의 상태로 자신의 감정이 정리된다는 것이다.

마지막으로 단숨에 글쓰기에서 감정 조절이 가능한 이유는 일심 사상으로 설명이 가능하다. 이때 일심은 굳이 불교 사상이 아니어도 좋다. 종교를 떠나서 생각할 수 있다 우리가 흔히 하는 말로, 모든 일은 마음먹기에 달려 있다고 하지 않는가? 바로 그것이다. 단숨에 글쓰기는 마음을 몰아서 쓰는 것이기 때문에 연습이 안 되면 들 수도 있다. 하지만 차츰 익숙해지면 자신의 온 마음을 특정 기간과 특정 공간에 쏟아 넣을 수 있다. 그런 경험을 하게 되는 날이 오면 일심을 이해할 수 있다. 이해를 돕기 위해 내 경험을 가지고 말해 보겠다. 단숨에 글쓰기를 하기 전에 나는 내가 왜 단숨에 글쓰기를 하려는지 잠깐 생각해 본다. 다시 말해 내면에서 정리해야 될 것이 무엇인지 한두 가지를 떠올려 본다. 며칠 전 크게 잘못한 일일 수도 있고, 갑자기 어긋난 일 때문에 미래가 암담해지는 기분일 수도 있으며, 오래전 참담했던 일이 갑자기 불쑥 나를 다시 찾아와 괴롭히고 있는 상황일 수도 있고, 새로운 진리를 알게 되어 기쁜 순간일 수도 있다. 그러한 것을 반드시 글을 쓰는 과정에 넣으려고 마음먹다 보면 그에 따른 모든 마음이 글에 스며든다. 그러고는 그 글을 시간을 두고 몇 번이고 반복해 읽다 보면 마음이 달라지는 것을 알 수 있다. 글을 쓰기 전의 마음, 글을 쓰고 난 직후의 마음, 글을 다시 읽을 때의 마음이 확연히 다르다는 것을 말이다. 그 다른 마음 가운데 자신이 현재 가져와야 할 마음을 결정하는 순간 그 글은 이제 뇌리에서 멀어져 간다. 그리고 자신의 삶에 새로운 마음으로 새로운 의미를 부여하고 새로운 삶을 이어 간다. 즉 일정 기간의 생각을 이렇게도 바꾸어 보고 저렇게도 바꾸어 보는 연습을 하면서 자연스레 생각이나 마음이나, 생각하기에 달려 있다는 것을 몸으로 느끼게 된다. 이런 것이 습관화되면 순간순간 일어나는 일과 감정에 대해 자각의 힘이 생기고 그러면 자신을 그르치는 감정에 말려들지 않는다. 괜찮은 삶을 살 수 있는 자신감이 생긴다는 것이다.

어떤 느낌이 드는가? 글쓰기가 감정 조절 능력에 기여할 수 있다는 내 가설에 동의하는가? 당장 이 가설에 대해 갑론을박하고 싶지 않은가? 심리학 분야에는 수많은 가설이 있고, 그 어떤 가설이든 누구나 마음먹으면 책 한 권 분량을 만들어낼 수 있다고 한다. 이제 우리에게 무엇이 중요한지 명백해졌다. 모든 가설은 가설일 뿐, 지금 해야 할 일은 호기심에서라도 글을 써보는 것 아닐까?

이제 6강을 마무리할 시점이다. 나의 생각을 정리하기보다 박지원 글쓰기의 본질에 대해 언급한 《연암 박지원의 글 짓는 법》의 한 구절을 들여다보는 게 유용할 듯싶다.

글을 쓰는 사람은 내 진심을 표현하면 그뿐이다. 진심을 표현한다는 것은 내 품은 생각을 자연스럽게 드러내는 것이다. 글의 본질은 닮는 데 있지 않고 멋있는 표현에 있지도 않다. 작가의 속생각이 저절로 드러나는 글, 평소의 자연스런 모습을 표현하는 글이 좋은 글이다. 폼 잡는 말, 고상한 문체를 쓴다고 좋은 글이 아니다. 비속어나 일상의 말도 내 진심을 드러내는 데 소용된다면 써야 한다. 나 스스로가 보고 듣고 느낀 생각을 쏟아내면 평범한 말도 새로워진다. 이것이 연암이 생각한 글쓰기의 본질이었다.

어느 누구든 글은 이렇게 시작해야 한다. 모든 글쓰기 책에서 강조하고 또 강조한다. 하지만 잘 지켜지지 않는다. 나는 나를 표현하는 단숨에 글쓰기가 이 본질을 실현하는 데 큰 도움이 될 수 있다고 재차 강조한다. 다시 말하지만, 선택은 각자의 몫이다.

연습 2

● 개요

몸의 변화를 위해 당장 다이어트에 돌입할 수도 없고, 헬스클럽에서 땀을 흘릴 수도 없다. 긴 시간을 필요로 하는 일이다. 그렇다면 무엇부터 할 수 있을까? 산책 등 작게라도 몸의 변화를 시도하는 일을 시작하고, 더불어 글쓰기를 하면 된다. 단 하루의 체험이라도 그 느낌을 쭉쭉 적어보면 된다. 그것이 힘들면 전혀 낯선 공간을 다녀오고 난 뒤의 느낌을 가기 전과 후로 나누어 빠른 속도로 써보길 권한다.

나는 새로운 곳에 왜 갔을까? 그곳에 무엇이 있었나? 그곳은 내게 무엇이었나?

글쓰기여,
내게로 오라

내 글에
자신감을 갖는 법

6강에서 나를 표현하는 단숨에 글쓰기 과정의 실체를 접하고 보니 일기와 무엇이 다른지 아리송할 뿐이다. 아니 가끔 쓰는 여행기와는 또 무엇이 다른지 그 차이가 분명하지 않다. 도대체 다른 점이 있기는 한가?

우리나라의 대표적인 단편소설 작가로 평가받고 있는 이태준의 《문장강화文章講話》라는 책을 보면, 일기는 "그날 하루의 중요한 견문, 처리사항, 감상, 사색 등의 사생활을 적는 글이다"라고 정의하면서 일기의 의미에 대해 다음과 같이 말하고 있다.

첫째는, 수양이 된다. 그날 자기가 한 일을 가치를 붙여 생각하게 될 것이니 날마다 자기를 반성하는 기회가 되고, 사무적으로도 정리와 청산淸算을 얻는다.

둘째로는 문장 공부가 된다. '오늘은 여러 날 만에 날이 들어 내 기분이 다 청쾌해졌다' 한마디를 쓰더라도, 이것은 우선 생각을 정리해 문자로 표현한 것이다. 생각이 되는 대로 얼른얼른 문장화하는 습관이 생기면 '글을 쓴다'는 데 새삼스럽거나 겁이 나거나 하지 않는다.(이하 생략)

셋째, 관찰력과 사고력이 예리해진다. (중략) 관찰과 생각이 치밀하기만 하면 '만물을 조용히 지켜보면 모두 스스로 얻게 된다萬物靜觀皆自得'는 격으로 온갖 사물의 진상과 깊은 뜻을 모조리 밝혀나갈 수 있을 것이다.

기행문에 대해서는 "여행하며 쓴 일기, 여행기이니, 자연이든 인사人事든, 낯선 풍정風情에 대해서 얻은 감상을 쓰는 글이다"라고 정의하면서, 기행문에는 '떠나는 즐거움이 나와야 한다, 노정路程이 보여야 한다, 객창감客窓感(나그네가 여행지에서 느끼는 감정)과 지방색이 나와야 한다, 그림이나 노래를 넣어도 좋다, 고증을 일삼지 말 것' 등의 내용을 담기를 권한다.

내가 한 말과 그다지 차이가 없지만 이태준의 말이 체계적이면서도 세련되어 보인다. 역시 한국 문학사에서 오랫동안 기억되고 있는 전문 작가의 견해가 돋보인다는 생각이 치솟는다. 일기, 기행문과 그다지 변별력이 없어 보이는 글쓰기 기법에 '나를 표현하는 단숨에

'글쓰기'라는 명찰을 박은 행태에 부끄러움을 느낄 수도 있다. 과거에는 그랬지만, 이제는 염치없는 사람이 되어버렸다. 이태준을 존경하지만, 나도 존중하면서 살아야 한다는 생각이 내 안에 떡하니 들어와 있기 때문이다. 바로 나를 표현하는 단숨에 글쓰기를 하면서 다가온 그 감정을 밀칠 수가 없다. 나는 유일무이한 나이니까 말이다.

6강에서 초고를 소개했으니 이제부터 수정과 퇴고 등 일반적인 글쓰기에 대한 강의를 하려나 짐작하고 있다면, 이는 이 책의 목적에서 벗어난다. 글쓰기 시작도 무지막지하게 단숨에 쓰라는 식으로 권하고 있는데, 즉 글쓰기 동기는 어떻게 부여하고, 글감은 어떻게 구하고, 제목은 어떻게 붙이고, 첫 문장은 어떻게 써야 하고, 문단은 어떻게 나누고, 맺음말은 어떻게 처리해야 하고, 설명은 무엇이고, 묘사는 무엇이고, 인물과 자연 묘사에서 중점을 두어야 할 것은 무엇이고, 나만의 문체를 갖기 위해서는 어떤 노력을 해야 하고 등등에 대해 조목조목 언급하기는 좀 곤란할 듯하다. 글을 쓰고 있고, 책도 냈지만, 전문 작가로 가는 길을 안내할 만큼의 깜냥은 없기 때문이다. 다만 이태준이 《문장강화》에서 '퇴고의 기준'에 대해 정리해 준 부분을 대신 옮겨 놓는 게 좋은 방안인 듯하다. 그의 말이 이 책의 목적과도 일치하는 것 같기 때문이다.

먼저 든든히 지키고 나갈 것은 마음이다. 표현하려는 마음이다. 인물이든, 사건이든, 정경이든, 무슨 생각이든, 먼저 내 마음속에 들어왔으니까 나타내고 싶은 것이다. '그 인물, 그 사건, 그 정경, 그 생각을 품은 내 마음'이 여실히 나타났나? 못 나타났나? 문장의 기준은 오직 그 점에 있을 것이다. 문장을 위한 문장은 피 없는 문장이다. 결코 문장 혼자만 아름다울 수 없는 것이다. 마음이 먼저 아름답게 느낀 것이면, 그 마음만 여실히 나타내어 보라. 그 문장이 어찌 아름답지 않고 견딜 것인가?

글을 고친다고 해서 으레 화려하게, 유창하게, 자꾸 문구만 다듬는 것으로 아는 것은 잘못된 인식이다.

글쓰기의 실전에 대해서는 이태준의 강화講話만큼 내가 말을 할 수가 없어서 다소 많은 부분을 옮겨 왔는데, 거의 100년 전에 태어난 분이지만 내 생각과 상당 부분 일치하기 때문이다. 특히 "인물이든, 사건이든, 정경이든, 무슨 생각이든, 먼저 내 마음속에 들어왔으니까 나타내고 싶은 것이다"라는 말은 글쓰기에서 기본 중의 기본이라고 생각한다. 마음, 그것도 진정한 마음을 표현하지 못하는 글은 심한 말로 권모술수에 불과할 수도 있다. 나를 어지럽히고 세상을 혼탁하게 할 뿐이다.

그래도 '글쓰기'라는 타이틀을 달고 있는 책인데, 내가 구사하는 글쓰기 기술에 대해 간단하게나마 언급하는 게 예의라는 판단도 들지만 도저히 그럴 수가 없다. 딱히 내세울 만한 글쓰기 전략이 없기 때문이다. 한때 나는 세계적인 베스트셀러 작가 스티븐 킹의 창작론인 《유혹하는 글쓰기》를 열심히 들여다보면서 내 글쓰기의 문제점을 치밀하게 연구하기도 했지만, 그때뿐이었다. 예를 들어 그 책의 이런 부분, 즉 "가령 이 문장을 보라. '그는 문을 굳게 닫았다He closed the door firmly.' 아주 형편없는 문장은 아니지만(적어도 능동태를 사용하고 있으니까), 여기서 '굳게'라는 부사가 정말 필요한 것인지 생각해 보라"라는 구절을 보면서 내 글에서 부사가 얼마나 남발되고 있는지를 통렬하게 반성했지만, 시간이 지나면서 그의 충언은 증발되고 말았다.

나만의 습관을 고치지 못했기 때문에 내 글이 널리 읽히지 못한다는 직언을 들어도 할 말이 없지만, 어느 시점이 되니 내 글에 부사가 많은지, 형용사가 많은지, 치장을 하려고 드는지, 상황에 맞지 않는 언어를 쓰는지, 문단 전환에 억지가 있는지 등에 둔감해졌다. 그저 쓸 뿐이다. 일목요연하게 정리되지 못한 글쓰기 기법이지만, 스티븐 킹의 "좋은 글을 쓰려면 근심과 허위 의식을 벗어던져야 한다. 허위 의식이란 어떤 글은 '좋다', 어떤 글은 '나쁘다'라고 규정하는 데서 비롯되는데, 이런 태도도 역시 근심을 내포하고 있는 것이다. 그리고 좋은 글을 쓰려면 연장을 잘 선택해야 한다"라는 말에 더 눈길을 주며, 그저 마음 가는 대로 감정이 흐르는 대로 앎이 떠오르는 대로 사람과 사물에 대해 느끼는 대로 쓸 뿐이다. 단숨에 글을 쓰든, 묵상하는 심정으로 쓴 글을 보고 고치고 또 보고 또 고치든, 의자에 엉덩이를 진득하게 붙이고 쓸 뿐이다.

아무리 그래도 글쓰기 기법으로 뭔가는 있지 않느냐고 물어보면, 감정이 복잡해 실존적 근거를 찾고 싶을 때 글쓰기 동기가 부여되고, 특정 공간과 그 안에서 마주치고 스쳐 간 사람과 사물 그리고 거기서 나온 감정들이 글감이 되고, 처음에는 무제의 의미로 'ㅇㅇㅇ' 만 적어 놓았다가 수시로 제목을 바꾸어 보고, 잠시 컴퓨터 화면을 응시하다가 무의식적으로 자판기에 손이 가면서 탁탁 만들어지는 게 첫 문장이 되고, 가급적이면 A5(국판) 기준으로 10줄 이상이 되는 문단을 만들지 않으려고 하고, 글을 써나가면서 정리되는 감정의 흐름에 따라 맺음말이 만들어지는 식이라고 답할 수 있다. 또한 지금까지도 설명과 묘사에 대해 구별하는 안목을 갖지 못하고 있고, 그렇기 때문에 중점적인 묘사를 해내지 못하고 있으며, 결과적으로 나만의 문체도 만들지 못하고 있다. 그래도 나는 내 글쓰기를 아끼고 사랑한다. 살려는 의지를 항상 북돋아 주기 때문이다.

글쓰기의 강력한 동기는
자신감

《피로사회》저자이자 독일에서 가장 주목받는 철학자인 한병철 교수는 그 다음 책《시간의 향기》가 전하는 핵심 메시지를 철학자 니체의 말, 즉 "우리 문명은 평온의 결핍으로 인해 새로운 야만 상태로 치닫고 있다. 활동하는 자, 그러니까 부산한 자가 이렇게 높이 평가받은 시대는 일찍이 없었다. 따라서 관조적인 면을 대대적으로 강화하는 것은 시급히 이루어져야 할 인간 교정 작업 가운데 하나이다"라는 말로 대신했다. 핵심 메시지가 대략 이해는 가지만, 내 피부에 쫀득쫀득하게 달라붙지는 않는다.

　한병철 교수가 《시간의 향기》 출간에 맞추어 〈한겨레신문〉과 가진 인터뷰 내용을 정리한 최원형 기자의 기사, 즉 「한 교수는 "스마트폰은 무한한 정보와 시간의 자유를 약속하는 듯하지만, 사람들이 모두 거기에 사로잡혀서 다른 것을 보지 못하지 않냐"며 "자기만의 시간이 아니라 남에게 주는 시간, 사물을 관조하고 사색하는 시간, 목적 없이 배회하는 시간과 같이 노동과 소비에 붙들리지 않는 완전히 '다른 시간'을 창조해내야 한다"고 말했다. 이를 그는 '시간혁명'이라고 불렀다」는 글을 보면, 역시 대략 이해가 가면서도 어감이 선뜻 내 몸에 감기지 않는다.

　자신이 궁금해 하는 사안을 깊이 천착해 글쓰기로 생각을 풀어내는 고미숙의 《동의보감, 몸과 우주 그리고 삶의 비전을 찾아서》를 보면, "동양사상은 우주와 생명을 어떤 실체들의 종합으로 보는 것이 아니라, 흐름이자 운동으로 본다. 우주는 다른 말로 바꾸면 시공간이다. 시간과 공간은 둘이 아니다. 시간은 공간의 다른 펼침이다. 그리고 그 시공간이 변화해 가는 리듬을 자연이라 한다. 스스로 그러함이란 변화의 '차서'(시간적 순서와 공간적 질서)를 뜻한다. 차서를 어길 때 우리는 부자연스럽다고 느낀다. 따라서 삶은 명사가 아니라 동사다"라는 글이 있다. 역시 대략 이해는 가지만, 그 내용을 나만의 언어로 표현하기에는 한계가 분명하다.

　한병철과 고미숙을 등장시킨 이유는 이렇다. 나만의 사상을 가지고 마음 가는 대로 궁구하는 글쓰기를 하다 보니 한병철과 고미숙의 저서들이 내게 다가왔고, 문득문득 그들이 부러웠다. 내가 그들의 글을 완전히 흠모하지는 못하지만, 한병철은 우리 사회의 현재 모습을 본질적으로 탁월하게 성찰하는 듯 보여 부러웠다. 나도 내가 지금 머물고 있는 현재의 시공간에 대해, 그 안에서 복닥거리고 있는 사람들의 참모습에 대해 성찰하려고 애쓰지만, 한병철만큼 깊이 있게 그려내지 못한다. 고미숙은 내 삶의 주인으로 내가 어떻게 서느냐에 대해 모범적인 길안내를 하는 듯 보여 부러웠다. 나도 내가 갈 길에 대해 늘 두리번거리고 그 길에서 어떻게든 주인으로 살기 위해 탐색을 하고 있지만, 고미숙만큼 다방면에서 다양하게 접근하는 전천후식 생각을 표현해내지 못한다. 그래서 한때 나는 내 글쓰기를 중단하고, 감정을 정리하려고 독서만 했던 적이 있다. 나보다 더 뛰어난 능력의 소유자들이 펼치는 삶의 향연을 흠흠하는 걸로 내 삶을 이어 갔다.

왜 이런 말을 하는가? 감정을 정리해내는 나를 표현하는 단숨에 글쓰기를 하건, 수정과 퇴고를 거치는 글쓰기를 하건, 출판을 목적으로 과도한 중압감을 가지고 글쓰기를 하건, 글쓰기를 하다 보면 절망할 때가 굉장히 많다. 왜 나는 저런 생각을 못 할까? 왜 나는 저런 인용을 못 할까? 왜 나는 저런 사유를 못 할까? 왜 나는 저런 표현을 못 할까? 왜 나는 이른바 교양도 통찰력도 부족할까? 왜 나는 동물적인 삶을 살까? 왜 나는 정신의 탐구보다 물질의 소유가 더 매력적일까? 정말 나는 마음의 고통을 줄이고자 글을 쓰기는 쓰는 것일까? 혹 나도 글쓰기로 허명을 얻으려는 것일까? 혹 나도 글쓰기로 높은 정신의 소유자가 되고 싶어 하는 것인가? 이런 기대감이 자기 글에 대한 좌절을 가져오고, 결국은 글쓰기를 포기하게 만들며, 급기야는 글쓰기의 주목적인 살려는 의지조차 외면하고 고만고만한 일상에 자신을 묻으며 서서히 감정 조절 능력이 상실된다. 그러던 어느 날 덜컥 큰일이라도 마주하면 일어설 힘이 없어 돌이킬 수 없는 상황을 만든다.

지금까지 내가 말한 내용을 잠깐 되짚어 보자. 감정 조절 능력을 키워 준다는 글쓰기에 대해 안내를 하고 있는데, 곰곰이 생각해 보면 글쓰기에 목적이 있지 않고 오로지 살려는 의지 다지기에만 몰입하는 듯 보인다. 이는 구도의 과정처럼 험난해 보인다. 그렇게 보이는 것이 아니라 실제로 그런 목적도 있다. 내 말에 동의해 서너 번이라도 글쓰기를 하는 과정에서 자신과 세상 그리고 우주에 대한 새로운 통찰의 힘을 얻었다면, 그 사람은 분명 전보다는 아름답고 힘 있는 삶을 살게 된다. 감정 조절을 통해 마음에 꽂혀 있는 고통을 덜어 낼 수 있기 때문이다.

사람에게는 욕심이라는 통제 불능의 마음이 있다. 불교에서 삼독 三毒이라 부르는 탐진치, 즉 탐욕貪欲, 진에瞋恚와 우치愚癡 가운데 하나인 이 탐욕은 웬만큼 수행하지 않고서는 좀처럼 버리기 힘들다. 참된 삶을 살려면 비우고 또 비우라고 하지만, 이 탐욕은 비우자마자 또 생기고 비우자마자 또 생기고 그 끝이 없다. 욕심은 혹처럼 떼어버릴 수 있는 몸의 일부가 아니라 종양처럼 긁어내도 언젠가 다시 재생 가능성이 짙은 몸 그 자체이다.

글쓰기를 열심히 하다 보면 자신도 모르게 남의 글을 볼 줄 아는 혜안이 생긴다. 나만의 잣대를 들이대며 곧바로 평가에 들어간다. 한두 마디로 그치지 않고, 그동안 쌓아 온 내공의 영향으로 장황하면서도 꽤 논리적인 말들이 뿜어져 나온다. 그러면서 누군가는 절망을 하고, 누군가는 잘 쓰였다고 여기는 글을 뛰어넘으려고 안간힘을 쓴다. 글쓰기에서 욕심이 불뚝거린다. 어찌 될까? 사람마다 다르겠지만, 대부분 글쓰기를 중단하고 싶은 마음이 치솟는다. 자기를 극히 비하하고 외면하면서 말이다.

실제로 나도 그랬다. 나를 표현하는 단숨에 글쓰기를 하는 과정에서 나는 운 좋게도 내 저서를 낼 수 있었다. 인생 삼부작이라는 거창한 타이틀을 붙여 보기도 했지만, 판매는 극히 저조했다. 타인의 공감을 가져오기에는 역부족이었다. 그 원인은 내 글이 빼어나지 못했기 때문이었다. 번뜩이면서도 풍부한 사유, 수십 번 감정을 들었다 놓을 정도의 치밀한 구성, 둔기로 맞은 듯한 신선한 충격을 주는 문장, 기이한 감흥을 불러일으키는 독특한 문체들이 실종된 책을 돈 주고 살 바보 같은 독자는 없었다. 나만 보고, 주위 사람만 보고, 딱 거기까지만 해야 했는데, 수많은 나무를 사라지게 하는 나의 글쓰기는 치기 어린 욕심이었다. 그래서 오랫동안 책 쓰기를 중단하고, 나를 원망했다. 하지만 나는 다시 일어섰다. 나를 표현하는 단숨에 글쓰기로 말이다. 그러면서 새롭게 터득했다. 내 글에 내가 자신감을 갖지 않으면 그 누가 대신해 준다는 말인가?

한병철은 서양 철학을 중점적으로 공부해 자신의 독특한 사유 체계를 마련했고, 고전 평론가라는 타이틀을 가지고 있는 고미숙은 동양 고전을 중심으로 독특한 사유 체계를 마련했다. 그들은 엄밀히 말해 대부분의 사람이 갖기 어려운 박사 학위를 취득했고, 학교 강단 혹은 일반 강단에서 사람들에게 가르침을 행하고 있다. 이는 일상 자체가 공부이고 탐구이고 도를 찾는 과정이다. 여느 사람들과 다른 환경과 조건에 있다. 그렇기 때문에 그들은 더 풍부한 사유로 일반인보다 좀 더 차원이 다른 글쓰기를 하고 있다. 그게 그들의 삶이다. 나는 그 사실을 이따금 망각하고 욕심을 부렸다. 욕심이 자존감을 짓밟고 나를 내리깔았다. 그 욕심을 자각해서 비워낼 수 있는 힘을 키워 주는 나를 표현하는 단숨에 글쓰기가 없었다면 어찌할 뻔했나?

　모든 글쓰기는 자신감이 가득해야만 비롯된다. 자신감이 없으면 그 어떤 글이든 자신이 보기에 미흡할 뿐이다. 20대 때 나는 장편소설 한 권을 세상에 내놓았다. 정확히 표현하자면 내놓았다기보다는 운이 좋아 책으로 인쇄될 수 있었다. 그 소설의 내용은 내 이야기였다. 그런데 내 책을 읽어 본 지인들은 그것은 소설이 아니라 수기라고 평가했다. 그럴 때마다 나는 모든 소설가는 자기로부터 출발한다고 말했고, 그것을 극복해야만 모든 사람의 공감을 얻는 소설을 쓸 수 있다고 항변했다. 그러면 그들은 또 말했다. 자기 이야기를 정교하게 예술적으로 승화해야 소설이지, 그야말로 자기 이야기를 있는 그대로 쓰는 게 어떻게 소설이냐고 따끔하게 충고했다.

세월이 흐른 뒤 그들의 지적에 수긍이 갔는데, 그것이 글쓰기에 대한 내 자신감을 꺾지는 못했다. 나는 이제 형식미와 독창적인 기교가 요구되는 소설을 쓰지 않고, 내 안에서 스멀스멀 피어나는 온갖 생각들을 나만의 형식과 나만의 언어로 쓰기 때문이다. 평가의 기준도 오로지 내 생각일 뿐이다. 아니 나는 글 자체에 대한 평가보다 글에 내 마음이 어떻게 표현되고 있는지, 내 감정이 어떻게 파도를 타고 있는지, 내 생각이 어떻게 달라져 있는지, 거기에만 집중해서 다시 들여다본다. 비교 대상은 천상천하유아독존天上天下唯我獨尊인 나뿐이기 때문에 자신감을 잃을 확률이 높지 않다. 그것은 다음 글을 쓰는 데 강력한 동기가 된다.

　상식적으로, 글을 많이 쓰면 글쓰기 실력은 늘어난다. 그 시작과 끝은 내 글에 대한 자신감 확보이다. 자신감이 결여되면 글쓰기는 지속될 수 없다. 빈 집은 스스로 폐가가 되듯이, 글을 쓸 노트나 컴퓨터를 비워두면 시나브로 글쓰기는 멀어진다. 글을 계속 쓰다 보면 글쓰기 강의에서 익숙하게 듣는 그 모든 기법의 참모습이 눈에 번쩍하고 들어온다. 글쓰기 책은 참고서일 뿐이고, 자기 주도 학습 효과를 보려면 노트든 컴퓨터 화면이든 빈 공간으로 하얗게 내버려두지 말기를 바란다. 그 길만이 글쓰기로 살려는 의지 다지기는 물론 덤으로 자신만의 책을 출간할 풋풋한 희망을 품을 수도 있다.

좁은 나에서
더 넓은 나로

    고등학교 다닐 무렵 우리 집 마루에는 큰 책장이 있었다. 생일상을 차리거나 제사를 지낼 때 쓰던 그릇만 가득했던 찬장 옆에 난데없이 들어선 책장에는 빨간색 표지가 인상적인 '세계문학전집'이 진열되어 있었는데, 그것은 어떤 연유인지 모르지만 아버지가 당신이 다니던 회사가 폐업을 해버리자 회사 도서관에서 들고 온 책들이었다. 앞표지와 뒤표지, 그리고 책 제목이 인쇄되어 있는 책등을 제외한 나머지 삼 면에 '태평특수섬유주식회사'라는 로고가 선명하게 찍혀 있어 이따금 책 읽기의 감동이 반감되곤 했지만, 그래도 꾸역꾸역 이른바 명작소설을 다양하게 접해 볼 수 있어 좋았다.

    우리에게 잘 알려진 작가들의 삶을 들여다보면 대개 이와 비슷한 경험을 가지고 있다. 물론 작가의 길을 걷지 않고 있는 사람들 가운데 상당수도 책 속에 파묻혀 보낸 성장기를 내어 보일 수 있다. 그런데 같은 책을 접했다고 하더라도 누구는 작가의 길을 소망하며 달려가고 있고, 누구는 독서 행위로만 만족하고 작가라는 꿈은 언감생심일 뿐이다. 왜 그럴까? 명작소설을 쓴 작가들만큼 글을 쓸 자신이 없기 때문이다. 일기를 써보고 연애편지를 써보고 노트에 끄적끄적 잡문을 써보아도, 그들처럼 가슴을 후빌 만한 글을 만들어낼 천부적 소질이 자신에게서 엿보이지 않는다. 그렇게 대부분의 사람은 글쓰기에서 멀어진다.

남의 원고를 만지는 일을 하다 보면 놀랄 때가 많다. 배울 만큼 배운 사람들도 상황에 맞는 단어를 제대로 들여놓지 못하는 경우가 보인다. 물론 전적으로 내 주관적인 판단이지만, 문장과 문단들이 촘촘히 엮인 책 한 권을 놓고 보아도 도무지 저자의 생각이 제대로 전달되었는지 분별할 수가 없다. 그런데도 내 책보다 훨씬 더 많이 판매된다. 나도 사람인지라 울컥하며 한동안 괴로워했지만, 그 이유를 알고 난 뒤 전처럼 심하게 갈등하지는 않는다.

세계적인 언어학자 노암 촘스키 이후 가장 위대한 언어학자로 꼽히고 있는 스티븐 핑커의 《언어본능》을 보면 다음과 같은 구절이 있다.

사람들은 무한한 수의 새로운 문장들을 이해하고 말할 수 있으므로 그들의 '행동' 특성을 직접적으로 규명하려는 것은 이치에 맞지 않는다. 즉 언어행동이 동일한 두 사람은 존재하지 않으며, 한 사람의 잠재적 행동은 열거할 수조차 없다. 그러나 무한한 수의 문장들은 문법이라는 유한한 규칙체계에 의해 생성될 수 있으므로, 언어행동의 기초를 이루는 정신문법과 심리적 메커니즘을 연구하는 것은 타당하다.

"언어는 인간 뇌의 생물학적 구조의 일부이다. 나는 좀 색다르게 받아들여질지도 모르지만 '본능'이라는 용어를 사용하고 싶다"는 스티븐 핑커의 책 속에 나온 위의 구절을 보면서, 나는 다시 한 번 모든 사람이 다르듯이 글도 다를 수밖에 없다는 사실을 확인했다. 배울 만큼 배운 사람들의 문장이 내가 보기에 비문非文 같고, 단어 사용이 부적절해 보여도, 그들은 자신의 인식 세계에서 가장 알맞은 단어를 배열해 놓았다. 그들이 전하고자 하는 메시지가 '유한한 규칙체계'에서 어긋나 보이지만, 본능적으로 핵심은 독자들에게 전달되었고, 독자들은 문법을 넘어 그 이면의 내용을 흡수했다. 그 내용은 독자들의 생존에 본능적으로 도움을 주었다.

뒤늦게 이 사실을 깨닫게 된 나는 내 시야의 비좁음에 탄식할 수밖에 없었다. 다양한 세상, 다양한 사람, 그 모두를 인정하며 존중해야 한다는 생각이 무의식 속에서 무시당하고 있었다. 우리 사회가 만들어 놓은 일반적인 규칙을 나 자신도 은연중 내재화하고 있었기 때문이다. 특히 글을 썼다고, 편집자 생활을 했다고, 책을 냈다고, 그래서 글과 책에 대해 남들보다 조금은 더 넓은 시각을 갖고 있다는 착각이 나의 생각을 좁혀 놓았던 것 같다.

글쓰기를 나의 동반자로 만들지 못하는 이유야 많겠지만, 무엇보다 교육의 폐해가 크다. 글쓰기를 저 높은 곳에 올려 놓고, 그 경지를 이룬 사람만 앙망하니 생물학적 구조의 일부인 언어가 본능임을 잊게 된다. 생존 욕구가 본능이듯이 글쓰기도 우리의 본능이 될 수 있다는 논리를 인정하지 못한다. 그 거대한 착각을 어떻게 벗어날 수 있을까? 의식적인 노력을 통해 나를 더 넓은 곳으로 밀어 넣어야 한다. 그래야만 내 자신이 얼마나 좁은 세상에 갇혀 살았는지 알게 된다. 이는 글쓰기를 동반자로 만들 수 있는 또 하나의 대안이다.

돌이켜 보면 묵직한 책장에서 명작소설을 하나씩 꺼내 읽던 그때의 행동은 문자를 통해 나의 생물학적인 고통을 해소하려는 본능이었을지도 모른다. 몸은 어른 크기로 자라 있는데 아버지의 실직으로 내 실존은 불안하기만 했다. 두려운 미래를 떨치기 위한 탈출구로 눈앞에 있는 책을 집어 들었고, 책에서 펼쳐지는 다양한 생존의 본능에 나를 던져 넣었던 것 같다.

그 당시 가장 절실하게 나의 마음에 박혔던 소설은 앙드레 지드의 《좁은 문》이었는데, 작가의 의도가 무엇인지 가물가물하지만 안으로만 움츠려 들고 싶은 성장기의 내 심정을 잘 반영하고 있어 쉽게 동화되었다.

> 좁은 문으로 들어가기를 힘쓰라. 멸망으로 인도하는 문은 크고 그 길이 넓어 들어가는 자가 많고, 생명으로 인도하는 문은 좁고 협착하여 찾는 이가 적음이니라(마태복음 7:13-14).

《좁은 문》에 나오는 이 부분을 나는 백열등이 흔들거리는 다락방에서 보고 또 보았다. 소설의 앞뒤 문맥을 떠나 '좁은 문'이라는 단어에 강한 집착을 보이며 넓은 세계로 확장하는 삶을 꿈꾸지 않았다. 순수하고 선한 삶, 세속에 물들지 않은 청정한 삶, 욕정과 욕망이 거세된 고결한 삶만이 내가 추구하고 받아들여야 할 삶의 귀감으로 삼았다. 그 과정에서 내면의 내밀함을 더 깊이 성찰했다면 그 누구도 짚어내지 못할 오욕칠정을 다루는 감동의 소설 한 편을 써냈을지도 모르지만, 그 기간은 그리 길지 않았다. 군사독재가 내리꽂는 삶의 규율이 있었고, 그 틀에서 벗어나면 내 청춘은 끝이라는 만들어진 생각 때문에 나는 입시 공부를 끌어안아야 했다.

세월이 흘러 《좁은 문》이 내 앞에 놓여 있었던 적이 있지만, 그때처럼 흔들리는 마음으로 읽지 않았다. 한 쪽 한 쪽 종이의 질감만 느끼며 쭉쭉 넘겨 보았을 뿐이다. 왜 그랬을까? 고고한 삶을 희구했던 성장기의 삶은 그것으로 족할 뿐, 이제 나는 욕망의 덩어리가 차지게 반죽되어 있는 현실에서 내 생존의 본능에 충실해야 한다. 생존 본능과 살려는 의지가 흔들릴 때마다 내 삶에 중심을 잡고 살아야 한다. 나를 '좁은 문'으로 밀어 넣지 말고 자꾸만 넓은 세상으로 던져야 한다. 그것만이 유일한 해답이다.

다음 글은 종교 화해와 평화를 연구하는 이찬수 서울대 HK연구교수가 쓴 《유일신론의 종말, 이제는 범재신론이다》라는 책에 나오는 한 구절이다.

성서에서 묘사하는 신은 사실상 성서 안에도 갇히지 않는 초월자다. 그리고 보편자다. 기독교의 신은 기독교 안에도 갇히지 않는다. 신이 성서라는 문자 안에만 들어 있는 것처럼 보는 사람이 있다면, 그는 성서라는 책과 문자만 살려두고 신은 죽이는 자다. 신이 기독교 안에 갇힌 것처럼 말하는 이도 마찬가지이다. 기독교라는 제도, 예배당이라는 건물은 신이 거주하기에 좁아도 너무 좁은 공간이다. 그곳에 갇힌 신은 이미 신이 아니다. 그것은 그저 그러기를 바라는 인간의 욕망일 뿐이다. 신이 정말 우주의 창조자라면, 그 신이 어찌 알량한 문자나 제도 안에 갇히겠는가.

'신은 하나'이지만 '하나'를 숫자가 아니라 '전체'로 해석하자는 저자의 견해에 동의를 표하면서도, 그것보다 《좁은 문》의 알리사가 걸어 들어갔던 '좁은 문'의 그 안이 실제로 좁은 공간일 수도 있다는 표현에 더 크게 고개가 숙여진다. 이는 내면을 보되 그 내면에 밖이 항상 둘러져 있고, 그 밖을 더 넓게 보려는 의지의 확장이 있어 가능했을지도 모른다. 이러한 삶의 태도를 가능하게 했던 방법 가운데 하나가 바로 나를 표현하는 단숨에 글쓰기였다.

말이 글이라고 생각하면
글은 내게로 온다

나를 넓힌다는 게 무슨 의미일까? 말 그대로 일상의 활동 반경을 넓히고, 생각의 폭을 넓히고, 사상을 심화하는 행위들이다. 주인으로서의 내 삶을 살기 위해 삶이 마감되는 그날까지 의도적으로 해야 하는 삶의 방법들이다. 그 과정에 나를 표현하는 단숨에 글쓰기가 함께하면 나는 더 넓어지고 더 깊어진다. 살려는 의지가 내 기둥이 되어 나를 쓰러트리지 않는다.

심리 에세이스트이자 소설가인 김형경은 〈경향신문〉 칼럼에서 "중년기 초입에 들어서면 주체적 삶을 위해 또 한 번 중대한 선택을 해야 한다. 사회에서 스승이나 어른으로 모셨던 권력자와 헤어지면서 스스로 진정한 어른이 될 준비를 하는 것이다. 물론 모든 선택과 결과에 대해서는 본인이 책임져야 한다. 그것이 참자기, 주체적 삶, 자기 삶의 주인 되기 등의 언어로 표현되는 삶의 내용들이다"라고 말했다. 이 글을 보고 나는 내 삶이 정리되는 듯한 느낌이 들었다. 중년의 내 선택이 왜 그런 식으로 흘렀는지 내가 잘 표현해내지 못한 부분을 깔끔하게 알려 주었다.

사실 여러 어려움을 겪고 있는 이 땅의 청년들에게 참된 주인으로서의 삶을 주문하는 화려한 말들은 인간이 일구고 있는 생존 본능의 세계를 너무 왜곡해 보는 듯해서 거북살스럽다. 항산恒産이 있어야 항심恒心이 있다는 맹자의 말처럼, 경제적으로 지극히 곤란한 처지에 있는데 어떻게 강인한 의지를 갖고 혼자서 그 모든 난관을 헤쳐 나가라고 떠민다는 말인가? 현재의 불합리한 구조를 만든 어른들이 앞장서서 구조 개선을 위해 노력해야 하는데, 시대의 희생양이 되어 버린 청년들의 어깨에 감당하기 힘든 삶의 더께만을 얹는 행태는 이제 사라져야 한다. 왜 이런 현상이 빚어질까? 내가 보기에는 중년이 되어서도 자기 삶의 주인이 되지 못한 사람들이 많기 때문인 듯하다.

하기야 나도 내 삶의 주인이 되지 못하고 있다. 그렇게 되려고 열심히 노력할 뿐이다. 즉 그 방법을 알고 있는 이상 턱없이 부족하다는 항변이 있어도 최선을 다해 항산恒産을 유지하려고 애쓰고, 그 속에서 항심恒心을 키워 나가기 위해 새로운 일에 도전하려고 항상 틈을 노린다. 현재는 앞에서 말한 자원활동이다. 서대문형무소를 안내하는 평화길라잡이와 한양도성 구간을 안내하는 도성길라잡이가 전부이기는 하지만, 이 활동은 중년의 나를 바로잡아주는 데 큰 역할을 한다. 나보다 더 어려운 상황에서 묵묵히 더 힘든 봉사활동을 하는 분들이 숱하게 계시기 때문에 자원활동의 유의미성에 대해 내가 장황하게 말할 처지는 못 된다. 다만 이 활동이 나를 넓혀 주는 데 단단히 한몫을 했고, 특히 글쓰기에 대해 새로운 깨우침을 주었기에 좀 더 부연설명을 할 따름이다.

나와 세상과 우주에 대해 나름 치열한 고민을 행하며 공부를 하던 중 접한 자원활동이 갖는 가장 큰 의미는 내가 남에게 뭔가를 말하고 있다는 점이다. 만만치 않은 이야기를 알맞게 소화해 전달해야 하는 그 활동이 절대로 쉽지 않았지만, 그렇다고 쉽게 멈추지도 못했다. 매달 회비를 내고, 내 차비를 들이고, 뒤풀이 비용도 내가 내야 하는 무보수 자원활동이지만, 그래도 내 성장에 도움이 되었기에 벌써 10여 년 동안 큰 굴곡 없이 해올 수 있었다.

아인슈타인은 "뭔가에 대해 단순하게 설명할 수 없다면, 당신은 그것을 충분히 이해하지 못한 것이다"라는 명언을 남겼다. 자원활동 중 우연히 접한 이 글을 읽고는 한참 멍했다. 그동안 나는 시민들에게 제대로 안내를 해왔던가? 정리되지 않은 이야기를 횡설수설 늘어놓지는 않았는지, 소화되지 않은 이야기를 체증기 있는 사람처럼 끅끅거리며 역겹게 쏟아 놓지는 않았는지, 존중을 망각하고 일방적으로 한 세력의 소멸을 강요하지는 않았는지, 상대방의 피곤 정도를 감안하지 않고 일장연설을 행하지는 않았는지, 상황에 부적합한 불필요한 단어들을 엄벙덤벙 쏟으면서 잘난 척하지는 않았는지, 지난 안내 내용을 조곤조곤 반추해 보았다. 얼굴이 확 달아올랐다.

요즈음 웬만한 유적지를 가보면 대개는 문화해설사들이 대기하고 있다. 짧은 시간이건 긴 시간이건 그들의 안내는 유익하다. 나도 일종의 문화해설사인데, 사실 안내 내용을 내 입으로 뱉어낸다는 게 녹록하지 않다. 실내가 아니라 야외라 집중도가 떨어지고, 어린이에서 어르신까지 연령대가 넓어 단어 사용이 조심스러우며, 방문 목적이 분명한 분들도 계시지만 바람 쐬러 우연히 온 분들도 계시기 때문에 이른바 청강생이 들쭉날쭉해 인솔에 신경이 쓰이는 문제 등 여러 어려움이 있다.

하지만 이보다 더 힘든 점은 하나의 판넬, 하나의 유적을 안내하기 위한 준비 작업이다. 전공자도 아니고 관련 종사자도 아닌 내가 제대로 된 안내를 하려면, 역사 공부는 기본이고 건축학, 철학, 정치학, 사회학, 법학, 생물학 등을 넘봐야 한다. 그래야만 갑자기 날아든 질문에 대처할 수 있다. 깊은 내용이야 잘 모르겠다고 솔직하게 말해도 되지만, 널리 알려진 사실조차 모른다는 표정을 지으면 그 안내는 어찌 될까?

나의 안내 활동은 대략 한 달에 한 번 정도 진행되는데, 나이가 들어서 그런지 이게 또 나를 긴장하게 만든다. 방금 본 내용도 뒤돌아서면 잊게 되는 나이에 한 달의 간격은 안내 매뉴얼을 다시 보게 만든다. 아주 기초적인 사실에 대한 암기조차 망각하면 그 안내는 나도 힘들고 듣는 사람들도 힘들기 때문이다. 서로의 귀중한 시간을 나 한 사람 때문에 망치게 되는 꼴이다. 그래서 나는 신문을 보건, 책을 읽건, 특정 공간을 지나건, 내 안내 내용에 대한 심화 학습을 스스로 한다. 특히 많은 사실을 기억하지 못하다 보니 내가 전하고 싶은 말에 대해 단순하면서도 명쾌한 논리를 중요시 여기고, 그에 가장 적합한 단어를 찾으려고 항상 심혈을 기울인다. 안내를 준비하는 과정이 내 삶에 큰 도움을 주기 때문이지만, 오래 하다 보니 습관이 되었다.

이러한 과정을 거치는 동안 나는 글쓰기의 기본 원리를 다시 되새기게 되었다. 단순하면서도 간단명료하게 쓴 글이 가장 좋은 글이라는 사실을 몸으로 깨달았다. 그러고는 어느 날 글쓰기에 그런 원리를 반영하려는 나를 발견하곤 깜짝 놀랐다. 부정확한 수식을 생략할 줄 알게 되었고, 멋지게 보이려고 형용사나 부사를 남용했는데 그것이 문장을 어지럽히는 주범이라는 점도 알게 되었으며, 또 폼생폼사하려고 내 안에서 소화되지 않은 단어를 억지로 문장 안에 밀어 넣었는데 그것이 내가 쓴 글에 어울리지 않는다는 점도 알게 되었고, 복잡하면서도 정리되지 않은 감정을 표현한다고 감정이 과잉된 단어를 쭉쭉 써넣었는데 그것이 오히려 감정을 어지럽힌다는 점도 알게 되었다. 글쓰기 책을 보면서, 글쓰기를 하면서 감지했던 내용보다 더 자극적으로 내게 다가왔다.

그렇다고 이러한 문제들이 금방 고쳐지지는 않았다. 나는 그저 쓸 뿐이기 때문이다. 다만 그 쓰는 행위가 말이라는 본능에서 기인하고 있다는 기초적인 사실을 다시금 깨달았고, 그래서 글이 내 곁을 떠나지 않는다고 생각했다. 오도엽 시인은 《속 시원한 글쓰기》에서 이렇게 말했다.

생각이 말로 나올 때는 자연스럽다. 생각과 말이 구분되거나 시차를 두고 나온다고 여기지 않는다. 그래서 '생각 좀 하고 말하라'고도 한다. 하지만 생각이 글이 되려면 시간차를 두고 이루어진다고 여긴다. 여러 법칙이 필요하다고 여긴다. 그래서 '고상한 문법'이나 '특별한 지식'이 필요하다고 생각한다.

웃기지 마라. 그 법칙과 시간 사이엔 '고상한 무엇'이 아닌 '말'이 있을 뿐이다.

삶(생각) → 말 → 글

이리 가야 맞다. 그런데 '말'이란 소통 수단을 빼고 글을 쓰니 머리
가 아플 수밖에.

말을 해야 하는 자원활동을 하면서 말이 곧 글이고, 글이 곧 말이
라는 사실을 내가 새삼 접했다고 해서 이 방법을 모든 사람에게 권
유할 수는 없다. 다만 말과 글이 모두 본능이라는 점, 그래서 글쓰기
를 두려워할 필요가 없다는 말만 전하고 싶다. 자신을 더 넓히기 위
해 새로운 일을 도모하는 행위도 역시 자기의 몫이기 때문이다.

이제 7강을 마무리할 시점이다. 미국 철학자 랄프 왈도 에머슨은
"내 자신에 대한 자신감을 잃으면, 온 세상이 나의 적이 된다"는 명언
을 남겼다. 내 글에 대한 자신감을 잃으면, 온 세상이 내게서 멀어질
지도 모른다. 자신감을 갖고 글쓰기를 내게로 당겨, 온 세상까지 끌
어안는 노력을 의도적으로 하길 바란다. 나는 유일무이한 존재로 이
거대한 세상의 한 부분을 차지하면서 살아가는 본능적인 존재라는
사실을 자각하고 있으면, 또 다른 생존 욕구이자 본능인 말과 글이
나와 하나가 되어 있을지도 모른다. 두려움과 부담의 대명사였던 글
쓰기가 친근한 존재로 나를 움직이고 있는 모습을 곧 목격할 수 있
을 것이다.

연습 3

● 개요

하루라도 시간을 내어 봉사활동을 해보면 어떨까? 봉사단체에 가기
힘들면 가족도 좋고 가까운 이웃도 좋고 누군가를 위해 온전히 나를
던져 보면 어떨까? 말로 하는 봉사든 몸으로 하는 봉사든 조금이라도
경험을 한 뒤 그 느낌을 글로 적어 보기를 권한다. 일기가 되었든
소감문이 되었든 형식은 상관없지만, 생각을 말로 풀어 보고 그 말을
글로 그대로 옮겨 적는 연습을 하다 보면 어느 날 글쓰기가 친구가 되어
있지 않을까?

왜 나는 너를 위해 오늘 하루를 바쳤지?

글쓰기의
지평을 확대하며

이제 나도 글쓰기 영역을
넓힐 수 있다

●
●
●
●
●
◡

이제 이 책의 종착역에 다다랐다.

무엇을 느꼈는가? 나와 세상 그리고 우주를 성찰하고 통찰하면서 새로운 영역에 도전을 하고, 그 안에서 뜻하지 않은 감정이 휘감겨 와 얼른 글쓰기를 하고 싶지는 않은가? 치밀어 오르는 정념情念을 나만의 언어로 일필휘지一筆揮之하고 싶지 않은가? 그렇게 살려는 의지를 북돋우면서 나와 세상의 관계를 찰떡처럼 끈덕지게 만들고 싶지는 않은가?

이 질문을 듣자마자 이런 반문을 할지도 모른다. 지금 나는 트위터, 페이스북, 카카오톡 등 여러 에스엔에스Social Network Service(사회관계망서비스)를 통해 내 감정을 충실히 드러내고 소비하는 관계의 글쓰기를 하고 있다고. 그러고 보니 나를 표현한다는 수식을 달고 단숨에 써나가는 글쓰기와 에스엔에스 글쓰기에 별다른 차이가 없는 듯하다. 굳이 꼽는다면 글의 분량, 그리고 사진의 유무만 다를 뿐이다.

사람들 사이에 섬이 있다.
그 섬에 가고 싶다.

정현종 시인의 〈섬〉이란 시 전문이다. 17자로 되어 있는 지극히 짧은 시이다. 그래도 한참 들여다보고 있으면 감동적인 책 한 권을 읽은 듯한 느낌이 전해져 온다. 왜 그럴까? 시의 특성 때문이다. 시는 "자연이나 인생에 대하여 일어나는 감흥과 사상 따위를 함축적이고 운율적인 언어로 표현한 글이다"라는 국어사전의 풀이처럼, 시에는 긴 이야기가 응집되어 있다. 그래서 사람마다 감동의 정도가 다르기는 하지만, 좋은 시는 우리 피부에 직관으로 꽂히며 소름을 돋게 한다. 묘한 감정이 온몸을 훑고 지나가며 카타르시스 작용을 가져온다.

트위터 글자 수는 140자로 제한된다. 기기의 특성도 고려하고 빠르고 짧은 소통을 선호하는 현대인의 취향도 살리려다 보니 그렇게 되었다고 한다. 내게도 트위터 계정이 있기는 하지만, 거의 열어 보지 않는다. 사람마다 사용 이유가 다르겠지만, 트위터를 보고 있으면 머리가 어지럽다. 앞뒤 뚝 자르고 불쑥 던져 놓은 말들을 이해하기가 어렵다. 짧은 글이라는 이점이 있지만, 시처럼 정제된 언어는 드물다. 물론 금방금방 생각과 감정을 드러내야 하는 트위터와 오랫동안 숙성시키다가 탄생한 시에 대한 비교 자체가 정상적이지는 않지만, 트위터는 나의 친구가 되지 못하고 있다.

글자 수에 제한이 없는 페이스북은 한때 나의 친구였다. 내 감정을 내 안에 머물게 하지 않고 즉각적으로 타인과 소통하고 싶을 때 유용하게 썼다. 특히 말할 상대를 구하지 못해 마음의 응어리가 빠른 속도로 단단해질 때 오른손 검지로 자음과 모음을 터치하면서 글을 써나가다 보면 속이 확 뚫리는 느낌을 받았다. 시처럼 고도의 비유는 없지만, 한 글자 한 글자 적을 때마다 마음을 집중해 최선을 다한 문장을 만들려고 노력했다. 거짓말 같지만 왼손에 올려놓은 스마트폰이라는 작은 공간에 혼을 넣으며 글을 썼고, 그렇게 글쓰기는 내게서 멀어졌다. 그러던 어느 날 내 상처를 이겨 보겠다고 쓴 글이 누군가에게 상처를 주어 페이스북을 떠났다.

아래 글은 〈한겨레신문〉 임지선 기자가 쓴 "너 때문에 떠나고 싶다"라는 기사의 일부분이다. 임 기자는 미국의 실험 연구를 토대로 한국 상황에 맞는 '짜증나는 페이스북 사용자 10가지 유형'을 다섯 가지로 정리해 놓았는데, 'ㅠㅠ + 자랑질, 태그 남발자들, 관종(관심을 끌고 싶어하는 종자), 우울증 제조기, 침묵의 스토커'들이다. 이 가운데 '우울증 제조기'만 옮겨 보겠다.

에스엔에스를 통해 언제나 자신이 얼마나 힘들고 괴로운지 등 지속적으로 불평을 하는 사람들을 말한다. 마켓워치는 미국 코미디쇼의 우울한 캐릭터 이름을 넣어 '데비 다우너Debbie downer'라 표현했다. 이런 사람이 페이스북 친구라면 타임라인을 보기가 겁이 난다. 진한 우울의 그림자가 매번 덮쳐 오기 때문에.

이 기사를 접하고 보니 나는 우울증 제조기였다는 생각을 지울 수 없다. 감정이 혼돈스럽고 생각이 뒤죽박죽일 때 글쓰기로 치유를 해 오던 버릇이 페이스북이라는 공간으로 자연스럽게 이어졌고, 그래서 하등 문제가 되지 않는다고 여겼는데, 결론적으로 나의 이기만을 위해 남의 마음을 등한시했고, 결국 상처가 상처를 낳고 말았다. 왜 그런 일이 벌어졌을까? 아직도 내게는 턱없이 부족한 배려의 문제인 듯하다. 나는 유일무이한 나이지만, 나는 나만으로 존재할 수 없고 우주 속의 나라는 사실을 자주 잊기 때문이다.

불교에 제망찰해帝網刹海라는 말이 있다. 제망은 제석천에 드리워져 있는 그물로 인드라망이라고도 하고, 찰해는 그 그물에 달려 있는 구슬인데, 그것이 서로를 비춰 주기 때문에 땅과 바다에 아름다운 색이 가득하다고 한다. 제망찰해는 불교의 연기법을 상징적으로 설명하는 것으로 세상의 모든 것이 서로 다른 개체성을 가지고 있지만, 서로를 비춰 주어야만 빛이 나는 것처럼 사실은 모두가 하나라는 뜻이다. 이는 나만 살겠다고 내게만 빛을 드리우는 행보가 얼마나 어리석은지를 비유적으로 잘 보여 주는 말이다. 오늘날의 제망찰해라고 할 수 있는 에스엔에스에서, 피로감을 덜 느끼고 유용하게 사용하려면 존중과 배려를 통한 성찰의 글쓰기가 더욱더 요구된다고 하겠다.

　트위터와 페이스북에 대해 내가 꼰대처럼 이렇다 저렇다 말할 입장은 되지 못한다. 약간의 경험만 있을 뿐 수백만의 팔로어 혹은 수많은 페친과 교감하는 그 세계의 황태자 급이 아니기 때문이다. 그렇다고 내가 트위터와 페이스북에 대해 우려의 말을 하려는 것도 아니다. 에스엔에스와 관련된 임지선 기자의 또 다른 글 "나는 태그된다. 고로 존재한다"에 나오는 "결국 이런(에스엔에스) '피로감'은 에스엔에스 세상에서의 관계 유지를 위한 노력의 맥락에서 발생하는 감정일 가능성이 크다. 그리하여 대부분은 '피곤하다' 말한 뒤 다시 에스엔에스에 접속할 확률이 크다"라는 결론처럼 나도 언젠가 다시 에스엔에스의 세계로 들어갈지 모른다. 에스엔에스에 대한 긍정과 부정이 공존하지만, 에스엔에스의 세계는 지금도 치열하게 벌어지는 글쓰기의 바로미터 현장이기 때문이다.

　에스엔에스에서의 글쓰기로 살려는 의지가 샘솟은 사람들이 있다면, 그것을 계속 이어 가면 될 듯하다. A4 서너 장의 긴 글쓰기도 부담이 되고, 고도로 복잡하게 조직되고 있는 산업사회에서 빚어지는 온갖 감정들을 빨리빨리 정리해야 하는데 감정이 턱 밑까지 차오를 때까지 기다리기도 힘들고, 새로운 영역에 도전하라고 하는데 생존에 쫓기다 보니 현실적으로 시간을 내기도 어렵고, 내 여건상 단숨에 글을 쓴다는 게 과부하라면 '나를 표현하는 단숨에 글쓰기'를 하지 않고 지금처럼 에스엔에스에서 자기만의 글을 써도 된다. 트위터

나 페이스북이 아니더라도 카카오스토리나 카톡 등에서 문자로 내 생각과 감정을 드러내는 행위를 열심히 하면 된다. 뭐든 문자를 통해 나오면 감정은 달라지고, 그 과정에서 감정을 보는 눈이 깊어져 감정 조절 능력이 생길 수 있기 때문이다.

이쯤에서 한 가지 제안을 해보고 싶다. 적극적으로 노력하여 글쓰기가 친구가 되었다면, 그 친구에 대한 예의 차원에서라도 긴 글에 도전하면 어떨까? 지금까지 자신을 올바로 보기 위해 뻔뻔하지만 사상도 가져 보았고, 자신의 몸과 마음도 들여다보았으며, 그런 자신을 중심으로 글쓰기를 하면서 스스로를 넓혀 갔고, 그런 과정이 맞물리면서 부쩍 자신이 성장했다는 느낌이 들었다면, 그 지나온 자신의 흔적을 자서전 형태이든 회고록 형태이든 분량에 상관없이 정리해 보는 작업 말이다.

심리학과 글쓰기가 혼합된 독특한 강좌를 진행하고 있는 소설가 이남희가 쓴 《자기 발견을 위한 자서전 특강》을 보면, "자서전 쓰기는 글쓰기와 자기 자신을 탐색하는 일, 이 두 가지를 바탕으로 하고 있습니다. 자서전을 쓴다는 것은 자신의 삶을 되돌아보며 삶의 의미를 캐내고 자기를 발견하는 일에 더하여 자신의 책을 한 권 만든다는 목표입니다"라고 했다. 어떤가? 이제부터라도 글쓰기를 시작하면서, 그 끝을 자서전 쓰기로 설정하면 나도 한 권의 책을 갖는 작가가 될 수 있는데 한 번 도전해 보고 싶지 않은가?

지난한 일이다. 돌이켜 보고 싶지 않은 과거를 끄집어내기도 불편하고, 그 일이 미래로 가는 데 그리 생산적인 활동 같지도 않으며, 시간을 바삐 쪼개어도 생존하기 힘든 세상 한가롭게 자서전 쓸 궁리를 하는 게 허영 같기도 하다. 하지만 그렇지 않다. 자서전을 쓰고 쓰지 않고의 문제를 떠나, 내가 사는 인생 차분히 정리하겠다는 목표를 세워두면 현재의 글쓰기는 나와 이별하지 않는다. 무엇보다 목표가 있으니 글쓰기 실력이 나날이 늘어 간다. 《자기 발견을 위한 자서전 특강》에서 옮겨 놓은 다음의 구절을 보면 수긍이 간다.

> 글은 선택된 단어만 늘어놓고 표정이나 억양, 태도, 동작 같은 보조도구 없이 내 의사를 전달하는 것입니다. 뜻이 애매하다고 하더라도 독자는 도움을 받을 수가 없습니다. (물론 글쓴이에게 전화를 걸어 물어볼 수 있겠지요, 하지만 그건 특별한 경우입니다.) 그러니 글을 쓸 때는 말을 할 때보다 단어를 선택하고 늘어놓는 방법이 까다롭고 한 번 더 생각해야 하는 것입니다.

7강에서 생각이 말이 되고 말이 글이 될 수 있다고 했는데, 글이 되어 가는 과정이 좀 까다롭게 느껴진다. 하지만 이는 우리가 넘어야 할 산이다. 말과 글이 생존 본능이면서 소통의 유용한 도구이지만, 존재 방식이 다르다는 점만은 인정해야 한다. 그래서 에스엔에스 쓴 짧은 글들이 문제를 일으킬 수 있다. 말처럼 글을 쓰지만 글은 글로서의 독립된 영역이 있다. 글을 쓰면서 그 차이를 알아가는 길, 그 대안 중 하나가 내 삶을 정리하는 자서전 쓰기이다.

높은 의식 수준에
다다르는 글쓰기

이 책을 준비하고 쓰는 과정에서 도움이 될 만한 책들을 되도록 많이 찾아 읽으려고 했고, 그 가운데 이야기 전개상 필요하다 싶은 책들은 여기에 옮겨 놓고 있다. 관련 분야의 전문학자들 혹은 이른 바 재야의 고수들에 비하면 깊이가 종잇장처럼 얇아 오독誤讀했을 수 있지만, 그래도 내 사유 체계를 만들어 나간다는 목표로 과감히 일을 저지르고 있다. 자격지심이지만, 누군가가 나를 보고 어설픈 흉내 내지 말고 진짜 너의 수준에 맞게 너만의 언어로 글을 쓰라고 충고한다면 마음속으로 "내 수준을 당신이 어떻게 알지? 학위가 없어서? 기존에 해온 것들을 보니 다 고만고만해서?"라는 질문을 던지고 싶을지도 모른다. 하지만 현실에서 실제로 그렇게 하지 않는다. 타인에게 인정받고 싶은 욕구로 행하는 일이 아니고, 내가 나를 알아 가기 위한 삶의 과정에서 행하는 일종의 자기만족적인 수행이기 때문이다.

중년에 들어서야 야생 학습, 평생 학습이라는 개념을 받아들여 다양한 공부를 해나가는 기쁨이 쏠쏠했지만, 그래도 우리 사회의 온갖 모습만큼은 관심을 두고 들여다보아도 미로를 헤매는 듯한 몽롱함이 내게서 떠나서 않아 나름 뻔뻔하면서도 번듯한 사유 체계를 만들 수 없었다. 찰스 다윈의 진화론 관계 서적을 보면서, 인간이 물고기에서 진화했다는 청천벽력 같은 말도 믿는 나이지만, 인간의 진화 과정에서 만들어지고 있는 사회제도에 대해서는 그 누구의 의견도 무릎을 탁 치며 수용하지 못했다.

어떻게 해서 계급이 생기고, 어떻게 해서 법이 생기고, 어떻게 해서 착취가 생기고, 어떻게 해서 자유가 생기고, 어떻게 해서 평등이 생기고, 어떻게 해서 평화가 생겼는지, 그리고 왜 아직도 부익부 빈익빈이 좀처럼 해소되지 않고, 왜 아직도 법 앞에 평등하지 못하고, 왜 아직도 갑질에 모욕을 당하고, 왜 아직도 자유와 평등이 구현되지 않고, 왜 아직도 전쟁과 살육이 지구에서 절멸되지 않는지, 그 에 대한 수많은 견해 가운데 딱 하나만을 선택하기 어려웠다. 하기야 인간 존재의 다양성을 인지하고 있다면 하나의 이론만이 옳다고 인정하는 행위도 모순이지만, 그래도 내 안에 잠시 똬리를 틀 만한 사상 하나를 만들고 싶은 욕구는 버리지 못하고 있다. 그래야만 내 삶을 추동시키는 데 도움이 되기 때문이다.

그러던 어느 날 〈한겨레신문〉을 읽고 있는데 눈에 번쩍 띄는 기사를 보았다. 인터뷰 대상자 소개부터가 범상치 않았다. 경기고, 서울대 법대, 한일회담 반대투쟁, 반독재 민주화투쟁, 농촌운동, 교사운동, 남조선민족해방전선, 불교사회연구소, 경기도 화성 야마기시 생활을 거쳐 현재 전북 장수에서 신인문운동을 펼치고 있다는 이남곡. 하지만 그것보다 이인우 기획위원의 기사 첫머리, 즉 "이씨는 초야에 숨은 사상가로서 처음 자신의 이름을 세상에 드러낸 책《진보를 연찬하다》에서 인간의 성화聖化, 즉 '보통 사람들도 부단한 자각을 통해 과거 성인들이나 가능했던 높은 의식 수준에 도달할 수 있다'

는 인간에 대한 대담한 낙관론을 펼쳤다"라는 말을 접하고는 전율을 느꼈다. 내가 시도하고 있었던 나의 사유 체계 정립이 건방지거나 뻔뻔하거나 도달 불가능한 세계는 아니었구나 하는 감정이입 때문이었다.

대한민국 유수의 일간지에서 '신인문운동 사상가 이남곡'이라는 타이틀을 붙일 수 있는 분과 정말 어쭙잖게도 서울 변방에서 덜 익은 사상을 거들먹거리고 있는 나와는 천지차이지만, 이남곡이 이 사회에 제시한 해법에 대해 나는 수긍을 했고, 그것이 내가 추구하고자 했던 사유 체계의 완성본이라고 여겼다. 물론 그분처럼 그렇게 치열하면서도 진중하게 삶을 살지 못했지만, 그분의 사유 과정이 나와 비슷하다고 사려해 나는 크게 기뻐했다. 아래 글은 인터뷰 기사 가운데 가장 인상적인 부분이라고 생각해 옮겨 보았다.

(기자) 아직 사회적으로 해결해야 할 과제들이 산적해 있다. 사회적 불평등도 여전히 심각한 수준인데, 의식운동은 뭐랄까, 개인적 차원의 수행으로 비칠 수 있다.

(이남곡) 사회적 투쟁은 당연히 필요하다. 내가 말하고 싶은 것은 투쟁의 한편에서 더 높은 차원의 사회를 향한 비전을 잊어서는 안 된다는 거다. 사회적 실천의 영역과 인간 의식의 진보가 함께 갈 때 새로운 세상을 열 수 있다. 예를 들어 나는 진보적인 사람들이 분노나 증오로부터 좀 더 자유로워지길 바란다. 불의한 세력의 공포로부터

벗어나는 과정에서는 분노나 증오의 힘이 상당한 역할을 했지만, 새로운 세상을 책임 있게 열어갈 세력이 되고자 한다면 증오와 분노만으로는 안 된다. 사람들이 원하는 세상은 자유롭기만 하고 차가운 사회가 아니라 자유로우며 따뜻한 사회이다. 증오와 분노에 휘둘리지 않는 투쟁. 말처럼 쉬운 일은 아니지만 진정성을 가지고 깊이 생각해 주었으면 한다.

삶 속에서 사유를 해내고 그 사유를 다시 삶 속으로 가져가되, 그것이 개인에게서 그치지 않고 인류 사회에 투영하여 고민하고 실천하는 이남곡의 말들은 내게 큰 정신적인 일깨움을 주었다. 특히 "사회적 실천의 영역과 인간 의식의 진보가 함께 갈 때 새로운 세상을 열 수 있다"라는 구절에서는 붙박인 듯이 한참 시선이 머물렀다. 대략 느낌은 오는데 그 뜻이 정확히 무엇인지 가늠하기 힘들었기 때문이었다. 그래서 《진보를 연찬하다》라는 책을 찾아서 읽어 보았는데, 그에 대한 명확한 답은 여기서 내가 말할 처지는 아니다. 왜곡이 있을 수 있고, 아니 그보다 아직까지 내가 그의 사상을 명료하게 이해하지 못했기 때문이다. 그래도 거칠지만 그 책에 대한 내 소견을 말해 보는 게 도리일 듯하다.

결론부터 말하자면, 자신의 삶과 사유 과정 그리고 그에 따른 대안을 진지하게 정리한 책이었다. 내가 그동안 이 세상에 가졌던 질문에 대한 답들이 알차게 들어 있었다. 굳이 수많은 주석을 달지 않아도 어떻게 이 세상을 진지하게 성찰하고, 그 성찰의 결과를 자신의 삶에 투영했는지가 따듯하게 녹아 들어 있었다. 진화론에서 부족함을 느꼈던 인류 역사 발전의 동기들이 명쾌하게 서술되어 있었다. 증오와 분노를 넘어 사랑으로 가야 한다는 논리가 설득력 있게 정리되어 있었다.

그 책을 읽고 본래 내가 가지고 있던 의문들, 즉 '예수나 부처나 공자가 그 좋은 말씀들을 2천 년 전에 설파했고, 그들을 따르는 사람들도 어마어마한데 왜 이 사회는 그 말씀대로 이루어지지 않을까? 말씀은 말씀일 뿐 그 말씀대로 실천하려는 나의 본성은 아직 그들의 단계에 도달하지 못했기 때문일까? 생존을 위한 본성에 충실하려는 현재 단계의 본성 때문일까? 자유와 평등이 이루어지고 모두가 존중받는 평화의 세상은 얼마나 지나야 올까? 모든 인간이 그런 본성을 가질 때일까?' 등에 대한 답도 어느 정도 얻었다.

그러니까 인간이 더욱더 성장하려면 더불어 사는 사회 속에서 의식적으로 의식의 진보를 위해 노력해야 하고, 나에게 중심을 두면서 나의 자존감을 키우는 것과 세상을 중심에 놓고 자아 중심적 사고를 버리는 것이 둘이 아니고 하나이며, 그러기 위해서는 사회에 관심을 갖고 사회적 실천에 자신의 의식을 투영해 실천과 의식의 진화를 함께 해나가야 하고, 그래야만 자유와 평등이 계속 확대되는 사회가 만들어지며, 역시 그래야만 각 개개인이 정말로 존중받는 사회가 되어 상처나 고통들이 사라질 수 있고, 따라서 우리가 지금 행하고 있는 마음의 고통을 줄이기 위한 개인의 노력들에는 뚜렷한 한계가 있고 등등을 말이다.

그럼 이 책과 관련해서는 책 속의 한 구절만 마지막으로 소개해보겠다.

> 우리 인간 한 사람 한 사람은 우주적 존재이고, 사회적 존재이다. '나'의 관념이 진정으로 자유로워지려면 모두가 자유로워져야 한다. 따라서 우리의 자유욕구는 '나'와 '세계'의 변혁을 통합하는 데까지 나아가지 않으면 안 될 것이다. 이것이 마음의 세계에서 자유를 추구하는 것이 세계의 자유를 추구하는 사회적 실천과 결합되어야 할 이유라고 생각한다.

무엇이 느껴지는가? 지금까지 우주와 세상을 내 안으로 끌어들여 오로지 나만을 단숨에 표현하면 된다고 했는데, 나를 적극적으로 세상 속으로 들이밀고 변혁을 위해 뭔가를 실천해야 한다는 주문이 혹 힘겹지는 않은가? 나만 정신 차리고 살면 된다고 했는데, 나만 바뀌면 세상이 바뀐다고 했는데, 나만 잘하면 모두가 잘한다고 했는데, 내 삶의 주인은 나라고 했는데, 사회적 실천을 요구하는 게 부담스럽지 않은가? 하지만 이는 각자 생각하기 나름이다. 큰 실천도 있고 작은 실천도 있으며, 아니 정말 사회적 실천 없이 나만 똑바로 하면 만사형통일 수도 있다.

나도 사회적 실천을 잘은 못하지만, 그래도 외면하며 살지는 않는다. 나의 삶은 나만의 삶이기도 하지만, 이남곡의 말대로 우주적 존재, 사회적 존재이기 때문이다. 여기서 이분의 이야기를 좀 길게 한 이유는 이렇다. 쉽지 않은 이야기이지만, 자서전 쓰기에 뜻을 둔 사람이든 아니면 다른 글쓰기에 뜻을 둔 사람이든 이남곡처럼 자신의 삶과 사유를 천착해 들어가 삶 속에서 우러나오는 사유 체계를 만드는 데 도전해 보면 어떨까 싶어서이다. 나도 아직 마음만 있을 뿐 섣불리 시도하지 못하고 있다. 그래도 이왕 글쓰기라는 길에서 성큼성큼 발걸음을 내딛고 있는 이상, '과거 성인들이나 가능했던 높은 의식 수준에 도달할 수 있다'는 목표를 가져 보자. 실현하기 힘든 과제라고 하더라도 그 꿈만은 버리지 말자.

진심으로 쓰는
나의 진언眞言

'옴마니반메훔.'

처음 이 말을 접한 때는 2000년 〈태조 왕건〉이라는 드라마를 보면서였다. 훗날 왕건에게 패배한 궁예는 툭 하면 '옴마니반메훔'을 웅얼거리고는 관심법觀心法을 들먹이며 사람을 죽이곤 했다. 그래서 나는 그때 옴마니반메훔이 궁예와 그 추종자들이 지어낸 집단 광기의 주문이라고 생각했고, 관심법 또한 궁예만의 사유 체계라고 여겼다. 하지만 세월이 흘러 옴마니반메훔은 《천수경》의 한 대목으로 관세음보살의 진언이고, 관심법은 본래 자기 자신의 내면을 통찰하고 반조하여 진실한 법의 정신과 도의 마음을 갖추어 깨달음의 길로 나아가는 의미를 담고 있는데 드라마에서 다른 사람의 마음을 읽어내는 독심술로 왜곡했다는 것을 알았다.

조계사에서 신도 교육을 받을 때 옴마니반메훔을 여러 번 소리 내어 읽은 적이 있었다. 진실한 말씀이라는 뜻을 지니고 있는 이 진언을 주문처럼 외우면 자신이 원하는 바가 모두 이루어진다는 설명도 들었지만, 이 말을 입 밖으로 내면서 나는 묘한 감정에 휩싸였다. 문득 내가 궁예의 광신도가 된 듯한 착각에 빠졌고, 우리나라의 불교가 혹 밀교에 가깝지 않나 하는 의구심이 들었기 때문이었다. 하지만 이 문제 또한 곧 해결되었다. '옴마니반메훔'을 주문하며 살인을 한 궁예의 행동은 왕건과 그 후손들이 자신들의 정당성 확보를 위해 지어낸 이야기일 수도 있고, 진언을 반복하여 소원을 이루고자 하는 행위는 주력수행으로 불교 수행법인 참선, 염불, 간경, 주력, 불사 가운데 하나임을 알았기 때문이었다.

마지막 강의인데 왜 뜬금없이 특정 종교의 진언을 언급할까? 다음 글은 〈법륜스님의 희망편지〉에서 내 스마트폰으로 전달되어 온 편지인데, 함께 나누고 싶어 옮겨 보겠다.

죽음에 대한 두려움

태어나고 죽는 것은
하나의 현상일 뿐이에요.

파도를 보세요.

일었다 사라지고, 일었다 사라져요.
파도가 일어나고 사라지는
현상 하나하나에 집착하면
그것이 마치 생겨나고 없어지는
것처럼 보이지만,
바다 전체로 볼 때는
생겨나는 것도 아니고
없어지는 것도 아니고
그냥 출렁이는 것일 뿐입니다.

우리가 태어나고 죽는 것은
생명을 이루는 요소들이
인연에 따라 모이고 흩어지는 것입니다.
그러니 태어난다고 기뻐할 일도 아니고
죽는다고 슬퍼할 일도 아니에요.

인연 따라 일어나고
인연 따라 사라지는 파도를 바라보듯,
삶과 죽음도 하나의 현상으로
있는 그대로 응시할 때
죽음에 대한 두려움이 사라집니다.

어떤 느낌이 드는가? 역시 사람마다 다르지만, 만일 이 경지에 다다르면 굳이 살려는 의지를 다지기 위해 매일 의미를 부여하며 살 필요도 없고, 이따금 나를 표현하는 단숨에 글쓰기를 하건 기타 글쓰기를 하건 치유의 글쓰기를 할 이유도 없으며, 희망으로 삶을 추동하기 위해 억지로 목표를 세울 필요도 없을 듯하다. 우리가 일상의 삶에서 늘 고통을 끌어안고 있는 주요 원인은 바로 죽음에 대한 문제를 해결하지 못하기 때문 아닌가? 육신의 죽음 뒤에 또 다른 세계가 있다는 종교도 있지만, 현실의 삶에서 삶과 죽음을 하나의 현상으로 볼 줄만 안다면 그 어떤 종교이든, 아니 무신론이라도 일상의 삶을 크게 굴곡 없이 편안하게 이어갈 수 있다. 하지만 역시 문제는 그 경지에 도달하기가 만만치 않다는 점이다.

죽음에 대한 두려움을 극복한 경지를 알 수가 없어 이에 대한 이야기는 더는 진전시키지 못하겠다. 다만 이 책을 쓰는 과정에서 내 생각의 종착은 죽음이라는 문제로 가고 있었고, 이에 대한 견해 가운데 가슴 깊이 새겨 둘 만한 글이 있어 옮겨 왔고, 죽음에 대해 명쾌한 사상을 갖지 못한다면 차라리 '옴마니반메훔' 같은 진언을 하나 만들어 주문처럼 외우면 어떨까 하는 제안을 던지고 싶을 따름이다. 나만의 진언으로 마음의 고통을 덜 수만 있다면, 좌절을 딛고 살려는 의지를 다져낼 수만 있다면, 죽기가 두려워 현실에서 아득바득 나의 욕심만 채우는 삶에서 벗어날 수만 있다면, 나와 세상이 함께 가야만 한다는 공존의 논리를 마음으로 받아들일 수만 있다면, 머리 아프고 복잡해 보이는 글쓰기 따위는 하지 않아도 된다. 어떤 글자로 조합이 되어 있든 진심으로 하는 모든 진언은 그만큼의 효력이 있다고 나도 믿기 때문이다.

책을 쓰는 동안 다양한 생각이 들고, 관점이 바뀌는 과정에서 나는 소설가 이외수를 떠올렸다. 고등학교 시절 메마르고 좁디좁은 내 정신세계를 뒤흔들어 놓았던 그의 소설 세계는 대학에 들어가 리얼리즘을 접하면서 까마득히 멀어졌는데, 왜 갑자기 그가 내 안으로 들어왔을까?《천수경》이 등장하는《벽오금학도》를 읽어서 그랬는지 모르지만, 어느 날 문득 그의 글들이 진언으로 느껴졌기 때문이다. 다음 글은 그가 여러 작품을 통해 강조했다는 사안론四眼論인데, 그의 책《글쓰기의 공중부양》에서 옮겨 왔다.

> 육안肉眼은 얼굴에 붙어 있는 눈이고
> 뇌안腦眼은 두뇌에 들어 있는 눈이며
> 심안心眼은 마음속에 간직되어 있는 눈이고
> 영안靈眼은 영혼 속에 간직되어 있는 눈이다.

그는 좋은 글을 쓰려면 육안과 뇌안을 탈피해 심안과 영안의 눈을 지녀야 한다고 역설하면서 다음과 같이 썼다.

> 심안을 가진 자는 그것에게서 아름다움을 느낀다. 그래서 한 알의 사과 속에서 시를 끄집어내거나 음악을 끄집어내거나 그림을 끄집어 낸다. 그리고 그것에게서 발견한 아름다움을 누군가와 나누고 싶어

한다.

　영안을 가진 자는 한 알의 우주 속에 만우주의 본성이 들어 있음을 깨닫는다. 만우주의 본성이 사과에게도 있고, 내게도 있고, 신에게도 있음을 깨닫는다. 신의 본질과 우주의 본질과 사과의 본질과 나의 본질이 똑같다는 사실을 깨닫는 것이다. 그래서 영안을 가진 자는 온 세상에 하찮은 것이 아무것도 없으며 만물이 진실로 가치 있고 아름답다는 사실을 절감하게 된다. 비로소 진실한 사랑을 간직하게 되는 것이다.

만일 내가 나만의 사상 갖기 공부와 나를 표현하는 단숨에 글쓰기를 동시에 하지 않고 한쪽만 진행했다면 이 글의 핵심을 이해하지 못하고 흘렸을 것 같다. 진짜 무슨 귀신 씨나락 까먹는 소리라는 눈길을 던지며 영성이 깃든 그의 글들의 진면목을 못 보았을 듯하다. 아니 실제로 나는 여전히 무의식적으로 그릇된 나의 편견으로 남의 글을 멋대로 평가하는 과거에 머물렀을지도 모른다. 하지만 이외수의 글이 내게로 다시 왔고, 그의 글은 그 자체로 존중받지만, 굳이 언급하자면 다른 누구보다 영성을 가지고 글을 쓰는 것 같다. 이는 이 책을 쓰기 전까지 내게서 털끝만큼도 없던 생각이었다.

　그러면서 다석 류영모가 다시 떠올랐다. 그의 책들을 두루 읽어보았지만, 사실 그 진의를 제대로 내게 가져오지 못했다. 하지만 이제는 나도 약간은 알 것 같다. 다음에 소개하는 〈경향신문〉 손제민 기자의 《다석 마지막 강의》의 서평처럼 말이다.

그에게 삶은 일종의 기적이었다. 세상 일 다 잊고 잠을 몇 시간 잔 뒤 아침에 깨어나는 것이 기적 아니냐는 거다. 그냥 영원히 잠들 수도 있을 텐데 말이다. 그래서 하루를 일생으로 생각할 수 있는 것이고, 감사 기도도 올리며 일기도 쓰게 되는 거다. 잠에서 깨어 일어서는 것이 독립이고, 덤으로 갖게 된 자신의 하루를 잘 쓰는 것이 자유이다. 독립과 자유를 바탕으로 우리가 할 일은 '얼나(참된 나)'를 찾는 것이다. 얼나는 '몸나(육신의 나)', '제나(자아)'에 갇히지 않는 영성이다. 그는 기독교, 유교, 불교, 노장철학 등 모든 으뜸 가르침宗敎들이 표현 방식은 조금씩 다르지만 궁극적으로 말하는 것은 제나를 없애고 얼나를 구하는 것이라고 했다. 예수의 구원, 맹자의 진심盡心, 장자의 좌망坐忘, 석가의 해탈解脫이 모두 진정 하느님을 만나는 길이라는 점에서 같다는 것이다.

이외수나 다석 류영모나 어떻게 해서 그들은 그토록 높은 경지를 이룰 수 있었을까? 집 안에 감옥처럼 철창을 만들어 놓고 그곳에 들어가 글을 썼다는 이외수, 새벽마다 책상 앞에 앉아 무릎을 꿇고 20여 년 동안 매일 일기를 썼다는 다석 류영모. 그들에게 글쓰기가 있었기 때문에, 그들의 글은 그들만의 진언이었기 때문에, 그들은 그렇게 깊은 삶을 살아냈거나 살아가고 있지 않을까? 그들 말고도 숱한 사람들이 글쓰기로 자기만의 진언을 만들어 가는 세상, 진정 소망해 보고 싶다.

내가 가는 길이
험하고 멀지라도

어떤 글이 우리 뇌리에 오래 남느냐 역시 사람마다 다르지만, 대개 강한 인상을 남기는 글은 진심이 담긴 글이고, 그 다음으로 진심을 드러내되 그 진심을 가장 극명하게 전달하기 위한 방편으로 각종 수사법修辭法을 기막히게 활용한 글이 잔상으로 남아 쉽게 지워지지 않는다. 전문 작가가 되기 위해 수사법을 따로 익히는 사람들도 있지만, 수사법이 뭔지 정확히 몰라도 우리가 쓰는 말들에 이미 담겨 있고 그것이 글이 되는 과정에서 적절하게 배치되기 때문에 수사법을 알고 모르고는 중요하지 않다. 그래도 글쓰기 책인 만큼 수사법에는 어떤 것들이 있는지 이외수의 《글쓰기의 공중부양》에 소개된 내용을 잠깐 들여다보겠다.

비유법은 표현하고자 하는 대상을 다른 대상에 빗대어 표현하는 방법이다. 직유법, 은유법, 활유법, 대유법 등이 이에 속한다.

강조법은 표현하고자 하는 내용을 뚜렷하게 만들어 읽는 이에게 짙은 인상을 남기고자 할 때 쓰인다. 과장법, 반복법, 점층법 등이 이에 속한다.

변화법은 단조로움을 피하고 문장에 생기 있는 변화를 주고자 할 때 쓰인다. 설의법, 돈호법, 대구법 등이 이에 속한다.

정말로 이제 이 책 끝부분이다. 그런데 왜 글쓰기 기본 정석에 대해서 언급했을까? 방금 앞에서 어떤 글자의 조합이든 자기만의 진언만 있어도 글쓰기 따위는 필요 없다고 했는데, 왜 수업 분위기를 만들까? 흔한 말로 사람이 밥만 먹고 살 수는 없지 않은가? 국도 있어야 하고, 찌개도 있어야 하며, 각종 반찬도 있어야 밥을 먹을 수 있듯이, 진언 하나로 우리 생生의 의지를 다질 수는 없을 듯하다. 진언이 맞는 사람은 진언을, 글쓰기가 맞는 사람은 글쓰기를, 독서가 맞는 사람은 독서를, 운동이 맞는 사람은 운동을, 봉사가 맞는 사람은 봉사를, 음악이 맞는 사람은 음악을, 미술이 맞는 사람은 미술을 끌어들여 내 삶의 동반자로 삼는 게 맞지 않을까? 그게 우리의 실제 모습이고, 그것을 인정하지 못하면 우리는 아직도 인간을 덜 이해했다고 봐야 한다.

이 책의 마지막 내용으로 수사법을 끌어들인 이유는 이렇다. 진심을 다해 나를 표현하고, 나를 드러내고, 나를 던져 넣고, 나를 성찰하는 글쓰기를 하다 보면 언젠가 나도 어엿한 작가의 세계에 들어가고 싶은 마음이 생길 확률이 높다. 하지만 전문가들이 쳐놓은 견고한 기준에 걸려 도무지 문턱을 넘지 못한다. 전문 평론가들의 현란한 글과 화려한 말솜씨를 자랑하는 편집자들의 말에 주눅이 들어 자신의 글에 지독한 모욕을 느끼며 글쓰기를 포기할지도 모른다. 그렇게 내가 살기 위해, 내가 살려는 의지를 다지기 위해 시작한 글쓰기가 오히려 내 삶의 발목에 덫을 놓고 있다. 또 다른 비극의 시작이다. 진심을 다하는 글쓰기도 중요하지만 그보다 아리스토텔레스의 수

사학부터 차근차근 배우는 공부나 해둘 걸 하면서 후회를 한다. 영원한 삶의 동반자가 되어야 할 글쓰기가 원수로 급변하는 순간이다.

수사법도 잘 모르고, 당연히 수사법 활용은 무디기만 하고, 그래서 형편없는 글을 내미는 게 글 쓰는 사람으로서 할 도리냐는 눈빛을 받은 당사자는 나였다. 이는 아마추어가 알지 못하는 프로 작가의 세계는 엄연히 있으니 진정성 있는 글쓰기 운운하며 높은 예술의 경지를 우습게 보지 말라는 무언의 엄포로 들렸기에 글을 쓰겠다는 내 자신이 그렇게 우스울 수가 없었다. 이 책에서 지속적으로 말해 왔듯이 이제 그런 느낌은 내게 없다. 프로이든 아마추어이든, 한 줄 쓸 때마다 여전히 식은땀을 흘리는 사람이든, 글쓰기는 우리 삶을 이루는 여러 요소 가운데 하나일 뿐이다.

현존 작가 중 가장 재미있게 글을 쓴다는 빌 브라이슨은 《거의 모든 것의 역사》에서 "결국 우리는 나이를 정확하게 계산할 수도 없고, 거리를 알 수 없는 곳에 있는 별들에 둘러싸여서, 우리가 확인도 할 수 없는 물질로 가득 채워진 채로, 우리가 제대로 이해할 수도 없는 물리 법칙에 따라서 움직이는 우주에 살고 있다는 셈이다"라고 말했다. 상황에 따라 달라지기는 하지만 나름 우주의 역사에 대해 순간의 믿음을 가지려고 애쓰는 나도 이 말을 떠올릴 때마다 허허로움을 금할 수 없다. 모든 게 불확실한 세상에서 확실한 목표를 설정하며 하루하루 달려가는 모습이 허무하게 느껴진다.

하지만 모순적이게도 이 책의 다른 구절을 보면 또 살아야겠다는 생각이 슬며시 고개를 쳐들곤 하는데, "생물로 존재하는 것은 쉬운 일이 아니다. 지금까지 알고 있기로는, 우주 전체에서 생물이 존재하는 곳은 우리 은하에서도 별로 드러나지 않는 지구뿐이지만, 그나마도 아주 인색한 곳이다"라는 말을 떠올릴 때이다. 내가 태어난 게 우연이건 운명이건 '나'란 존재가 살아야 할 분명한 목적은 내 존재가 귀하기 때문이고, 그에 뒤따르는 모든 것은 내가 선택하고 선택하지 않고의 문제일 따름이지 내가 어떤 경지를 이루고 이루지 못하고의 문제는 아니라는 점을 말이다.

현재의 시점에서 결론일 수도 있지만, 나를 표현하는 단숨에 글쓰기는 나의 삶에 운명처럼 등장했다기보다는 내가 살기 위해 무의식 속에서 축적된 내 삶의 경험들이 만들어낸 내 삶의 엔진이었다. 독창적인 형식미와 예술적 기교가 없어도, 폭풍 같은 감동을 만들어내는 수사법의 군무가 없어도, 오로지 나의 생존을 위해 내가 선택한 나의 든든한 동반자로 살아왔고, 앞으로도 살아가게 할 무한 동력이다. 무생물을 생물처럼 표현하는 활유법에 빗대면, '나를 표현하는 단숨에 글쓰기가 내 혈관을 힘차게 돌고 있다'고 표현할 수 있고, 사람이 아닌 것을 사람처럼 표현하는 의인법에 빗대면, '나를 표현하는 단숨에 글쓰기는 나를 살리기 위해 고군분투하고 있다'고 표현할 수 있다.

이제 8강, 아니 전체 강의를 마무리할 시점이다. 2012년에 감동적으로 본 영화 한 편을 간단히 소개하면서 끝내겠다. 본래 세계적인 성악가 루치아노 파바로티의 이름을 빌려 〈파바로티〉라는 제목을 붙이려고 했는데 높은 저작권료 때문에 〈파파로티〉라는 기이한 제목을 달고 나온 영화 마지막 장면에서 나는 눈물을 흘렸다. 건달이 스승을 잘 만나 성악가로 이름을 날려서 그런 것은 아니었고, 그가 부르는 노래가 내 심금을 울렸기 때문이었다. 아니 노래가 감동적이기도 했지만, 그 노래의 가사 가운데 "내가 가는 길이 험하고 멀지라도, 그대 함께 간다면 좋겠네"라는 그 노랫말에 감정이입이 되었기 때문이었다.

그대가 누구인지 사람마다 다르지만, 이 책을 구상하고 초고의 가닥을 잡아 가던 무렵 나의 또 다른 동반자이자 그대인 '글쓰기'가 그 노래의 '그대'에 꽂혀 들어갔다. 그렇게 나는 용기를 내어 오랜 시간에 걸쳐 이 책을 썼다. 내가 〈파파로티〉의 주인공처럼 감동적인 인물은 아니지만, 이 책을 접한 모두가 자신의 인생에 '글쓰기'를 들여놓고 유일무이한 존귀한 생명을 알차게 이어 갔으면 하는 바람이다.

내가 가는 길이 험하고 멀지라도…….

연습 4

● 개요

치유로서의 글쓰기를 보면, 유언장 쓰기, 자서전 쓰기 등 여러 기법이 있다. 그 가운데 하나를 정해 당장 시작해 보면 어떨까? 유언장은 한 줄이라도 쓰고, 자서전은 시기를 나누어 기획서부터 쓰면 좋을 듯하다. 이러한 글쓰기가 마음에 들지 않으면 특정 사회 문제를 설정해 파고들면 어떨까? 나만의 사상, 그것이 거창해 보인다면 나만의 생각을 글로 표현해 보면 좋을 듯하다. 우주적 존재, 사회적 존재로서의 자각을 느끼기 위해서 말이다.

난 누굴까? 넌 누구냐?

참고문헌

도움을 얻기 위해 인용하거나 언급한 책들

《거의 모든 것의 역사》, 빌 브라이슨 지음/이덕환 옮김, 까치(까치글방), 2003.

《공부 도둑》, 장회익 지음, 생각의나무, 2008.

《글 쓰며 사는 삶》, 나탈리 골드버그 지음, 한진영 옮김, 페가수스, 2010.

《글쓰기의 공중부양》, 이외수 지음, 해냄, 2007.

《글쓰기의 최소 원칙》, 도정일 등 공저, 룩스문디, 2008.

《나는 누구인가?》 강신주 등 공저, 21세기북스, 2014.

《나는 어떻게 쓰는가?》, 김영진 등 공저, 씨네21북스, 2012.

《나락 한 알 속의 우주》, 장일순 지음, 녹색평론사, 2009.

《네 멋대로 써라》, 데릭 젠슨 지음/김정훈 옮김, 삼인, 2005.

《논어강설》, 이기동 역해, 성균관대학교출판부, 2011.

《뉴턴의 무정한 세계》, 정인경 지음, 돌베개, 2014.

《다석 마지막 강의》, 류영모 지음/박영호 편, 교양인, 2010.

《독서치료의 모든 것》, 임성관 지음, 시간의물레, 2011.

《동의보감, 몸과 우주 그리고 삶의 비전을 찾아서》, 고미숙 지음, 북드라망, 2012.

《마음에서 빠져나와 삶 속으로 들어가라》, 스티븐 헤이브 등 공저/문현미, 민병배 공역, 학지사, 2010.

《마음은 어떻게 작동하는가》, 스티븐 핑커 지음/김한영 옮김, 동녘사이언스, 2007.

《맹자강설》, 이기동 역해, 성균관대학교출판부, 2005.

《문장강화(文章講話)》, 이태준 지음/임형택 해제, 창비, 2005.

《물질, 생명, 인간》, 장회익 지음, 돌베개, 2009.

《바른 마음》, 조너선 하이트 지음/왕수민 옮김, 웅진지식하우스, 2014.

《법구경》, 법구 엮음/한명숙 옮김, 홍익출판사, 2005.

《붓다의 세계와 불교 우주관》, 이시우 지음, 민족사, 2010.

《뼛속까지 내려가서 써라》, 나탈리 골드버그 지음/권진욱 옮김, 한문화, 2005.

《살아야 하는 이유》, 강상중 지음, 사계절, 2012.

《삶의 의미를 찾아서》, 빅터 프랭클 지음/이시형 옮김, 청아출판사, 2005.

《소설이 필요할 때》, 엘라 베르투, 수잔 엘더킨 공저/이경아 옮김, 알에이치코리아(RHK), 2014.

《속 시원한 글쓰기》, 오도엽 지음, 한겨레출판, 2012.

《시간의 향기》, 한병철 지음/김태환 옮김, 문학과지성사, 2013.

《싯다르타》, 헤르만 헤세 지음/박병덕 옮김, 민음사, 2002.

《싸가지 없는 진보》, 강준만 지음, 인물과사상사, 2014.

《언어본능》, 스티븐 핑커 지음/김한영, 문미선, 신효식 공역, 동녘사이언스, 2008.

《연암 박지원의 글 짓는 법》, 박수밀 지음, 돌베개, 2013.

《오래된 연장통》, 전중환 지음, 사이언스북스, 2010.

《우리도 행복할 수 있을까》, 오연호 지음, 오마이북, 2014.

《위대한 설계》, 스티븐 호킹, 레오나르드 플로디노프 공저/전대호 옮김, 까치(까치글방), 2010.

《유일신론의 종말, 이제는 범재신론이다》, 이찬수 지음, 동연출판사, 2014.

《유혹하는 글쓰기》, 스티븐 킹 지음/김진준 옮김, 김영사, 2002.

《인문학도를 위한 인문학 말하기와 글쓰기》, 김용구 등 공저, 북스힐, 2011.

《자기발견을 위한 자서전 쓰기 특강》, 이남희 지음, 연암서가, 2009.

《장하석의 과학, 철학을 만나다》, 장하석 지음, 지식채널, 2014.

《좁은 문》, 앙드레 지드 지음/오현우 옮김, 문예출판사, 2004.

《진보를 연찬하다》, 이남곡 지음, 초록호미, 2009.

《치유의 글쓰기》, 셰퍼드 코미나스 지음/임옥희 옮김, 홍익출판사, 2008.

《치유하는 글쓰기》, 박미라 지음, 한겨레출판, 2008.

《현실, 그 가슴 뛰는 마법》, 리처드 도킨스 지음/데이브 매킨 그림/김명남 옮김, 김영사, 2012.

도움을 얻기 위해 인용한 신문 칼럼 및 기사

'김덕영의 사상의 고향을 찾아서', "칸트가 나고 잠든 땅, 칼리닌그라드", 〈한겨레
　　신문〉, 2013년 2월 6일자에서 인용.
'김산하의 야생학교', "그것은 나의 계절", 〈경향신문〉, 2014년 12월 29일자에서
　　인용.
'김형경의 뜨거운 의자', "자기 삶의 주인이 된다는 것", 〈경향신문〉, 2015년 1월
　　26일자에서 인용.
'노동과 소비 벗어난 새로운 시간 만들어야', "한병철 새 책 《시간의 향기》 인터
　　뷰에서", 최원형 기자, 〈한겨레신문〉, 2013년 3월 14일자에서 인용.
'매거진esc', "SNS 피로감", 임지선 기자, 〈한겨레신문〉, 2015년 1월 21일자에서
　　인용.
'여적(餘滴)', "충(忠)", 양권모 논설위원, 〈경향신문〉, 2015년 1월 7일자에서
　　인용.
'책과 삶', "류영모, 동서회통의 종교관, 육성으로 만나다", 손제민 기자, 〈경향신
　　문〉, 2010년 3월 19일자에서 인용.
'한겨레가 만난 사람', "신인문운동 사상가 이남곡", 이인우 기획위원 인터뷰, 〈한
　　겨레신문〉, 2012년 4월 22일자에서 인용.

도움을 얻기 위해 인용한 시

〈갈대〉, 신경림.
〈섬〉, 정현종.

도움을 얻기 위해 인용한 편지글

"죽음에 대한 두려움", 〈법륜스님의 희망편지〉, 2015년 1월 26일자.

당신의 또 다른 동반자는 글쓰기입니다.

지금 시작하십시오.

_____ 님께

_____ 드림

나를 표현하는 단숨에 글쓰기

2015년 3월 16일 1쇄 인쇄
2015년 3월 26일 1쇄 발행

지은이 | 김서정
펴낸이 | 김영호
펴낸곳 | 도서출판 동연
편 집 | 조영균 디자인 | 이선희 관리 | 이영주
등 록 | 제1-1383호(1992년 6월 12일)
주 소 | (우 121-826) 서울시 마포구 월드컵로 163-3
전 화 | (02) 335-2630, 4110
팩 스 | (02) 335-2640
이메일 | yh4321@gmail.com

ISBN 978-89-6447-268-2 03800

※ 이 도서의 국립중앙도서관 출판예정도서목록(CIP)은 서지정보유통지원시스템 홈페이지
(http://seoji.nl.go.kr)와 국가자료공동목록시스템(http://www.nl.go.kr/kolisnet)에서
이용하실 수 있습니다.(CIP제어번호: CIP2015008184)